FRANÇOISE BOURDIN

Françoise Bourdin a le goût des personnages hauts en couleur et de la musique des mots. Très jeune, Françoise Bourdin écrit des nouvelles ; son premier roman est publié chez Julliard avant même sa majorité. L'écriture est alors au cœur de sa vie. Son univers romanesque prend racine dans les histoires de famille, les secrets et les passions qui les traversent. Elle a publié une trentaine de romans chez Belfond depuis 1994 – dont quatre ont été portés à l'écran –, rassemblant à chaque parution davantage de lecteurs. Françoise Bourdin vit aujourd'hui dans une grande maison en Normandie.

Retrouvez toute l'actualité de Françoise Bourdin sur www.françoise-bourdin.com

UN ÉTÉ DE CANICULE

FRANÇOISE BOURDIN

UN ÉTÉ DE CANICULE

*D'après un scénario de Florence Dormoy, François Aramburu,
Pascal Fontanille et Emmanuelle Rey-Magnan
et une adaptation et des dialogues de Pascal Fontanille,
Emmanuelle Rey-Magnan et Bruno Dega.
Produit par Scarlett Production et Merlin Productions
et diffusé par France 2*

BELFOND

Pocket, une marque d'Univers Poche,
est un éditeur qui s'engage pour la
préservation de son environnement et
qui utilise du papier fabriqué à partir
de bois provenant de forêts gérées de
manière responsable.

© Belfond 2003.
ISBN : 978-2-266-14181-9

1

Emma Soubeyrand quitta discrètement le cortège de la noce. Malgré un léger retard, dû à Mamette qu'on avait perdue sur le chemin de l'église, tout s'était bien passé. À présent, Paul était marié, pour le meilleur et pour le pire comme le veut la tradition, et Emma espérait bien qu'il s'agirait du meilleur. Les années de malheur, de doute, d'angoisse étaient révolues, le mauvais sort enfin conjuré.

Parvenue devant le *Café des Tilleuls*, elle se dépêcha de remonter le rideau de fer. Tout Cucuron allait bientôt défiler ici, par sympathie ou par curiosité, pour trinquer aux jeunes époux. *Jeunes* n'était peut-être pas le mot exact car Paul avait déjà trente-trois ans, Marine trente, et ils vivaient ensemble depuis sept ans. Leur fils, Baptiste, venait de fêter ses six ans ; en conséquence, cette union ne faisait que régulariser une situation établie de longue date. Néanmoins, Emma se sentait satisfaite d'avoir marié l'un de ses fils.

Dès l'aube, des tables avaient été installées sur toute la terrasse du café, il ne restait qu'à les draper des nappes blanches repassées la veille. Emma se débarrassa de son chapeau et se mit au travail en fredonnant. Deux de ses quatre enfants étaient casés, la famille s'agrandissait !

— Laisse-moi faire ! lança Simon qui arrivait, tout essoufflé d'avoir marché vite sous le soleil impitoyable de cette fin de mai.

— Tu n'as qu'à prendre les plateaux de verres et les poser un peu partout, suggéra Emma, on passera avec les bouteilles… Ah, et puis, n'oublie pas les fleurs !

Elle lui adressa un sourire éblouissant, émue qu'il se soit autant dépêché pour l'aider. Sans lui, que serait-elle devenue ? Ils avaient beau être comme chien et chat, tous les deux, ils s'aimaient vraiment. À l'époque où elle s'était retrouvée veuve, elle avait cru qu'elle ne s'en sortirait pas. Élever seule quatre gamins aussi turbulents que les siens, alors qu'elle était clouée dans son *Café des Tilleuls*, tenait de l'exploit. Simon, propriétaire d'un garage de l'autre côté de la place, avait d'abord proposé un petit coup de main à l'occasion, pour un bricolage ou même pour tenir le comptoir, et peu à peu il s'était rendu indispensable. Respectant le deuil d'Emma, il n'avait pas parlé d'amour, du moins pas au début. Il avait fallu des mois avant que la simple solidarité se mue en complicité, puis en tendresse, jusqu'à ce qu'il ose enfin se déclarer.

— Ils arrivent ! cria-t-il.

À l'autre bout de la place, le cortège venait d'apparaître. Emma prit le temps d'admirer son fils, de loin, notant la manière dont il tenait fermement Marine par la taille, sa démarche assurée, son sourire de triomphe. Il semblait si heureux que, par superstition, Emma croisa les doigts.

Derrière les mariés, Mamette trottinait, accrochée au bras de Vincent. Celui-là, avant qu'il accepte de se mettre la corde au cou, beaucoup de vent allait souffler sur le Mourre-Nègre ! Coureur, séducteur, Vincent n'avait qu'à se servir parmi la clientèle de son salon de coiffure, toutes les femmes se l'arrachaient et il ne s'attachait à aucune. Mais pour l'heure, c'était de sa grand-mère qu'il s'occupait galamment, la remorquant vers le café. La pauvre Mamette perdait de plus en plus la tête, confondait les gens, mélangeait les dates, et usait ainsi sans pitié les nerfs d'Emma qui ne se décidait pourtant pas à envisager la maison de retraite.

— Je vais chercher le champagne ? proposa Simon.

Un petit vent tiède s'était levé, balayant la place et faisant voler le voile de la mariée.

— Oui, commence à ouvrir les bouteilles, approuva Emma.

Elle restait immobile, les mains sur les hanches, occupée par le spectacle de tous les Soubeyrand qui avançaient vers elle, réunis au complet, ou presque. Ils étaient sa famille et, coûte que coûte, elle continuerait à les préserver. Ce serment-là, elle se l'était fait certaine nuit dont elle ne voulait plus se souvenir et, jusqu'à présent, elle n'avait pas failli.

À dix heures du soir, la fête battait toujours son plein. Sur la terrasse du *Café des Tilleuls*, transformée en piste de danse, les couples s'enlaçaient tandis que, dans la salle, le champagne coulait à flots.

Emma était la seule à n'avoir rien bu, soucieuse de conserver le contrôle de la situation. Par cette chaleur, se désaltérer avec de l'alcool revenait à se saouler en un rien de temps. Une nouvelle fois, elle mit en route le lave-vaisselle professionnel qui nettoyait soixante verres en quelques minutes.

— Je crois bien qu'il n'y a plus un seul Cucuronais chez lui ! soupira Rosine en déposant un grand plateau sur le plan de travail. Ils sont tous là, trop contents de boire aux frais de la mariée…

Employée du café depuis une dizaine d'années, Rosine ménageait rarement sa peine, mais la fatigue devait commencer à se faire sentir.

— Vous pouvez partir, lui dit Emma, le plus dur est passé. Je n'ouvrirai pas demain matin, profitez-en pour vous reposer…

D'un simple hochement de tête, Rosine acquiesça avant d'ôter sa blouse. Emma lui glissa alors quelques billets dans la main, puis quitta la cuisine. Dehors, l'air était d'une douceur étonnante, bien différente de la canicule qui plombait les journées. Sur le buffet, dressé contre la façade du café, les reliefs de la pièce montée avaient fondu. Emma alla vers Paul, qui regardait sa femme danser avec le maire.

— Elle est très belle et tu as raison de l'aimer, murmura-t-elle en s'asseyant à sa table.

Sourire aux lèvres, son fils ne se donna pas la peine de répondre, néanmoins elle savait tout le mal qu'il avait eu à convaincre Marine. Ce mariage constituait sans aucun doute une grande victoire pour lui, ou du moins la preuve qu'il attendait désespérément.

— Maintenant qu'elle est entrée officiellement dans la famille, dit-il à mi-voix, ce serait juste de ne plus rien lui cacher...

— Tu es fou ?

Emma avait répliqué trop fort, trop vite, et elle fit un effort pour se reprendre.

— Je te préviens, Paul, il n'est pas question de déterrer ces vieilles histoires.

— Dommage, ce serait l'occasion ou jamais ! claironna Vincent qui venait de s'arrêter à leur table.

Emma se retourna et lui lança un regard dur.

— Tu trouves ? Le jour du mariage de ton frère ? Une façon de finir la journée en beauté ?

Vincent était un peu éméché, il titubait sur place.

— On a fait une grosse bêtise, maman...

D'un geste hésitant, il voulut saisir le verre de Paul, mais sa mère, plus rapide, le prit et le vida sur les graviers.

— Tu devrais aller te coucher, Vincent.

— Oh, non, pas question ! J'ai encore plein de filles à faire danser... À commencer par la mariée ! Je lui ai promis un rock, je vais aller la délivrer de Richard...

Hilare, il désigna le maire, Richard Bresson, qui gesticulait lourdement face à Marine. Soulagée, Emma se mit à sourire.

— C'est ça, vas-y...

Dès qu'il se fut éloigné, elle reporta son attention sur Paul.

— Tu parles trop, mon grand. Profite de ton bonheur et oublie donc le passé.

Elle se leva sans lui laisser le temps de répliquer, cherchant des yeux Simon. Soudain, elle avait envie de danser elle aussi, de savourer la fin de la fête.

À cinquante-deux ans, elle n'avait jamais pris le temps de s'amuser ni de se laisser vivre, elle avait bien le droit de s'accorder une petite pause. Elle repéra enfin Simon, qui se tenait adossé à un tilleul et qui regardait dans sa direction. L'avait-il épiée toute la soirée ? Il lui disait souvent qu'il la trouvait belle, quoi de plus agréable pour une femme d'âge mûr ? Elle traversa la terrasse, descendit jusqu'à lui et le saisit par la main.

Dans la cuisine dévastée, Emma, en robe de chambre, se demanda si elle n'allait pas se mettre à ranger. Elle n'avait pas du tout sommeil, comme toujours après l'amour. Simon venait de partir, elle avait baissé le rideau de fer derrière lui, et elle décida de s'octroyer une petite coupe de champagne. Peut-être même une cigarette ? Elle avait cessé de fumer quelques années plus tôt, mais parfois, lors d'occasions exceptionnelles, elle en grillait une. Sa manière à elle de tenir en respect le démon du tabac.

Avec un soupir satisfait, elle se servit d'abord un verre puis s'installa à la grande table. Elle avait toujours adoré le silence de la nuit, à peine troublé par des bruits d'insectes ou de lointains coassements. La fenêtre donnant sur la cour était largement ouverte, laissant entrer la relative fraîcheur de la nuit.

Emma songea successivement à sa fille, Sophie, qui devait dormir pelotonnée contre son mari, puis à Paul, qui entamait sa nuit de noces avec Marine, enfin à Vincent, qui s'offrait sans doute du bon temps dans les bras de n'importe quelle fille. Le seul à propos duquel elle ne savait rien et ne pouvait faire aucune conjecture était Antoine.

Antoine… Déjà sept ans d'absence. Sept ans, deux mois, quatre jours, elle en tenait précisément le compte. Celui des cartes postales laconiques qu'il envoyait aussi. Le Brésil était trop loin pour qu'elle imagine quoi que ce soit, et si elle pensait à Antoine, c'était ici qu'elle le revoyait, à Cucuron, avant le drame. Ou alors enfant, lorsque, ombrageux aîné du clan des petits Soubeyrand, il entraînait ses frères et sa sœur dans de grandes virées à vélo. À eux quatre, ils lui avaient fait des coups pendables, des frayeurs quotidiennes, mais au fond d'elle-même elle faisait confiance à Antoine, certaine qu'il ramènerait toujours les trois autres à bon port. Ce fils-là était son premier enfant, peut-être son préféré, et jamais elle ne se remettrait tout à fait de son départ.

Elle écrasa sa cigarette, ferma les yeux. Non, décidément, elle attendrait le lendemain pour nettoyer le chantier de la réception, il y avait trop de désordre, et du reste une douce somnolence était en train de l'envahir. Demain. Elle rangerait demain. Toute sa vie, elle s'était accrochée à l'espoir de l'aube suivante, d'un autre jour. Exactement comme l'héroïne d'*Autant en emporte le vent*. L'idée lui arracha un sourire ironique : elle n'avait plus rien d'une jeune première, n'en déplaise à Simon !

Le bruit d'un moteur, au-dehors, la sortit brutalement de sa rêverie. Cucuron était un calme village de Provence où, même en saison, les noctambules n'étaient pas légion. Elle écouta, avec un peu d'appréhension, les pneus qui freinaient sur la place, les portières qui claquaient, puis un coup sonore fut frappé contre le rideau de fer. Le cœur battant, elle se leva, quitta la cuisine et traversa la grande salle du café sans allumer. Elle était seule ici, juste avec Mamette qui dormait au second, et sans arme pour se défendre. Quand une voix d'homme s'éleva, elle retint sa respiration.

— Madame Soubeyrand ? Ouvrez, c'est la gendarmerie…

Elle reconnut l'intonation de Lucien Sorgue, le capitaine, que tout le monde à Cucuron appelait Lulu. Pourtant, au lieu de se sentir soulagée, elle fut aussitôt submergée par une vague d'angoisse. La pendule, derrière le comptoir, indiquait quatre heures dix. Que pouvaient vouloir les gendarmes, au beau milieu de la nuit ? Maladroitement, les doigts fébriles, Emma déverrouilla le rideau de fer et commença à le remonter. Lorsqu'elle aperçut le visage de l'officier de gendarmerie, elle sut qu'un nouveau malheur venait d'arriver.

Marine connaissait par cœur l'hôpital d'Apt puisqu'elle y travaillait en tant qu'infirmière. Après avoir laissé le reste de la famille Soubeyrand dans la salle d'attente, elle alla se poster à la sortie du bloc pour intercepter le chirurgien de garde. Ses collègues lui avaient précisé qu'il s'agissait du Dr Vialey, l'un des meilleurs de la région.

En faisant les cent pas dans le couloir désert, Marine envisageait toutes les possibilités, y compris la pire. Même à jeun, Vincent conduisait sa moto comme un fou, elle le savait, et cette nuit il avait beaucoup bu pour arroser le mariage. Son mariage… Une bouffée de culpabilité lui fit monter les larmes aux yeux. Elle aimait bien Vincent, il la faisait rire chaque fois qu'il lui coupait les cheveux. Dans son salon de coiffure, où il paradait au milieu des femmes, il racontait des histoires drôles, ne ménageait ni les compliments ni les sourires charmeurs. Depuis le départ de son frère Antoine pour le Brésil, c'était lui l'enfant terrible de la famille. Sauf qu'à trente ans il n'était plus un enfant, et que sa passion des bolides aurait dû le quitter. Des motos, il en avait eu un certain nombre, mais aucune aussi puissante que l'engin avec lequel il avait eu cet accident. D'après les gendarmes, sans doute avait-il voulu éviter un obstacle, sur la route, et la Kawasaki avait terminé sa course en se fracassant contre un platane.

Fatiguée d'arpenter le couloir, Marine s'adossa au mur, guettant les portes à hublot du bloc. Vialey et son équipe devaient tenter l'impossible. Serait-ce suffisant ? Elle baissa les yeux, découvrit avec stupeur ses chaussures. Quand le téléphone avait sonné, au mas, elle venait juste de s'endormir, blottie dans les bras de Paul. Elle s'était rhabillée tellement vite qu'elle avait mis n'importe quoi, le premier jean qui lui tombait sous la main, et puis ses escarpins blancs de mariée parce qu'ils traînaient sur la descente de lit. Pour une nuit de noces…

— Marine ?

Vialey sortait du bloc tout en arrachant son masque, ses gants. Il s'arrêta devant elle, ébauchant un sourire las.

— L'opération s'est bien passée, déclara-t-il trop vite.

— Je peux aller le voir en salle de réveil ?

— Eh bien… À vrai dire, je ne suis pas franchement optimiste. Il est toujours dans le coma. La colonne vertébrale est touchée, je me suis fait assister d'un neurochirurgien.

Clouée sur place, Marine réussit à bredouiller :

— Votre pronostic ?

— Réservé.

D'un geste bienveillant, il lui posa la main sur l'épaule, une seconde, puis se détourna. Elle le suivit du regard tandis qu'il gagnait le vestiaire des chirurgiens. Comment allait-elle apprendre ça à Emma ? Du plus loin qu'elle se souvienne, y compris lorsqu'elle n'était qu'une gamine en socquettes, Emma était pour elle l'image de la lionne veillant sur ses lionceaux. Les enfants Soubeyrand faisaient les quatre cents coups puis rentraient aux *Tilleuls* l'oreille basse, pour y subir les foudres de leur mère. Emma, qui les adorait mais ne pouvait pas les surveiller depuis son comptoir, se faisait toujours un sang d'encre pour eux. Aujourd'hui encore, bien qu'ils soient devenus adultes, ils étaient tout pour elle.

D'un pas hésitant, Marine s'engagea dans l'escalier, négligeant l'ascenseur de service. Avant de pénétrer dans la salle d'attente du rez-de-chaussée, elle essaya de se composer un visage, celui de l'infirmière qui sait compatir sans larmoyer.

Marie-Angèle n'avait pas du tout l'air d'une religieuse. Elle s'habillait de manière sobre, privilégiant les tons neutres, mais, hormis le petit crucifix qu'elle portait toujours au bout d'une cordelette, rien n'indiquait son appartenance au couvent d'Aigues-Blanches.

Dès qu'Emma l'avait appelée, elle s'était précipitée à l'hôpital d'Apt. Malgré la disparité de leurs vies et leurs cinq ans d'écart, les deux sœurs étaient très proches l'une de l'autre. Vingt-cinq ans plus tôt, l'entrée au couvent de sa cadette n'avait pas découragé Emma, qui avait continué à lui téléphoner presque chaque jour et à la voir le plus souvent possible. Heureusement, les religieuses d'Aigues-Blanches n'étaient ni cloîtrées ni vouées au silence !

À chaque coup dur, Marie-Angèle aidait Emma de son mieux. Elle l'avait tenue à bout de bras après la mort de son mari, s'était occupée activement de ses neveux et nièce auxquels elle était très attachée. Elle partageait tous les secrets de la famille, tous ses drames, et ce nouveau coup du sort la consternait. Assise à l'écart, dans la salle d'attente, elle avait longuement prié Dieu de leur épargner le pire, de sauver Vincent. En écoutant Marine annoncer le verdict d'un coma problématique, elle se leva pour rejoindre Emma qui s'était remise à pleurer sur l'épaule de Simon.

— Viens, dit-elle en prenant sa sœur par le bras. Viens avec moi dehors, on va marcher un peu toutes les deux…

Fermement, elle l'entraîna avec elle, sourde à ses protestations.

— Pour l'instant, tu ne peux rien faire. Ils te laisseront le voir tout à l'heure, mais il faut d'abord que tu te reprennes.

Elles sortirent de l'hôpital et firent quelques pas sous le soleil matinal.

— Comment peux-tu croire en Dieu ? articula Emma entre ses dents.

— Croire me rend forte. Ne dis pas des choses que tu regretteras.

En silence, elles traversèrent le parking puis gagnèrent la rue.

— Pourquoi ne l'ai-je pas empêché d'acheter cette foutue moto ? murmura Emma au bout d'un moment.

— Parce qu'il n'a plus l'âge que tu lui interdises quoi que ce soit.

— Et s'il ne se réveille jamais ?

— Ce ne sera pas ta faute. Vincent a toujours été casse-cou, tu n'y peux rien.

Emma faillit répliquer, mais elle y renonça. Tourner sa colère contre Vincent ne la délivrerait pas de l'angoisse qui l'étouffait. Et s'en prendre à Marie-Angèle non plus. Accablée, elle soupira :

— Qu'est-ce que je lui ai fait, à ton bon Dieu ? Pourquoi s'acharne-t-il sur moi ? Sur mes enfants ? Antoine a été obligé de partir au bout du monde, mais ça n'a servi à rien, j'ai continué à recevoir ces horribles lettres anonymes, et maintenant, c'est au tour de Vincent qui…

— Arrête, tu mélanges tout !

— Tous mes emmerdements, oui !

Elles se firent face, hérissées.

— Je sais que c'est dur pour toi, martela Marie-Angèle, mais il y a des gens infiniment plus malheureux que toi.

Un passant se retourna pour les regarder avec curiosité et Emma se remit en marche la première.

— Je croyais que c'était fini, souffla Marie-Angèle en la suivant. Tu en reçois encore, des lettres ?

— La dernière hier matin, juste avant de partir à l'église ! Toujours la même prose, des menaces à mots couverts et pas de signature. Je ne m'y habituerai jamais, ça me flanque la frousse !

— Tu aurais dû choisir la vérité, Emma.

— Épargne-moi tes leçons de morale, surtout aujourd'hui !

De nouveau, elle était sur le point de se mettre en colère, mais soudain elle eut les larmes aux yeux.

— C'est curieux, Vincent m'a dit la même chose que toi, hier soir… D'ailleurs, je crois que c'est la dernière phrase qu'il m'ait adressée. Il trouvait qu'on avait fait une grosse bêtise, tous…

— Oui, j'en suis persuadée. Mais comme on ne peut pas revenir en arrière, inutile de te miner.

Tout en marchant, elles avaient accompli le tour de l'hôpital et se retrouvaient devant l'entrée.

— Quoi qu'il arrive, tu dois espérer, ajouta Marie-Angèle.

Emma la dévisagea, étonnée de se sentir un peu moins mal. Parler avec sa cadette l'avait toujours apaisée, sans qu'elle comprenne pourquoi. Existait-il une authentique sérénité dans la foi ?

Grâce à la réussite de sa pépinière, Paul avait pu s'acheter un mas perdu au pied d'une colline, à quelques kilomètres au nord de Cucuron. Il l'avait peu à peu restauré lui-même, afin d'offrir à Marine la maison de ses rêves. La vue, magnifique, donnait d'un côté vers la vallée, de l'autre vers le Mourre-Nègre, point culminant de la montagne du Lubéron. Après l'aménagement intérieur, Paul s'était attaqué à l'ancienne étable pour la transformer en écurie et, le jour où Marine avait enfin accepté de l'épouser, il lui avait acheté une jument, Moïra, au lieu d'une bague de fiançailles. Passionnément amoureux de sa femme, il était prêt à décrocher la lune pour elle s'il le fallait. Et la veille, en l'entendant dire « Oui » au curé, il avait eu la certitude d'avoir atteint un bonheur parfait.

Mais, à présent, Vincent gisait inconscient sur un lit d'hôpital, et Paul se trouvait devant un dilemme qui le torturait. Assis sur le canapé du salon, la tête dans les mains, il réfléchissait. Devait-il, oui ou non, appeler Antoine ? Durant toutes ces heures interminables, dans la salle d'attente, il avait essayé d'en discuter avec Sophie, mais sa sœur s'était figée, refusant de répondre. Pourtant, elle savait très bien, tout comme lui, à quel point Vincent et Antoine avaient été proches l'un de l'autre, durant leur enfance puis leur jeunesse. Paul s'était parfois senti exclu de cette entente formidable qui liait ses deux frères, sans toutefois en éprouver de jalousie. Plus rêveur qu'eux, plus contemplatif, il préférait arpenter les collines que courir les filles, ou encore passer une nuit à la belle étoile plutôt qu'enfermé dans une discothèque. Après le départ d'Antoine pour le Brésil, Vincent avait semblé complètement perdu. À ce moment-là, Sophie venait d'entamer ses longues études de droit, et Paul s'efforçait de consoler Marine, dont il était amoureux depuis toujours. Vincent avait continué à faire la fête tout seul, multipliant les conquêtes et abusant de la bouteille...

Paul tendit la main vers l'agenda ouvert près de lui, sur le bras du canapé. Le numéro d'Antoine était inscrit en haut de la première page du répertoire, bien en vue. Peu importait le décalage horaire avec São Paulo, Paul pouvait joindre Antoine s'il le voulait. Mais le voulait-il ? En faisant revenir son frère aîné, il prendrait un risque qu'il n'avait guère envie de courir. Pourquoi tenter le diable ? De quelle façon réagirait Marine ? Remise en présence d'Antoine, qu'éprouverait-elle ?

Exaspéré, il se reprocha son manque de confiance en elle. Marine l'aimait, elle lui avait donné un fils, ils étaient heureux tous les trois.

— Paul ? Je dois aller travailler, c'est l'heure… Avant de prendre mon service, je passerai voir Vincent et je t'appellerai si j'ai des nouvelles. Mais, à mon avis, il n'y aura rien de changé… Qu'est-ce que tu fais ?

Tandis qu'elle se penchait vers lui, il sentit son parfum, un mélange de lavande et de santal dont il raffolait. À l'instant où leurs lèvres se touchèrent, il l'attira à lui, la fit asseoir sur ses genoux.

— Je me demande si je ne devrais pas appeler Antoine, avoua-t-il.

La réaction de Marine fut pire que ce qu'il avait redouté. Elle se leva d'un bond, d'abord stupéfaite, puis tout de suite affolée.

— Antoine ? Pourquoi ?

— Si Vincent ne… Si Vincent devait mourir… Antoine voudra être là.

— Mais on n'en sait rien !

— Tu m'as dit toi-même que les médecins n'étaient pas très optimistes. Antoine est au bout du monde, il ne peut pas revenir en cinq minutes, il faut le prévenir.

Il voyait bien qu'elle aurait voulu protester, argumenter, le dissuader, cependant elle ne trouvait rien.

— Fais comme tu veux, concéda-t-elle enfin d'une voix rauque.

Sans plus penser à l'embrasser, elle ramassa son sac, ses clefs, et sortit en hâte, le laissant complètement désemparé.

Sophie et Arnaud étaient rentrés chez eux dans la matinée, épuisés par la nuit blanche. Encore sous le choc de l'accident de son frère, Sophie avait renoncé à aller travailler, et Arnaud était parti seul pour le cabinet.

Elle somnola d'abord un moment dans sa chambre mais, incapable de vraiment trouver le sommeil, elle finit par se relever, rouvrit les rideaux et décida de piquer une tête dans la piscine. Si elle s'obligeait à nager une heure, la fatigue l'aiderait à s'endormir, ou au moins à surmonter son angoisse. Alors qu'elle était en train de se changer, elle découvrit, consternée, que ses règles venaient d'arriver. La déception fut telle, une fois de plus, qu'elle en eut presque la nausée. Pourquoi ne parvenait-elle pas à tomber enceinte ? Elle voulait désespérément un enfant, et chaque mois la désillusion était plus cruelle. Arnaud allait sûrement lui répéter que ce n'était pas grave, qu'ils avaient toute la vie devant eux ! Évidemment, pour lui, l'enjeu n'était pas le même : il avait déjà deux grands enfants, d'un premier mariage. Des adolescents que Sophie adorait – et ils le lui rendaient bien ! –, mais ce n'était pas pareil.

Elle laissa tomber le maillot de bain qu'elle tenait à la main et enfila un peignoir d'éponge. Peut-être aurait-elle mieux fait d'aller travailler, à présent elle ne savait plus comment occuper sa journée.

Après bien des hésitations, elle prit une douche tiède, enfila un pantalon de toile, un débardeur et des sandales, puis elle descendit à la cuisine se préparer du café. Au cabinet, Arnaud et Claire, leur associée, avaient dû s'arranger pour prendre en charge ses propres clients ou décommander ses rendez-vous. L'avantage d'un cabinet de groupe...

— J'en ai marre, marre, marre ! maugréa-t-elle.

D'un geste nerveux, elle ouvrit la baie vitrée qui donnait sur le jardin. « Reprends-toi » aurait dit sa mère en la voyant dans cet état de nerfs. Mais n'était pas Emma Soubeyrand qui voulait, et Sophie se sentait dérisoirement fragile, en comparaison. Pourtant, elle avait tout fait pour s'affirmer, et en particulier ces études supérieures brillamment menées jusqu'à l'obtention de son diplôme d'avocate. Un parcours sans faute, avec mention à chaque examen ; ainsi avait-elle prouvé qu'elle était l'intellectuelle de la famille. Car si Antoine tenait de leur père la passion des céramiques, si Paul s'était découvert l'amour des arbres, et si Vincent avait choisi la coiffure, aucun de ses frères ne possédait les diplômes qu'elle avait acquis sur les bancs de la fac.

Grâce à ce titre ronflant d'avocate, elle avait rencontré Arnaud Rouvier au tribunal d'Aix-en-Provence. Il était membre du barreau et venait d'ouvrir un cabinet. Séduisant, sûr de lui, il élevait seul ses deux enfants, Agathe et Romain. Tout de suite, Sophie s'était sentie bien près de lui. À l'abri, en confiance. Alors, même si ça ne s'appelait pas vraiment de l'amour, c'était la meilleure chose qui pouvait lui arriver, elle l'avait compris. La patience étant l'une des qualités d'Arnaud, il avait su apprivoiser Sophie, attendre sans jamais la brusquer, se montrer tendre en toutes circonstances. Au bout du compte, il avait gagné, elle l'avait épousé.

Assise sur un transat, les yeux rivés sur l'eau bleue de la piscine, elle essaya en vain de se détendre.

Vincent allait-il survivre ? Au-delà du chagrin qu'elle éprouvait, l'idée de perdre un de ses frères la terrorisait. Depuis toujours, ils étaient ses remparts contre le monde, une protection dont elle avait un besoin crucial et qu'Arnaud n'avait fait que renforcer. Allait-elle toute sa vie continuer à se sentir aussi vulnérable, en danger ? Une fois de plus, elle songea à sa mère, et une bouffée de rancune la submergea.

L'interne de garde avait autorisé Antoine à pénétrer dans la chambre de Vincent. Debout au pied du lit, il contemplait avec désespoir la silhouette immobile sous le drap blanc, les tuyaux, les écrans de contrôle. Épuisé par le vol et le décalage horaire, il avait laissé tomber son gros sac de voyage en entrant. Dans le taxi qui l'avait conduit depuis Marseille, il avait bien failli s'endormir, mais maintenant il était parfaitement réveillé.

Il bougea un peu, contourna le lit et s'immobilisa à côté de son frère. D'un geste furtif, il prit sa main inerte, la serra.

— Vincent, pas toi…, chuchota-t-il.

Grand, mince, très brun, le teint hâlé par le soleil du Brésil, l'aîné des Soubeyrand était vraiment un bel homme. Avec sa barbe naissante et ses yeux cernés, il paraissait un peu plus âgé que ses trente-cinq ans, néanmoins, toutes les femmes s'étaient retournées sur son passage, à l'aéroport comme à l'hôpital. Il se pencha au-dessus de Vincent, qu'il scruta avec l'impression pénible de détailler un mort.

— Tu m'entends ? Où es-tu passé, mon vieux ? Tu hésites entre deux mondes ? Allez, quoi…

Il continua assez longtemps à parler tout seul, disant n'importe quoi pour meubler le silence de la chambre anonyme où gisait son frère. Ce n'était pas de cette façon qu'il avait imaginé son retour en France, durant toutes les nuits où il y avait pensé, depuis sept ans. Et autant il n'avait aucune envie de revoir Paul, autant Vincent lui avait cruellement manqué.

Un bruit de voix, dans le couloir, lui fit lâcher la main de son frère qui retomba sur le drap. La tête tournée vers la porte, il attendit, sachant d'avance ce qui allait arriver.

— Son état est stationnaire, Emma, dit Marine en entrant la première. Mais tu ne dois pas te…

Ensemble, les deux femmes s'immobilisèrent, saisies. Puis Marine recula d'un pas, livide, tandis qu'Emma s'écriait :

— Antoine ?

Elle se jeta littéralement sur lui, l'étreignant avec une force incroyable.

— Antoine ! Tu es arrivé quand ? Et comment as-tu su ?

— Paul m'a appelé.

— Il n'aurait pas dû !

Ce cri du cœur l'atteignit de plein fouet et il repoussa sa mère.

— Pourquoi ? Je suis toujours interdit de séjour ?

— Non, mais nous étions d'accord, nous…

Elle s'interrompit et se mordit les lèvres, consciente de la présence de Marine. Antoine se tourna alors vers la jeune femme, qu'il regarda droit dans les yeux.

— Indésirable ? lança-t-il en s'adressant exclusivement à elle.

— Non…, répondit-elle à voix basse.

— Mais tu ne me dis pas bonjour.

Il remarqua l'effort qu'elle s'obligeait à faire pour avancer vers lui.

— Bonjour, Antoine.

Les années l'avaient à peine changée, elle était toujours aussi attirante. Dans sa blouse d'infirmière, sa silhouette restait la même, sculpturale malgré la naissance de son enfant. L'enfant de qui ? De Paul, ainsi qu'Emma le lui avait annoncé dans une lettre plutôt laconique ? La question brûlait les lèvres d'Antoine mais il s'abstint, ce n'était ni le moment ni l'endroit.

— Tu es très belle, se contenta-t-il de murmurer.

Elle baissa la tête, incapable de soutenir son regard, et il vit les petits cheveux blonds qui frisaient dans sa nuque. L'envie de la toucher fut si forte qu'il retint sa respiration.

— J'ai du travail, on m'attend à l'étage en dessous, jeta-t-elle avant de s'enfuir.

Impuissant, Antoine ne tenta même pas de la retenir. Pour se donner une contenance, il enfouit ses mains dans les poches de son jean et fit face à sa mère.

— Paul ne t'a pas dit qu'ils viennent de se marier ? demanda Emma.

— Non… Nous n'avons parlé que de Vincent. Il m'a conseillé de sauter dans le premier avion, ce que j'ai fait.

Emma tira une chaise près du lit et s'assit en silence. Comme Antoine l'avait fait un peu plus tôt, elle prit la main de Vincent dans la sienne.

— Est-ce qu'il va s'en sortir, maman ?

— Les médecins n'en savent rien. Il peut se réveiller… ou pas.

— Ils le soignent ? Ils lui font des examens, il a des traitements ?

Elle dut deviner la colère qui était en train de l'envahir car elle répondit, d'un ton brusque :

— Ils font le maximum. Ne te trompe pas de cible, Antoine.

En une seconde, il se sentit redevenir un petit garçon. À cette époque-là, elle le perçait à jour si facilement qu'il avait pris l'habitude de ne rien lui cacher. Soudain bouleversé, il s'approcha d'elle, lui entoura les épaules de son bras.

— Je veux qu'il se réveille, chuchota-t-il d'une voix étranglée.

— Crois-moi, tu ne peux pas le vouloir aussi fort que moi !

Elle appuya sa tête contre lui, dans un geste d'abandon, et ils demeurèrent ainsi, veillant sur Vincent.

Mamette fut bien la seule que le retour d'Antoine n'étonna pas, puisqu'elle ne s'était pas aperçue de son absence. Lui, en revanche, fut très frappé par la sénilité de sa grand-mère, qu'il avait quittée lucide. Bien sûr, dans ses lettres, Emma avait glissé ici ou là de petites phrases résignées à propos de Mamette, cependant il ne s'y était pas attardé. À travers chacun des courriers de sa mère, il guettait des nouvelles de Marine, mais sur ce sujet-là Emma n'était guère prolixe. En son temps, elle avait seulement annoncé la naissance de Baptiste, sans donner de détails.

Dans la grande salle du café, après la fermeture, toute la famille Soubeyrand s'était réunie autour d'Antoine, et Simon avait débouché quelques bouteilles de rosé bien frais. Antoine fut présenté à ceux qu'il ne connaissait pas : son beau-frère Arnaud Rouvier, les enfants de celui-ci, Agathe et Romain, enfin son neveu, Baptiste, qu'il embrassa avec une émotion trop évidente.

Paul arriva le dernier, prétextant des clients tardifs à la pépinière. En réalité, revoir Antoine constituait pour lui une épreuve. S'il l'avait fait revenir, c'était uniquement pour Vincent, et déjà il le regrettait.

— Ah, quand même ! s'exclama Antoine lorsque son frère s'arrêta enfin devant lui, après avoir salué tous les autres.

— Salut, Antoine. Bon voyage ?

— J'aurais préféré te trouver à l'aéroport.

— Non, je ne pouvais pas, j'ai beaucoup de boulot en ce moment.

Ils se dévisagèrent avec curiosité, sur la défensive l'un comme l'autre.

— On s'embrasse ?

— Les mecs font ça, au Brésil ? ironisa Paul sans bouger.

— Les frères font ça.

Antoine franchit le pas qui les séparait et ils échangèrent une accolade maladroite. Sans Marine, Paul aurait été heureux de serrer son frère dans ses bras, mais la jeune femme avait fait d'eux des rivaux, des ennemis.

— Viens fumer une cigarette avec moi, proposa Paul en s'apercevant que toute la famille les observait.

Ils sortirent ensemble dans le petit jardin, à l'arrière du café, et s'éloignèrent des fenêtres ouvertes.

— Je sais à quoi tu penses, Antoine. Tu as vu Baptiste et tu pourrais croire que... Mais non. Marine est tombée enceinte six mois après ton départ. *Mon* fils vient juste d'avoir six ans.

Soulagé de l'avoir dit, Paul reprit son souffle. Dans la pénombre, il distinguait mal le visage de son frère et il ajouta, pour faire bonne mesure :

— Nous nous aimons, Marine et moi. Si tu dois rester ici, je veux que les choses soient claires.

— Ne t'inquiète pas, c'est très clair !

Antoine accusait le coup, sa voix le trahissait. Avait-il cru qu'il lui suffisait d'apparaître, après plus de sept ans d'absence, pour reconquérir Marine ? L'idée était insupportable à Paul, qui laissa tomber sa cigarette et l'écrasa rageusement.

— Le mieux, déclara Antoine en recouvrant son calme, ce serait de ne plus parler du passé.

— Et de ne plus y penser non plus. Tu y arriveras ?

La question était stupide, Paul le savait pertinemment mais il n'avait pas pu s'empêcher de la poser. En fait, la seule certitude qu'il aurait aimé avoir concernait Marine. Avait-elle oublié Antoine ?

— Rentrons, décida-t-il, ils vont tous se demander ce qu'on fait.

— Je te rejoins dans une seconde.

Appuyé au mur de pierres sèches, Antoine laissa Paul retourner seul dans le café. L'air tiède de la nuit était chargé de l'odeur caractéristique des plantes aromatiques – thym, sarriette, estragon et romarin –, que leur mère cultivait dans de grandes vasques de céramique. Sa manière à elle de se souvenir de leur père. Antoine, lorsqu'il était enfant, allait souvent le voir travailler dans son atelier, fasciné par le tour de potier sur lequel naissaient des récipients de toutes sortes. L'argile et le sable se galbaient peu à peu entre ses doigts, changeaient mystérieusement de formes avant d'en adopter une. Des tas de manipulations complexes suivaient, d'où émergeaient les couleurs. Enfin, les portes du four-couloir s'ouvraient, comme le ventre d'un volcan. Antoine répétait la formule magique des oxydes métalliques que lui apprenait son père : cuivre pour les verts et les rouges, cobalt pour les bleus, chrome pour les roses, antimoine pour les jaunes…

D'un mouvement impulsif, il se pencha, cueillit un brin de thym en effleurant le bord de la céramique.

— Que fais-tu tout seul dans le noir ?

La silhouette de sa mère parut se matérialiser à côté de lui.

— Viens trinquer avec nous à la guérison de Vincent.

— Tu crois qu'il va se réveiller, maman ?

— Oui, j'en suis sûre !

Sa véhémence arracha un sourire triste à Antoine.

— Que le ciel t'entende.

— Oh, je laisse le ciel à Marie-Angèle ! Pour les prières, vois avec elle. D'ailleurs, elle vient d'arriver, elle a hâte de t'embrasser.

Antoine prit sa mère par la taille et voulut l'entraîner vers la porte de la cuisine, restée entrouverte, mais elle refusa d'avancer.

— Attends une seconde… Je t'ai préparé la grande chambre du premier, c'est la meilleure. Tu ne seras pas gêné par les voisins, il n'y a pas beaucoup de clients en ce moment !

Au-dessus du café, une dizaine de chambres pouvaient être louées à la nuit ou à la semaine, bien que les *Tilleuls* ne soient pas à proprement parler un hôtel, et Emma n'acceptait pour clients que des habitués.

— J'aurais pu aller chez moi, protesta Antoine.

Il commençait à se sentir très fatigué, n'ayant pas dormi depuis plus de trente heures.

— Non, penses-tu ! Si c'est l'affaire de deux ou trois jours, inutile de rouvrir ta maison.

— Deux ou trois jours ? répéta-t-il, incrédule. Eh bien, ça dépend d'abord de Vincent, mais je comptais rester un moment, je…

— Non, Antoine !

Sa mère se dégagea de son étreinte et se planta devant lui, les mains sur les hanches.

— Écoute-moi bien. Personne n'est plus heureux que moi de te revoir : tu m'as manqué chaque jour depuis ton départ, mais je veux que tu t'en ailles. Dès qu'on sera fixés sur le sort de Vincent, retourne au Brésil et fais-toi oublier.

— Pourquoi ? Tout est rentré dans l'ordre, non ? La famille n'a jamais été inquiétée !

— Bien sûr que si. Oh, pas par les flics, Dieu merci…

— Les lettres ? Tu en reçois encore ?

— Oui.

— Et alors ? Ton correspondant anonyme ne sait rien, sinon il nous aurait dénoncés. C'était il y a sept ans, maman. Nous n'avons peut-être pas la même notion du temps, toi et moi, parce que j'ai trouvé ça interminable !

Sans le vouloir, il avait élevé la voix, au bord d'une colère qui ne demandait qu'à exploser. Il ne se sentait pas coupable, sinon d'avoir pris la mauvaise décision à un instant crucial. Pour cette erreur d'appréciation, il s'était exilé au bout du monde, quotidiennement rongé par le mal du pays, et il considérait qu'il avait payé assez cher pour être enfin libre aujourd'hui.

— Antoine…, murmura sa mère d'un ton pitoyable.

Il ne voulait pas la plaindre, ni accepter sa peur, il savait depuis son enfance que sa mère était une femme forte, elle n'avait qu'à le prouver une fois encore.

— Je reste, décida-t-il, et advienne que pourra.

2

Si Richard Bresson était devenu maire, il le devait à sa popularité. À Cucuron, où il était né, tout le monde le connaissait, l'appréciait. Dans sa jeunesse, il avait partagé avec Jean Soubeyrand la passion de la poterie, mais son copain était mort et il avait continué seul sa route, avec une détermination peu commune. Au début, ses ambitions avaient prêté à sourire. Il prétendait faire un jour de Cucuron l'égal de Vallauris, à savoir un grand centre de la céramique d'art.

Assez rapidement, son atelier artisanal avait connu une telle expansion que Richard avait fini par fonder une société, engager des employés, enfin, ouvrir une somptueuse boutique d'exposition à l'entrée du village. Et, désormais, on venait de très loin pour acheter des céramiques signées Bresson. S'étalant sur plus de deux cents mètres carrés, le magasin avait été récemment rebaptisé « showroom », en l'honneur des nombreux clients étrangers, ce qui amusait beaucoup les Cucuronais. Néanmoins, l'essor de la société

Bresson donnait du travail au village et le rendait prospère.

La richesse venant, Richard s'était fait construire une maison d'architecte dont il était très fier, et que sa femme, Nicole, s'acharnait à décorer et redécorer sans jamais s'estimer satisfaite. Leur fils, Raphaël, avait naturellement été embauché dans la société Bresson, où il se chargeait des ventes via le Net, un secteur très prometteur.

Ce matin-là, Raphaël venait de boucler son planning de la journée en moins d'une heure, et il commençait à s'ennuyer ferme lorsque la secrétaire lui annonça la visite d'Antoine Soubeyrand.

— Je me demandais quand tu te déciderais à venir ! s'exclama Raphaël.

— Tu savais que j'étais de retour ?

— Tout le monde le sait à Cucuron ! Tu alimentes les conversations depuis trois jours, tu dois bien t'en douter. C'est un trou, ici !

Ils se tombèrent dans les bras et se bousculèrent comme des gamins, très heureux de se retrouver.

— Comment va ton frère ? s'enquit Raphaël en reprenant un visage sérieux.

— Pareil.

— Je suis passé le voir hier et avant-hier.

— Oui, les infirmières me l'ont dit. Tu es gentil de…

— J'adore Vincent, nous étions souvent fourrés ensemble ces derniers temps. Tu le connais, il aime bien faire la fête, on a pris de sacrées cuites tous les deux ! Sincèrement, ce qui lui est arrivé m'a rendu malade, je pourrais être à sa place : moi aussi j'ai conduit fin saoul plus souvent qu'à mon tour… Je n'arrête pas d'y penser, je suis vraiment désolé pour lui.

Antoine hocha la tête, essayant de dissimuler son émotion. L'état de Vincent restait critique, sans aucune amélioration. Allait-il vivre comme un légume durant des mois, des années ? Personne ne semblait en mesure de se prononcer sur son avenir, et sans doute étaient-ce seulement les machines qui le maintenaient en vie.

— Je t'offre un verre ? proposa Raphaël.

Son bureau était vaste, clair, ultramoderne, avec un coin salon où se trouvait un petit réfrigérateur.

— Non, merci, il est trop tôt pour moi. Mais si tu as un peu de temps à me consacrer, je vais avoir besoin d'un coup de main.

— Du temps ? Tu tombes bien, j'en ai à revendre !

— On ne dirait pas, plaisanta Antoine avec un geste circulaire. Tu as tout du businessman, non ?

— Ne te fie pas aux apparences. Papa m'a bombardé à un poste créé spécialement pour moi parce qu'il n'y connaît pas grand-chose en informatique, mais je suis un peu comme les productions maison : une potiche.

L'amertume de Raphaël n'étonna pas vraiment Antoine. Il conservait le souvenir d'un garçon instable, hypersensible, très enfant gâté. Raphaël aurait voulu être un aventurier ou un héros, malheureusement il n'en avait pas l'étoffe et n'avait pas su se libérer de la tutelle de son père.

— Je compte me réinstaller chez moi, expliqua Antoine.

— Ah bon, tu restes ? s'écria Raphaël.

— Décidément, ça stupéfie tout le monde…

— Ben oui ! Je te croyais lancé dans le commerce des pierres précieuses, ça me faisait rêver.

— Sur place, c'est plutôt un cauchemar. La vie au Brésil n'a rien de romantique, crois-moi ! J'ai fait une ou deux bonnes affaires, rien de mirobolant.

Antoine n'ajouta pas que la misère dans les faubourgs de São Paulo était intolérable, le climat très dur à supporter, et l'éloignement un enfer. Depuis son retour, il mesurait à quel point la France lui avait manqué, et en particulier ce petit coin perdu de Provence, à trente kilomètres à l'ouest de Manosque. Jamais il n'avait su expliquer aux Brésiliens en quoi consistait le charme puissant de la montagne du Lubéron, avec ses croupes massives, ses pentes abruptes et ravinées, ses murettes, ses cabanes de pierres sèches appelées « bories ». Et pourtant, il aurait pu en parler des heures entières sans se lasser, tant l'exil lui pesait. Ces trois derniers jours, hormis les moments passés au chevet de son frère, il n'avait fait que regarder la couleur du ciel, respirer les odeurs et jouir de la lumière. Il se sentait profondément enraciné ici, il n'en partirait plus.

— Si tu peux m'accompagner, dit-il à Raphaël, je verrai dans quel état est la maison, la voiture qui n'a pas tourné depuis sept ans, le jardin qui doit être en friche…

— On y va maintenant ?

Déjà debout, Raphaël se fendit d'un large sourire.

— En réalité, tu cherchais un chauffeur et une femme de ménage.

— Exactement !

Réconforté par l'attitude chaleureuse de son copain, Antoine serra, au fond de sa poche, le trousseau de clefs que sa mère lui avait rendu le matin même, à contrecœur.

Il fallut deux pleines journées pour rendre l'endroit habitable. L'ancien atelier de Jean Soubeyrand avait souffert de l'abandon et des hivers sans chauffage, mais n'avait pas été vandalisé. Bien que couverts de poussière, tous les vieux tours, moules, fours semblaient intacts. Quant aux deux pièces d'habitation qui jouxtaient l'atelier, il avait suffi d'en ouvrir les fenêtres pour chasser l'odeur de renfermé.

Depuis la nuit du drame, Emma n'y avait pas remis les pieds. Elle ne voulait ni se plonger dans les souvenirs de son mari ni imaginer qu'un jour Antoine pourrait revenir. Pour elle, cette maison était désormais maudite. Jean y était mort, Antoine avait dû fuir ; la végétation pouvait bien tout recouvrir, elle s'en moquait.

Antoine ne voyait pas les choses de cette manière. Il avait seize ans au moment du décès de son père et, deux ans plus tard, il s'était installé là avec autant de bonheur que de nostalgie, bien décidé à reprendre le flambeau et à devenir un grand céramiste. Peut-être y serait-il arrivé sans ces événements épouvantables qui l'avaient contraint à s'expatrier ? Aujourd'hui, il était de retour, il allait essayer de recommencer à zéro.

Dès le deuxième jour, il fit venir Simon, qui déclara le vieux 4×4 Honda hors d'usage mais pas irréparable. Avec une batterie neuve et une bonne révision, il devait pouvoir reprendre du service.

Marie-Angèle déserta une fois de plus son couvent pour prêter la main à son neveu, apportant des draps, des balais et de l'eau de Javel. Puis ce fut au tour de

Sophie, qui débarqua avec un énorme ravitaillement, très heureuse de la décision de son frère et prête à tout pour qu'il reste. Devant un tel consensus familial, Emma fut obligée de s'incliner. Malgré ses angoisses, elle décida de faire bonne figure à son fils aîné et de s'en remettre au destin.

À l'hôpital, où les Soubeyrand se relayaient, Vincent n'émergeait toujours pas du coma. Marine avait interrogé obstinément tous les médecins du service jusqu'à obtenir la vérité sur son état, et elle était la seule à savoir que, même s'il se réveillait un jour, Vincent serait probablement paraplégique. À quoi bon l'apprendre à Emma ? Si Vincent devait mourir sans avoir repris connaissance, pourquoi ajouter à la douleur de sa mère ? En attendant une quelconque évolution, Marine avait décidé de se taire. Durant ses heures de travail, dans le service de médecine générale, elle s'arrangeait pour passer voir Vincent plusieurs fois par jour, mais elle évitait avec soin les moments où Antoine était là. Chaque jour, en fin d'après-midi, il venait s'asseoir au chevet de son frère et l'observait en silence, désespéré, puis il s'en allait après l'avoir embrassé.

Un soir où Antoine s'était un peu attardé, Marine le rencontra dans le hall de l'hôpital. Elle s'apprêtait à rentrer chez elle, pressée de retrouver son fils et son mari, et pas du tout préparée à ce face-à-face qu'elle redoutait tant.

— Marine, attends ! Tu as bien cinq minutes ?

Il s'était arrêté devant elle, lui barrant la sortie.

— Juste cinq minutes, je ne te demande pas plus… Je t'accompagne à ta voiture, d'accord ?

Affolée, le cœur battant la chamade, elle leva la tête vers lui et leurs regards se rencontrèrent.

— Je suis au bout du parking, bredouilla-t-elle.

D'un geste affreusement familier dont elle se souvenait trop bien, il la prit par la main, la faisant tressaillir.

— Tu as peur de moi, Marine ?

Au lieu de répondre, elle franchit les portes vitrées, sa main crispée dans celle d'Antoine. Ils descendirent les marches, commencèrent à traverser le parking en direction des places réservées au personnel hospitalier.

— Je crois que je te dois une explication, murmura Antoine.

Le sentir à côté d'elle était déjà difficile, mais la douceur de sa voix acheva de la troubler.

— Non… À quoi bon, Antoine ? L'explication, il fallait me la donner avant de t'en aller. Aujourd'hui, ça ne nous sert plus à rien.

Elle n'allait sûrement pas lui avouer qu'elle avait pleuré pendant des mois. Ni qu'elle avait cru ne jamais guérir de lui. Ils s'étaient aimés passionnément, et un beau matin il avait filé sans prévenir, la quittant comme si elle n'avait aucune importance. Quelle femme pouvait accepter d'être abandonnée de cette façon ? Il n'y avait pas eu de dispute entre eux, pas de lettre pour justifier cette soudaine rupture. Du jour au lendemain, il avait disparu au bout du monde.

— Je t'ai écrit deux fois, au début…, ajouta-t-elle avec effort. J'avais supplié ta mère de me donner ton adresse là-bas. Tu ne m'as pas répondu, et malgré tout j'ai mis du temps à comprendre que c'était fini. Je n'ai jamais su pourquoi.

Une fois devant sa voiture, elle dégagea sa main et attendit. Au bout d'un instant, elle répéta, un peu plus fort :

— Pourquoi ?

— Je ne peux pas, Marine, lâcha-t-il avec un soupir en se détournant.

Il fit quelques pas hésitants puis revint vers elle.

— Ce n'était pas toi, pas à cause de toi.

— Tu avais rencontré quelqu'un d'autre ? Il fallait le dire ! Dire n'importe quoi mais quelque chose. Je me suis sentie bête, moche, bonne à jeter.

— Toi ? Tu es folle !

— Qu'est-ce que je devais penser ? J'aurais pu devenir folle, oui, parce que je t'aimais à la folie. Et toi, quoi ? Tu rêvais d'aventure, d'exotisme ? Tu m'as jetée pour ça, sans avoir les tripes de l'avouer ?

Sa voix s'était mise à trembler, de rage mais surtout de cet immense chagrin refoulé si longtemps. Un seul regard sur Antoine, lorsqu'elle l'avait découvert dans la chambre de Vincent, une semaine plus tôt, avait suffi à lui faire comprendre qu'elle l'aimait encore. Elle inspira profondément, décidée à reprendre le contrôle d'elle-même.

— Bon, tu voulais cinq minutes, tu les as eues, et tu ne m'as rien appris du tout. Ne viens pas mettre la pagaille dans mon existence aujourd'hui, Antoine. Tiens-toi loin de moi, je suis mariée et j'aime Paul…

— Tu n'as pas été longue à te consoler ! riposta-t-il d'un ton soudain furieux. Enceinte six mois après mon départ, ce n'est pas ce qui s'appelle un chagrin éternel !

Interloquée, elle le toisa des pieds à la tête puis, sans réfléchir, elle lui balança une gifle retentissante.

— Elle t'attendait depuis sept ans, ça soulage ! Maintenant, fous le camp, le problème est réglé !

Elle s'engouffra dans sa voiture, mit le contact et emballa le moteur. La vue brouillée par les larmes, elle démarra sèchement, laissant Antoine derrière elle.

Tout le long du chemin jusqu'au mas, elle s'obligea à respirer calmement, vitres grandes ouvertes, et à ne pas penser à ce qui venait de se produire. Antoine appartenait à son passé, dont elle n'avait rien caché à Paul, elle pouvait très bien vivre avec ce souvenir… À condition qu'il s'agisse uniquement d'un souvenir, et qu'elle n'éprouve pas la moindre tendresse ou le plus petit regret à l'égard d'Antoine. Surtout s'il restait là. Ce serait son beau-frère, voilà tout. Un amour de jeunesse sur lequel la page était tournée, définitivement. Elle ne manquait pas de volonté, elle devait pouvoir y arriver, au moins par respect envers son mari et son fils.

Pourtant, à un kilomètre de chez elle, elle éclata en sanglots et dut s'arrêter sur le bas-côté. Elle resta là près d'une demi-heure, à pleurer comme une fontaine, usant toute une pochette de mouchoirs en papier. À l'église, le jour de son mariage, elle avait déjà failli craquer. « Acceptez-vous de prendre pour époux Paul Soubeyrand, ici présent ? » Entrer dans la famille Soubeyrand, Dieu qu'elle en avait rêvé ! Haute comme trois pommes, elle regardait déjà Antoine, de loin, et rien que lui… La première fois qu'il lui avait adressé la parole, elle était devenue écarlate. À treize ans, il l'avait fait danser, un soir de juillet, et elle s'était sentie éperdument amoureuse. Quelques années plus tard, en devenant sa maîtresse, elle avait trouvé le bonheur.

Elle inclina le rétroviseur et s'examina sans complaisance. Son maquillage avait coulé sous ses yeux gonflés. En quelques gestes précis, elle tenta de réparer les dégâts puis se décida à rentrer chez elle. À peine eut-elle refermé la porte du living que Paul sortit de la cuisine, l'air anxieux, Baptiste sur ses talons.

— Où étais-tu passée ? Je me suis fait du souci !

Toujours inquiet pour elle, il était le plus attentionné des hommes, et elle s'en voulut amèrement de sa faiblesse.

— Un petit coup de blues... J'ai eu envie de marcher dans les collines pour me vider la tête, expliqua-t-elle en prenant son fils dans les bras. Et toi, mon petit bout de chou, bonne journée à l'école ?

— T'as pleuré ? s'étonna Baptiste. T'as de la peine ?

Le regard de Paul ne la lâchait pas. Elle enfouit sa tête dans le cou du garçonnet.

— On voit parfois des choses tristes, à l'hôpital.

Mentir augmenta son sentiment de culpabilité, mais que pouvait-elle faire d'autre ?

— Le dîner est prêt, on t'attendait pour commencer, dit gentiment Paul. Spaghettis carbonara et jambon de montagne !

Bien entendu, Baptiste avait obtenu de son père qu'il fasse cuire des pâtes. Avec un sourire attendri, Marine les précéda jusqu'à la cuisine où le couvert était mis. Durant tout le dîner, Paul fit les frais de la conversation, parlant avec lyrisme du projet de jardin paysager qu'il préparait pour Nicole Bresson. De plus en plus souvent, on faisait appel à lui pour redessiner ou replanter un terrain. Des particuliers, mais également des organismes publics pour l'aménagement d'un square, d'une simple place. Amplement méritée, sa réussite se précisait et, depuis quelque temps, il réclamait à Marine un second enfant.

Vers neuf heures, il décida d'aller coucher Baptiste, à qui il lisait chaque soir un conte de Grimm. Restée seule, Marine débarrassa la table et prépara deux infusions de tilleul. La tendresse de Paul, jamais en défaut, l'avait un peu rassérénée, elle se sentait moins mal, presque étonnée d'avoir éprouvé un chagrin d'une telle intensité.

— Tu as meilleure mine, dit Paul en la rejoignant.

— Babou dort ?

— Quasiment…

Il s'arrêta juste derrière elle, posa les mains sur ses épaules.

— Si quelque chose ne va pas, murmura-t-il, tu dois m'en parler.

Incapable de répondre, elle ferma les yeux tandis qu'il lui massait doucement la nuque.

— Tu as vu Antoine ? C'est ça ?

Il y avait songé tout seul. Bien sûr. Il ne devait même penser qu'à ça depuis le retour de son frère. Et pourtant, c'était lui qui l'avait fait revenir.

— Je l'ai rencontré dans le hall de l'hôpital, avoua-t-elle prudemment.

Inutile d'accumuler les mensonges, Paul devinait toujours presque tout d'elle.

— Et alors ?

— Rien.

Elle lui échappa pour se tourner vers lui et le regarder en face.

43

— Tu n'as aucune raison d'avoir peur, Paul. Le passé est mort.

Une demi-vérité, destinée à l'épargner.

— Mort ? répéta-t-il, incrédule. Pourquoi pleurais-tu, Marine ?

— Je ne sais pas. Tout ce temps perdu, ou… Je me suis rendue malheureuse pour rien. Antoine n'avait pas d'explication à me donner, pas de réponse à ma question, mais ça n'a plus d'importance.

— Vraiment ?

Il avait tellement envie de la croire, tellement besoin d'être rassuré qu'il en était bouleversant.

— Je suis bien avec toi, Paul. Je t'aime.

En guise de réponse, il l'entoura de ses bras et la serra trop fort.

Penché sur le moteur du 4×4, Simon écoutait le bruit régulier des cylindres.

— C'est bon ! décida-t-il.

Il lâcha le capot qui se referma avec un bruit sec.

— Tu peux rouler, il ronronne ! Mais attention, hein ? Vas-y mollo, ne fais pas comme Vincent ou ta mère me tuera…

Avec une grimace navrée, Antoine secoua la tête.

— C'était lui qui avait la passion de la vitesse, pas moi.

— N'en parle pas au passé, il n'est pas mort ! aboya Simon.

— Non, mais quand il se réveillera, il sera sûrement guéri des motos.

Simon haussa les épaules puis ébaucha un petit sourire triste.

— Je suis un peu responsable : à force de parler des grosses cylindrées avec lui, je lui ai donné le virus. Quand il était ado, je lui offrais déjà des motos télécommandées…

Il prit un chiffon qui traînait sur le capot d'une autre voiture, s'essuya les mains, puis ramassa deux outils qu'il rangea dans la poche arrière de sa salopette. Soigneux, méticuleux, amoureux des moteurs, il travaillait dans son garage du matin au soir en sifflotant, et l'essentiel de ses lectures se composait de revues automobiles.

— Je n'aurais pas dû l'encourager, ajouta-t-il. Je n'ai jamais été fichu de vous donner de bons conseils !

— Heureusement qu'on t'avait, répliqua Antoine.

Sans Simon, une présence masculine aurait fini par leur manquer, à tous. Alors, même si Antoine avait eu un peu de mal à l'accepter, au début, il s'était vite attaché à lui, comme ses frères et sa sœur.

— Ta mère m'a dit que tu comptes rester parmi nous… Cucuron ne te paraît pas ridiculement petit, après São Paulo ?

— Fous-toi de moi, va !

— Non, Antoine, je suis sérieux. Il n'y a pas de travail, ici – en tout cas pas pour un garçon comme toi. Au Brésil, tu gagnais bien ta vie, tu faisais des affaires…

— Si tu crois tout ce que maman raconte ! En rapatriant mes fonds, j'ai de quoi tenir un an, pas davantage.

Ouvrant de grands yeux, Simon le dévisagea, incrédule.

— Là-bas, j'ai touché à tout, des trucs rentables et aussi des coups foireux. Les pierres précieuses ne

poussent pas sur les arbres, ce n'est pas si simple !
Quand Paul m'a téléphoné, j'étais sur le point de
gagner enfin un peu d'argent mais... Bref, on verra
bien. J'ai des amis, sur place, qui défendront peut-être
mes intérêts.

— Antoine, Antoine ! Tu t'entends ?

Simon recula de quelques pas, mit ses poings sur les
hanches et le toisa.

— Tu parles comme un voyou. Tes « intérêts », tes
« coups foireux », tes « amis »... Tu ne peux pas
t'exprimer plus clairement ? Tu as des choses à
cacher ? Moi, quand je suis arrivé en France, j'ai
craché dans mes mains et je me suis mis au boulot.
Quand on veut, tout est simple, ne viens pas me
raconter de conneries ! Et je te préviens, ici, pas de
magouilles, pas d'embrouilles. Ta mère a un
commerce, moi aussi, c'est ça qui nous fait vivre.

— Oh, bon sang, pas de leçon de morale ! explosa
Antoine.

Il mourait d'envie de dire la vérité à Simon, mais il
n'en avait pas le droit. À quoi aurait servi d'avoir su
se taire pendant sept ans s'il avouait tout maintenant ? Pièce rapportée du clan, Simon n'était pas dans
la confidence, il ne faisait pas partie du pacte qui liait
les Soubeyrand entre eux. Seuls Emma, ses quatre
enfants et Marie-Angèle partageaient le secret qui
avait failli les détruire et qui les empoisonnait toujours.

— Tout ce que je veux, se borna à lâcher Antoine
d'une voix tendue, c'est remettre l'atelier de papa en
service. Il n'y a rien d'illégal là-dedans, que je sache !
Et si, en prime, on pouvait me foutre la paix...

Il ouvrit la portière du 4×4 d'un geste rageur. Sa
colère ne visait pas Simon et il s'en voulut de ne pas

avoir su garder son calme. Mais il avait fait trop de sacrifices jusque-là, dorénavant il agirait comme il l'entendait.

Sans un regard en arrière, il quitta le garage et prit la route d'Apt. Avant de s'attaquer aux anciens fours de son père, il avait besoin de se retrouver quelques minutes au chevet de Vincent. À lui, conscient ou inconscient, il pourrait dire n'importe quoi. Tout ce qui l'étouffait, tout ce qui lui passait par la tête. Y compris ce projet totalement déraisonnable de céramiste. Et aussi la douleur de son affrontement avec Marine, la veille, dont il ne se remettait pas. La savoir dans les bras de Paul avait été une torture, lorsqu'il était au Brésil, mais être quotidiennement témoin de leur bonheur allait le rendre fou.

Dans le couloir, devant la chambre de Vincent, Emma croisa Liliane qui disparaissait derrière un énorme bouquet de lavande.

— Quelle drôle d'idée ! s'exclama-t-elle.

Écartant les fleurs, elle s'efforça de sourire à Liliane qu'elle embrassa sur les deux joues.

— Tu sais, en ce moment, Vincent...

— Oui, bien sûr ! Mais je m'étais dit que peut-être... Peut-être qu'on perçoit les odeurs, même dans le coma ? Et puis...

— De toute façon, les fleurs sont désormais interdites dans les hôpitaux.

— Ah bon ? Je l'ignorais.

Visiblement déçue, Liliane déposa le bouquet par terre, le long du mur. Employée du salon de coiffure depuis deux ans, c'était une jolie brune aux yeux clairs, plutôt délurée, qui plaisait beaucoup aux clients.

— Je peux aller l'embrasser, au moins ?

— Si tu veux.

— Merci. Je ne m'attarderai pas, j'ai plein de rendez-vous au salon. À croire que les gens viennent par curiosité ! Mais il n'y a rien de nouveau, n'est-ce pas ? Il est toujours inconscient ?

— Oui.

Emma se mordit les lèvres. Elle n'avait aucune envie de parler de l'état « stationnaire » de son fils. Les médecins réservaient leur pronostic et continuaient à se taire. Que ce soit par ignorance ou pour ménager la famille, leur silence était insupportable.

— Madame Soubeyrand ? Vous me préviendrez si jamais… Enfin, je veux dire que…

Sourcils froncés, Emma considéra Liliane avec plus d'attention. Cette fille était-elle l'une des nombreuses conquêtes de Vincent ? Il les séduisait si facilement, avant d'aller s'écraser sur ce maudit arbre ! De là à draguer ses propres employées…

— Je passerai au salon dès que j'en saurai davantage, compte sur moi, promit Emma.

Elle suivit des yeux la jeune femme tandis que celle-ci se glissait dans la chambre sur la pointe des pieds, refermant la porte derrière elle. Vincent aurait-il jamais la chance de pouvoir regarder de nouveau une femme ?

Après un instant d'hésitation, au lieu de se diriger vers les ascenseurs, Emma se rendit droit au bureau des infirmières où elle exigea un entretien immédiat avec l'un des médecins qui soignaient son fils. Son air farouchement résolu dut convaincre la surveillante en chef qui accepta de la conduire jusqu'au bureau du

Dr Vialey. À peine assise devant lui, Emma alla droit au but.

— Si vous me cachez quelque chose, j'aimerais autant le savoir. Je ne suis pas une petite nature et je ne vous ferai pas une crise de nerfs, rassurez-vous. Mais pour moi l'incertitude est pire que tout ; si Vincent est condamné, il faut me le dire maintenant.

— Madame Soubeyrand ! protesta Vialey. Votre fils est plongé dans un coma stade 4, ce qui signifie qu'il peut se réveiller à n'importe quel moment... ou jamais. Je n'en sais rien. Je ne peux pas vous prédire ce que j'ignore, il n'y a aucune règle, chaque patient réagit différemment.

— Et lui ? Comment réagit-il ?

— Pour le moment, il ne réagit pas.

— Mais son cœur, son cerveau ? insista-t-elle. Tout est normal ?

— De ce côté-là, oui.

Elle vit tout de suite qu'il regrettait ce qu'il venait de dire et elle se pencha en avant, saisit le rebord du bureau.

— *De ce côté-là...*, répéta-t-elle lentement. Donc, il y a autre chose, n'est-ce pas ?

— Écoutez, en accord avec votre belle-fille...

— Marine ? Eh bien quoi ?

— ... nous avions décidé de ne pas vous alarmer pour rien.

Contrarié, il s'interrompit, chercha ses mots, mais Emma ne le lâchait pas du regard et il finit par céder.

— Votre fils a été sérieusement touché à la colonne vertébrale. Dans son état actuel, il est atteint de para-plégie. En admettant qu'il reprenne connaissance un jour, il ne retrouvera pas l'usage de ses membres inférieurs.

Les doigts d'Emma serrèrent plus fort le rebord du bureau, jusqu'à ce que ses jointures deviennent blanches. Muette, elle hocha la tête une ou deux fois, puis trouva la force de se lever.

— Voulez-vous qu'une infirmière vous raccompagne ?

— Non, non…

Sans écouter les mots de compassion qu'il murmurait en se dressant à son tour, elle sortit. Elle n'avait qu'une idée en tête : se retrouver seule pour pouvoir pleurer. D'une démarche mécanique, elle remonta tout le couloir jusqu'aux ascenseurs.

Assis sur un petit muret, face à l'atelier dont les fenêtres étaient grandes ouvertes, Antoine et Sophie attendaient que la fumée se dissipe. La remise en route des fours ne s'effectuait pas sans mal, et Antoine avait bien failli s'intoxiquer en tentant de les rallumer.

— Je vais être obligé de remplacer le four-couloir, il est mort…, constata-t-il en soupirant. Avec les deux autres, j'essaierai encore une fois, ça devrait aller.

Les yeux fermés, le visage tendu vers le soleil, Sophie ne répondit pas.

— Je ne comprends pas ce que tu cherches à faire, déclara-t-elle au bout d'un moment. Tu veux vraiment t'y remettre ? Papa a rendu maman folle avec tout ce bazar qui n'a jamais rien rapporté. Pendant ce temps-là, elle s'échinait au café.

Un peu choqué par le ton condescendant de sa sœur pour parler de leur père, il murmura :

— Tu étais petite, Sophie. Tu ne te souviens peut-être pas très bien de lui, mais c'était un homme merveilleux, patient, sensible… Il avait du talent, il aurait pu gagner de l'argent au bout du compte, mais il n'en a pas eu le temps. Ou la chance, je ne sais pas. Dans ce genre de métier, il faut aussi avoir une bonne étoile.

— Et tu l'as, toi ?

Elle se pencha vers lui, appuya sa tête sur son épaule.

— Je voudrais que tout aille bien pour toi, Antoine, tu le mérites tellement ! Alors, ne te lance pas dans n'importe quoi.

— Entendu, maître, répondit-il en riant. C'est comme ça qu'on appelle les avocats, non ? Mon cher maître… La toute petite Sophie est devenue une grande avocate !

— Pourquoi « grande » ? Je commence à peine ! Si je n'avais pas rencontré Arnaud, je ne serais même pas installée.

Antoine baissa les yeux vers sa sœur, mais il ne voyait que ses cheveux, pas son visage, et ne pouvait surprendre son expression.

— Je n'ai pas encore eu l'occasion de bavarder avec ton mari, mais il a l'air plutôt sympa.

— Oh, oui ! C'est quelqu'un d'adorable, de très positif… Exactement l'homme qu'il me fallait !

— Et ses enfants, ça ne te gêne pas ?

— Non, ils ont tout de suite été gentils avec moi, en plus ils sont gais et bien élevés.

— Alors, tu es heureuse ?

Il s'en voulut de l'avoir demandé, au lieu de la laisser se confier, mais il était pressé d'obtenir une certitude.

— Comme tu le sais, répondit-elle lentement, je ne suis pas très douée pour le bonheur.

La détresse de sa sœur lui donna un désagréable sentiment d'impuissance.

— Tu as réussi tes études, ton mariage, à quand ton premier enfant ? Je suis sûr que ça changerait tout pour toi, que tu oublierais, que…

— Mais j'essaye, Antoine ! Je me damnerais pour être enceinte et je n'y arrive pas !

Il perçut ses sanglots silencieux et convulsifs, contre son épaule. Consterné, il mit son bras autour d'elle, la berçant doucement.

— Qu'est-ce que tu as, ma puce ? Calme-toi, je suis là.

Les mots qu'il utilisait lorsqu'elle était enfant. Leur mère disait : « Surveille ta sœur, tu es l'aîné », et il s'était toujours senti responsable d'elle, l'avait toujours protégée. Enfin, *presque* toujours.

— Désolée, dit-elle en s'écartant. C'est la fatigue, ou la chaleur… Je boirais bien un verre d'eau.

Elle le précéda dans l'atelier où la fumée s'était entièrement dissipée.

— Je plaide à Aix cet après-midi, il va falloir que j'y aille.

Tandis qu'elle ouvrait le robinet de l'évier, il l'observa avec inquiétude. Comment parvenait-elle à défendre quiconque en étant elle-même aussi fragile ? Et où avait-elle trouvé la force d'obtenir son diplôme ? Il se promit d'avoir une véritable conversation avec Arnaud, pour le jauger en tant qu'homme et également pour tenter de déterminer ce qu'il savait du passé de sa femme.

Lorsque Sophie pivota vers lui, elle s'efforça de sourire. Vêtue d'un ensemble en lin très élégant, elle avait presque l'air d'une femme d'affaires et il se demanda à quoi elle pouvait bien ressembler dans sa robe noire d'avocate, au milieu d'un tribunal. Quant à imaginer le genre de causes qu'elle plaidait...

— Ne joue plus à l'apprenti sorcier, achète-toi un autre four avant d'avoir mis le feu !

Il la raccompagna jusqu'à sa voiture qu'elle avait laissée sur le chemin.

— Viens dîner à la maison quand tu veux, Antoine. Tu ne te sens pas trop seul ?

— Un peu, mais ça passera. Le temps de retrouver mes marques.

Estimant inutile d'ajouter ses propres angoisses à celles de sa sœur, il renonça à lui parler de Marine. Ce problème-là aussi, il devrait le régler seul. Songeur, il suivit des yeux la voiture qui s'éloignait pour rejoindre la route, en contrebas. Quand le bruit du moteur s'éteignit, il se retourna vers la petite maison basse, au toit de lauzes, que son père avait tant aimée. Avait-il raison de rester là ? Y gagnerait-il à son tour l'inspiration, et à quoi cela le mènerait-il ? Même s'il était heureux d'avoir retrouvé la lumière blanche, les figuiers aux effluves sucrés, les taillis arides de la colline pierreuse, ne prenait-il pas un risque énorme en rouvrant l'atelier de Jean Soubeyrand ? Quelque part, quelqu'un surveillait les agissements de la famille. Les lettres anonymes régulièrement reçues par sa mère contenaient toutes d'inquiétants sous-entendus. À sa demande, Emma les lui avait confiées et il les avait lues vingt fois sans comprendre. Les mots, grossièrement découpés dans des journaux, étaient collés sur un papier anodin, quant aux cachets de la poste, sur les enveloppes, ils émanaient de Marseille, d'Aix ou de Cavaillon. En leitmotiv, le mystérieux corbeau avait l'air de savoir quelque chose, cependant, il demeurait vague dans ses menaces et n'exigeait rien. Cette absence de chantage rendait sa mère folle. Pour l'apaiser, Antoine lui avait affirmé qu'il allait désormais s'en occuper, or que pouvait-il faire ? Sûrement pas porter plainte contre X, encore moins se confier à Lucien Sorgue, le capitaine de gendarmerie !

À pas lents, il regagna l'atelier dont il ferma les persiennes et les fenêtres. Il ne les rouvrirait que ce soir, lorsque la chaleur céderait le pas à la tiédeur de la nuit. En quelques jours, il avait bien nettoyé et arrangé l'endroit. Voisine de l'atelier, la grande pièce à vivre comportait un coin cuisine et, à l'opposé, une haute cheminée de briques où s'organisait le coin salon. Près de la fenêtre, une table à tréteaux servait de bureau. Dans la chambre, Antoine avait conservé l'armoire et le lit de bois peint, se bornant à changer le matelas. Enfin, Simon l'avait aidé à remettre en état la plomberie de la petite salle de douche. Que pouvait-il rêver de mieux ? Entre ces murs de pierre apparente, il conservait mille souvenirs d'enfance, en particulier celui de son père penché sur son tour de potier.

Il se laissa tomber sur le vieux radassié, un canapé à l'assise de paille que seuls les coussins apportés par Sophie rendaient confortable. À trente-cinq ans, il était temps pour lui de reprendre sa vie en main, et sa place parmi les siens. Un choix qu'il se sentait prêt à assumer, avec toutes ses conséquences. Renoncer n'était jamais la bonne solution, il en avait fait l'expérience et comptait tirer profit des leçons durement reçues. Et, pour commencer, puisqu'il était prêt à se battre sur tous les fronts, fallait-il vraiment qu'il se résigne à la perte de Marine ? Paul n'avait eu qu'à tendre la main pour la récupérer, c'était d'une effrayante injustice.

— Les absents ont toujours tort…, marmonna-t-il.

Mais, de son côté, ne s'était-il pas consolé dans les bras de superbes filles à la peau mate ? Pourquoi n'avait-il pas répondu aux courriers désespérés de Marine ou ne lui avait-il pas demandé de le rejoindre là-bas ? Pourquoi s'était-il cru, tout récemment, avant le coup de téléphone de Paul, amoureux de cette Gloria aux immenses yeux sombres ? Il n'était pas sans reproche, il le savait très bien.

Enfermée dans sa chambre, Emma avait pleuré pendant des heures. Simon était venu frapper à sa porte sans succès, puis Rosine, qui s'inquiétait de devoir tenir seule le café tandis que sa patronne s'offrait une crise de nerfs. Finalement, Marie-Angèle s'était déplacée, et c'est à elle qu'Emma avait ouvert.

Imaginer Vincent paralysé et cloué dans un fauteuil d'infirme pour le restant de ses jours semblait un cauchemar, et pourtant, n'était-ce pas préférable à sa disparition ?

— S'il se réveille, Emma, vas-tu continuer à pleurer comme ça devant lui ? À te lamenter ? Bon sang, reprends-toi, tu l'as assez dit aux autres !

Véhémente, Marie-Angèle continua sur ce mode jusqu'à ce que sa sœur se calme.

— Toi, tu t'en fiches, bougonna Emma en recommençant à se maquiller, tu roucoules avec ton bon Dieu sans te demander pourquoi il frappe au hasard ! Moi, je suis seule avec mes questions.

— Tu n'es pas seule, c'est faux. Tu as Simon, tu…

— Je ne peux pas tout lui dire ! Ni lui faire vivre l'enfer. Est-ce qu'il m'impose sa famille, lui ?

— Je te rappelle qu'il n'en a plus. Et qu'il préférerait épouser tes problèmes, ou même t'épouser toi, plutôt que se sentir sur la touche. De toute façon, il n'y a pas que Simon autour de toi.

— Oh, non ! Il y a maman, qui délire du matin au soir, et Paul, qui ne vit que pour Marine, et maintenant Antoine, qui va nous attirer tous les ennuis de la terre !

— Tu n'es pas contente qu'il soit là ? s'insurgea Marie-Angèle.

En train de se brosser les cheveux, Emma s'interrompit, une main en l'air.

— Si… Mais pas à ce prix-là.

Elle secoua la tête, reposa la brosse d'un geste las, puis elle plongea son regard dans celui de sa sœur.

— Marie, je suis fatiguée d'avoir peur. Tout ce que je fais, depuis sept ans, c'est me tuer au travail pour oublier la trouille. Seulement, il y a quelque part un salaud qui ne veut pas que j'oublie. Alors je m'occupe de maman, des enfants, du café, de Simon… Toi, à Aigues-Blanches, tu as la paix, tu fais ce que tu as toujours voulu faire. Le jour de ta communion, maman avait prédit que tu entrerais dans les ordres ! Depuis, tu es à l'abri dans ton couvent, tandis que moi, je ne peux pas refermer la porte sur le monde extérieur.

Fatiguée par sa crise de larmes, Emma poussa un profond soupir mais, deux secondes plus tard, elle se redressa, s'étira.

— Bon, tu as raison, je ne vais pas rester cloîtrée là comme une idiote ! Rosine doit commencer à en avoir marre, en bas, et comme j'ai envoyé bouler Simon, il va bouder toute la soirée. Sans compter les clients, qui en ont sûrement assez de me voir tirer une tête de trois pieds de long !

Sa faculté à surmonter les problèmes – ou à les occulter, ce qui revenait presque au même – avait toujours épaté Marie-Angèle, qui murmura :

— Allons, je constate que tu vas mieux…

— Il suffit que tu sois là, tu sais bien.

Elle fouilla dans son sac et en sortit une enveloppe.

— Tiens, lis ça. Je l'ai trouvée en rentrant de l'hôpital, et c'est la goutte d'eau qui a fait déborder le vase.

Du bout des doigts, l'air écœuré, Marie-Angèle déplia la feuille où étaient collés de petits morceaux de journaux désormais familiers.

— « *Finis les jours heureux, mes lettres iront par deux.* » Ce qui signifie ?

— Comment veux-tu que je le sache ? J'ai épluché mon courrier, il n'y en avait qu'une, pas deux. Ce type est un malade !

— Pourquoi « ce type » ? Il peut tout aussi bien s'agir d'une femme, non ?

— Possible.

Emma récupéra la lettre, la remit dans l'enveloppe.

— Un jour ou l'autre, on découvrira ce qu'il veut. Et ce jour-là…

Un coup discret, frappé à sa porte, l'interrompit. Persuadée qu'il s'agissait de Simon ou de Rosine, elle cria d'entrer, mais ce fut Mamette qui apparut.

— Ah, vous êtes là, les filles ! En plein conciliabule, comme d'habitude.

Apparemment, elle sortait de chez le coiffeur, sa mise en plis était très réussie.

— Tu es bien coiffée, maman, constata Marie-Angèle avec un gentil sourire.

— Justement, je voulais t'en parler, Emma. Figure-toi que Vincent n'est jamais dans son salon, il se fiche du tiers comme du quart, tu devrais le lui dire, ou son affaire finira par aller à vau-l'eau ! Les clientes viennent pour lui, pour qu'il les fasse rire, et cette Liliane est bien gentille mais ce n'est pas la même chose !

— Oui, bredouilla Emma. Bien sûr, maman…

Elle échangea un nouveau regard avec Marie-Angèle, mais elle avait assez pleuré pour la journée et elle trouva le courage de sourire.

Botte à botte, Antoine et Paul laissèrent galoper librement les deux camarguais. Paul montait Moïra, la jument offerte à Marine, et il avait laissé son propre cheval à Antoine. Au fond du vallon, la chaleur était moins torride grâce à un petit bois de chênes verts où serpentait un chemin praticable, mais les deux frères durent se remettre au pas en émergeant sur la lande pierreuse. Rênes longues, ils marchèrent en silence un moment.

— La balade te plaît ? finit par demander Paul. En tout cas, tu as fait des progrès… Tu montais, au Brésil ?

— J'en ai eu souvent l'occasion, oui. Comme je me suis beaucoup ennuyé, j'ai pratiqué des tas de sports.

— Ennuyé ? répéta Paul d'un ton ironique.

Antoine tourna la tête vers lui et le toisa sans indulgence.

— Ce n'était pas une partie de plaisir. Si tu penses au folklore, au carnaval, aux émeraudes ou aux plantations de café, tu es très loin de la réalité. J'en ai bavé, là-bas, infiniment plus que tu ne pourras jamais l'imaginer. Et apprendre que tu t'étais jeté sur Marine dès que j'ai eu le dos tourné ne m'a pas vraiment aidé !

Il vit Paul blêmir, accusant le coup.

— Qui te l'a appris ?

— Maman. Elle ne m'a pas donné de détails mais je les ai très bien imaginés tout seul ! Comment as-tu pu me faire ça, Paul ?

— Te faire quoi ? Qui avait commencé ?

Agacé, Antoine haussa les épaules.

— Oh, je t'en prie ! À l'époque, on se piquait les filles ; ça ne tirait pas à conséquence pour un petit flirt, on…

— *Tu* me piquais les filles ! Toi, pas moi ! Je ne m'amusais pas de cette façon-là. Mais toi, tu avais besoin de prouver que tu étais un mec, il te les fallait toutes, et tu n'as pas compris à quel point Marine comptait pour moi.

— Tu ne sortais même pas avec elle, Paul.

— J'en étais dingue et tu le savais !

— Et alors ? Je ne l'ai pas forcée, elle a choisi.

Les chevaux venaient de s'engager l'un derrière l'autre sur l'étroit sentier qui montait vers le mas. Paul avait pris la tête et il répondit sans se retourner.

— Elle t'avait choisi, oui... Seulement tu ne lui as jamais donné de tes nouvelles. Après ton départ, elle était si malheureuse que...

— ... que tu l'as consolée, récupérée ! Parfait ! De quoi te plains-tu ?

Paul arrêta sa jument, empêchant ainsi Antoine d'avancer, et il mit pied à terre.

— Tu veux qu'on règle ça tout de suite, Antoine ? Je sais que tu m'as toujours pris pour un couillon, le gentil Paul amoureux des arbres, mais aujourd'hui j'ai trente-deux ans, une femme et un fils auxquels je tiens par-dessus tout, et je me sens parfaitement de taille à te casser la gueule, ce que j'aurais dû faire plus tôt.

Interloqué, Antoine hésita puis descendit de cheval à son tour. Paul était aussi grand que lui et devait faire à peu près le même poids, mais il n'avait sûrement pas l'habitude de se battre. Et se taper dessus ne résoudrait rien entre eux, quelle que soit leur envie de vider cette querelle qui les dressait l'un contre l'autre.

— Merci pour la promenade, lâcha Antoine d'une voix rauque en mettant ses rênes dans la main de son frère.

Il s'éloigna à pied, coupant à travers les genêts qui s'accrochaient au flanc de la colline.

3

Lucien Sorgue s'était arrêté aux *Tilleuls* pour boire un café. Contrairement à l'idée toute faite qui consiste à croire les gendarmes trop portés sur la bouteille, Sorgue ne consommait jamais d'alcool avant de rentrer chez lui, le soir, et d'ôter son uniforme. Dans la journée, il se désaltérait avec des sodas ou du café glacé, dont il avait toujours une Thermos dans sa voiture de patrouille. Aussi la soif n'était-elle pas le but de sa visite. Installé à la terrasse, il attendit qu'Emma ait déposé la tasse devant lui, et il lui désigna la chaise voisine.

— Auriez-vous une minute, madame Soubeyrand ?

Étonnée, elle le scruta une seconde avant de s'asseoir en silence.

— Vous qui connaissez tout le monde, vous devez vous souvenir de Laurent Labaume ?

Ce nom parut avoir sur elle un effet répulsif car elle sursauta.

— Labaume ? Bien entendu !

Comme elle n'ajoutait rien, Sorgue prit un carnet dans la poche de sa chemise et consulta ses notes.

— Il y a une dizaine d'années, Labaume s'était associé avec votre fils Antoine et un certain Cantel…

— Oui, admit Emma à contrecœur. Ils avaient acheté ensemble une vieille grange, sur la route de Lourmarin, pour en faire une discothèque.

— Le *Stax*… Un truc pour jeunes, qui a tout de suite bien marché.

— En saison, oui. Et les samedis soir. Antoine a le sens du commerce et du contact, il tient ça de moi.

Elle avait recouvré son sang-froid et elle ajouta, en hâte :

— Ils n'ont jamais eu de problème, tout était en règle !

— Oui, admit Sorgue en soupirant. D'ailleurs la boîte existe toujours, et elle a toujours le même succès, avec Cantel seul aux commandes. Votre fils et Labaume se sont retirés de l'affaire à peu près au même moment.

— Antoine voulait voyager, voir du pays. Pour Labaume, je ne sais pas.

— C'est ça, mon problème.

— Je ne vois pas en quoi je peux vous aider, maugréa Emma en se levant.

— Une lettre anonyme est parvenue à la gendarmerie hier matin, déclara Sorgue sans la quitter des yeux.

Cette fois, Emma eut une expression de terreur sur laquelle le capitaine ne pouvait pas se méprendre. Il poussa son avantage aussitôt.

— On a tout d'abord cru à un canular, ça arrive parfois… Mais la disparition de Labaume n'a jamais été expliquée et nous allons vérifier l'information du mystérieux correspondant.

— Quelle information ?

— Le corps de Labaume se trouverait au fond d'un puits, du côté de Garbaud, dans la montagne.

Livide, Emma recula d'un pas et faillit trébucher sur la marche de la terrasse.

— Vous n'aviez jamais eu de nouvelles de lui, par hasard ? Ni vous ni Antoine ?

— Non… Aucune, non…

Assez expérimenté pour comprendre qu'il ne tirerait plus rien d'elle, Lucien Sorgue se dressa à son tour et déposa de la monnaie à côté de la tasse vide.

— Je vous tiendrai au courant, dit-il en ajustant son képi.

Tout le temps qu'il mit à regagner sa voiture et à démarrer, il sentit sur lui le regard d'Emma.

Raphaël raccompagna lui-même Sophie jusqu'à la porte du magasin d'exposition, le prétentieux showroom des céramiques Bresson.

— Papa est ravi d'avoir un avocat-conseil, et moi je suis ravi que ce soit toi ! affirma-t-il d'un ton joyeux.

— En tout cas, merci d'avoir pensé à moi.

— Je pense *toujours* à toi ! s'esclaffa-t-il.

Une vieille plaisanterie entre eux, car il avait toujours joué les amoureux transis auprès d'elle.

— Dans une société comme la vôtre, il y a sûrement des contentieux intéressants à régler, ajouta-t-elle.

— Intéressants, non, mais lucratifs, c'est certain. Je t'emmène déjeuner quelque part ?

Sophie hésita, tentée d'accepter. Raphaël était un ami d'enfance, il savait la faire rire et elle en avait vraiment besoin ces temps-ci.

— D'accord, à condition que tu te déplaces jusqu'à Aix, je dois être à quatre heures au tribunal.

— Un petit menu du marché au *Bistro latin*, derrière le cours Mirabeau, et tu seras largement dans les temps !

Ils se suivirent en voiture, prenant l'autoroute à la hauteur du pont de Pertuis. Dans son rétroviseur, Sophie surveillait la calandre de l'Audi TT, amusée par la sagesse inhabituelle de Raphaël qui conduisait doucement afin de ne pas la dépasser. Au péage, elle en profita pour appeler Arnaud, de son portable. Comme il passait la journée à Marseille, plaidant dans une affaire difficile, il parut ravi qu'elle ait de la compagnie et la félicita d'avoir décroché la clientèle des célèbres céramiques Bresson. Il savait qu'elle préférait le droit des affaires au droit civil ou pénal, et lui-même faisait tout pour l'orienter dans cette voie. Car, autant elle pouvait briller sur un dossier, autant elle perdait ses moyens lorsqu'elle prenait la parole face à un juge.

En s'installant au *Bistro latin*, elle se sentit mieux qu'elle ne l'avait été depuis bien longtemps. Tandis que Raphaël lui décrivait avec beaucoup d'humour le genre de litiges qu'elle aurait à démêler, elle eut une pensée attendrie pour Arnaud. Sa gentillesse et son attention constantes avaient eu raison de presque toutes les défenses dont elle était bardée. Leur différence d'âge n'était pas un problème, bien au contraire, malgré les prédictions d'Emma qui n'appréciait que moyennement son gendre. Le jour où Sophie le lui avait présenté, elle l'avait trouvé « coincé et arrogant », un jugement sur lequel elle était revenue par la suite. Mais, aux yeux d'Emma, Arnaud aurait toujours l'air d'un bourgeois, d'un citadin, et elle lui reprochait secrètement d'avoir imposé ses deux grands enfants à Sophie.

— Où es-tu partie, ma jolie ? Je te parle et tu n'écoutes pas un mot…

— Excuse-moi. Je pensais à mon mari.

— Il en a de la chance ! ironisa Raphaël.

— Moi aussi, de l'avoir rencontré.

— Si tu cherchais l'image du père…

— Ne sois pas méchant, ça ne te va pas.

Au lieu de protester, Raphaël lui adressa un sourire désarmant et enchaîna :

— Moi, j'aimerais détruire l'image du mien.

— Ton père ? Pourquoi ? Tu es plutôt un enfant gâté, un…

— … fils à papa.

Devant son air piteux, elle eut envie de rire. La réussite de Richard Bresson avait été trop rapide et lui était montée à la tête, tout le monde le savait à Cucuron. Mais on lui pardonnait volontiers, d'une part parce que son entreprise offrait du travail et apportait une certaine richesse au village, d'autre part parce qu'il avait perdu un fils, le frère de Raphaël, qui s'était suicidé quelques années plus tôt. Depuis ce drame, Richard couvait son second fils et lui passait tout.

— On n'a jamais les parents qu'on voudrait, constata Sophie en soupirant.

Raphaël éclata de rire, comme si elle avait dit quelque chose de très drôle, et au bout de quelques instants elle fut gagnée par son hilarité.

Juste au-dessus du hameau de Garbaud, à environ cinq cents mètres d'altitude, des véhicules tout-terrain de la gendarmerie étaient stationnés près d'un puits à peine accessible. Un peu plus haut dans la montagne, on devinait les ruines d'une ancienne ferme.

À côté de Lucien Sorgue, le juge et le médecin légiste bavardaient en attendant la remontée du corps. Une première exploration, menée par un jeune gendarme athlétique et solidement encordé, avait permis de déterminer qu'un cadavre se trouvait bien à quinze mètres de profondeur, disloqué sur les briques du puits asséché.

— Je veux que vos hommes ratissent le fond, rappela le juge Herrero d'une voix coupante. Et vous enverrez le tout au labo, il y aura peut-être des éléments exploitables.

Sorgue hocha la tête, exaspéré par l'autoritarisme du juge qui n'avait pas cessé de le harceler.

— Pour une fois, j'aimerais qu'on ne nous reproche pas d'avoir bâclé l'enquête ! ajouta Herrero.

Il posa un regard incisif sur Sorgue, décidé à lui signifier qu'il tenait les gendarmes pour maladroits et négligents. Au moment où le capitaine allait répondre, il se tourna vers le légiste.

— Vous passerez cette autopsie en priorité, n'est-ce pas ? Je vous ai fait adresser le dossier dentaire et médical de Laurent Labaume, j'espère que vous pourrez identifier avec certitude ce qui reste du corps. Si vous trouviez la cause du décès, en prime...

Là non plus, il n'attendit pas le commentaire, notant soudain de l'agitation autour du puits. Il se dépêcha de rejoindre les gendarmes qui étendaient quelque chose sur une bâche, et il se pencha pour regarder, sans manifester la moindre répulsion.

Bien avant l'heure habituelle, Emma avait poussé dehors les derniers clients. Une fois le rideau de fer baissé, elle rejoignit Marie-Angèle, Antoine et Paul dans la cuisine, dont elle referma soigneusement les fenêtres. Seule Sophie, retenue au tribunal, manquait à la réunion de famille. Emma exposa la situation aux autres de manière assez brutale.

— « *Mes lettres iront par deux* », ce salaud nous annonçait donc son courrier aux gendarmes ! Pour la partie : « *Finis les jours heureux* », je crois qu'on a du souci à se faire !

Antoine et Paul, toute rivalité oubliée, échangèrent un regard plein d'angoisse.

— Je ne comprends pas, conclut Emma en jetant la lettre anonyme sur la table, devant ses fils. Cet immonde corbeau sait probablement tout, et depuis sept ans… Pourquoi a-t-il autant attendu ? Mystère !

Il y eut un long silence puis Antoine suggéra, d'un ton rageur :

— Parce que je suis revenu ?

Sa mère le regarda droit dans les yeux mais ne répondit pas, et ce fut Marie-Angèle qui prit la parole, très calmement.

— Et après ? Quelqu'un a quelque chose à se reprocher, ici ? La seule erreur a été de se taire, je ne vous apprends rien. Si vous vous décidez à parler avant que votre mystérieux correspondant le fasse à votre place, ce sera un moindre mal.

— Jamais ! riposta Emma.

— Mais pourquoi, à la fin ? C'est de la folie, vous allez tous finir en prison !

— Elle a raison, lâcha Antoine amèrement. De toute façon, ils vont rouvrir l'enquête, poser des questions...

— Surtout à toi, murmura Paul, tu étais son associé.

— C'est bien pour ça que tu dois repartir, ils n'iront pas t'interroger à São Paulo, dit Emma dans un souffle.

Elle s'accrochait à son idée, celle qu'elle avait défendue si longtemps et si âprement comme la seule solution possible. Alors qu'Antoine s'apprêtait à répliquer, la porte donnant sur le petit jardin intérieur s'ouvrit à la volée et Marine apparut, essoufflée, furieuse.

— Qu'est-ce que vous faites enfermés là-dedans ? Si c'est une affaire de famille, vous auriez pu me prévenir !

Elle marcha droit vers le téléphone, qu'Emma avait décroché pour avoir la paix, et elle le remit sur sa base.

— J'ai essayé ton portable, mais je n'ai eu que ta messagerie, dit-elle à Paul en le fusillant du regard.

Puis elle se tourna vers Emma, qui semblait sur le point de l'apostropher vertement, et elle la prit de vitesse en annonçant, d'une voix soudain très douce :

— Vincent vient de reprendre connaissance.

Atterrés, les quatre autres la dévisagèrent en silence durant quelques instants.

— Quand ? explosa Emma. Pourquoi ne m'as-tu pas appelée ? Qu'est-ce qu'il a dit ?

— Il émerge à peine, les médecins sont avec lui... et vous étiez tous injoignables ! Vous conspirez contre quoi ?

— Rien, une vieille histoire de famille… Allez, dépêchons-nous !

Emma avait déjà ramassé son sac, ses clefs, et elle piaffait d'impatience.

— Je t'accompagne, décida Antoine.

Marie-Angèle lui emboîta le pas et Paul voulut se dresser à son tour, mais Marine l'en empêcha.

— On ne peut pas y aller tous ensemble. Vincent risque d'être un peu déboussolé, les premières heures.

Visage fermé, elle contemplait son mari sans la moindre indulgence.

— Où est Baptiste ? Je vous croyais à la maison…

— Il est là-haut, avec Mamette, elle l'aide à faire ses devoirs.

— Je croyais aussi qu'on ne devait rien se cacher, toi et moi !

Apparemment mal à l'aise, Paul esquissa un geste d'impuissance. Dehors, le moteur du 4 × 4 d'Antoine ronflait déjà.

— Tu as voulu qu'on se marie, que je fasse partie de ta famille, que je porte le nom de Soubeyrand, ajouta Marine d'une voix ferme. Alors, dis-moi en quoi consiste cette « vieille histoire » sans importance !

Qu'il puisse avoir des secrets pour elle la révoltait. Elle ne lui avait jamais rien caché – hormis, peut-être, l'étendue de son désarroi face à Antoine, quelques jours plus tôt. Mais ce sujet-là ne méritait plus d'être abordé, ils en avaient parlé trop souvent, et d'ailleurs elle s'était juré de ne plus penser à Antoine, de ne même plus le regarder.

— Je suis désolé, murmura-t-il d'un air piteux, mais ça ne concerne pas que moi. J'ai donné ma parole à maman, je ne peux pas la reprendre.

— Si tu préfères ta mère à ta femme, c'est que tu as encore besoin de grandir !

À peine prononcée, elle regretta sa phrase. La tête levée vers elle, Paul la considérait avec une expression indéchiffrable. Il resta muet un assez long moment, pesant peut-être le pour et le contre.

— Parle-moi de Vincent, lança-t-il enfin.

Georges Herrero était un juge intègre, et consciencieux jusqu'à l'acharnement. Hélas ! ces qualités ne semblaient pas suffire à lui assurer une belle carrière, il en faisait l'amère expérience avec la mutation dont il venait d'être victime. Atterrir à Avignon ne ressemblait guère à une promotion, pour lui qui arrivait de Lyon, mais sans doute n'avait-il pas eu l'échine assez souple devant sa hiérarchie.

Peu lui importait, il n'était pas décidé à changer de comportement. Les directives du garde des Sceaux, si elles étaient contraires à sa probité, n'auraient jamais aucune chance de l'atteindre. De toute façon, relégué dans le Vaucluse, il n'instruirait probablement que des affaires insignifiantes.

Sauf celle-ci, peut-être ? Il jeta un dernier regard sur le dossier ouvert devant lui, qu'il connaissait déjà par cœur. L'identification de Laurent Labaume n'avait posé aucun problème : le corps retrouvé au puits de Garbaud était bien le sien. À savoir, celui d'un jeune homme disparu sept ans plus tôt. Les membres de sa famille avaient été entendus, restaient ses associés et ses amis de l'époque – parmi lesquels, en tête de liste, figurait Antoine Soubeyrand. Celui-là était le seul à avoir un casier judiciaire. Six mois pour trafic de drogue – une condamnation relativement lourde – et, peu après sa sortie de prison, Antoine Soubeyrand avait filé en Amérique latine. Entre-temps, Labaume avait disparu.

— La famille Soubeyrand…, marmonna Herrero.

Il avait sous les yeux, parmi les pièces du dossier, quelques renseignements sur ces gens-là. Le père, décédé, la mère qui tenait un bistrot, la tante religieuse et la fille cadette avocate, enfin les trois fils, si disparates. Le pépiniériste venait de se marier, le coiffeur avait eu un grave accident de moto, et l'aîné, Antoine, l'ancien associé de Labaume, rentrait juste du Brésil après des années d'absence. Une coïncidence avec la lettre anonyme ?

Non, Georges Herrero ne croyait pas aux coïncidences. Il réexamina la lettre, qui selon le labo ne portait aucune empreinte digitale. Les mots avaient été découpés et collés assez maladroitement. « *Trois amis dans une boîte de nuit. Sont-ils amis ou ennemis ? Un mort attend au fond du puits, Sis à Garbaud, non loin d'ici, C'est Labaume qui y gît.* »

— Un poète, en plus…

Relevant brusquement la tête, il s'adressa à son greffier d'un ton sec.

— Vous pouvez faire entrer Antoine Soubeyrand.

Il observa avec intérêt l'homme qui pénétra dans son bureau quelques instants plus tard. Ce type-là devait plaire aux femmes, avec sa silhouette athlétique et son regard sombre, mais pour l'instant il avait seulement l'air excédé d'avoir attendu plus d'une heure le bon vouloir du juge. Une tactique qu'Herrero appliquait presque toujours aux témoins susceptibles de devenir des suspects.

— Je vous ai convoqué pour vous entendre dans le cadre de l'instruction ouverte sur le décès de Laurent Labaume, annonça-t-il.

La nervosité d'Antoine parut augmenter d'un cran, et il prit place tout au bord de la chaise que le greffier lui avait désignée.

— Disparu en juillet 1996, Labaume a été votre associé…

— Le mien et celui de Régis Cantel, répondit Antoine.

— Je sais, monsieur Soubeyrand, je sais ! Laissez-moi parler, voulez-vous ? À l'époque de cette disparition, l'affaire a été classée, faute de preuve, comme chaque fois qu'il s'agit d'un adulte en pleine possession de ses moyens. D'ailleurs, pas de cadavre, pas d'enquête. Aujourd'hui, nous avons le corps, et il va nous apprendre beaucoup de choses sur les circonstances de la mort… qui n'est pas une mort naturelle.

Le juge vit Antoine prendre une profonde inspiration avant de demander, d'une voix sourde :

— En quoi suis-je concerné ?

— À moi de le découvrir. Je constate déjà que vous n'êtes pas surpris, ou au moins chagriné pour votre ami.

Dans le silence qui suivit, Antoine baissa la tête pour fuir le regard insistant d'Herrero.

— Laurent n'était pas mon ami, dit-il enfin. Juste une relation. On avait fait des virées ensemble, d'où l'idée d'ouvrir une boîte. Plutôt une bonne idée, ça a tout de suite marché d'enfer.

72

— Oh, mais ça continue ! Régis Cantel est très satisfait. Pourquoi vous êtes-vous retiré de cette affaire prospère ?

Relevant les yeux, Antoine parut soudain plus sûr de lui, presque désabusé.

— J'ai fait de la prison, j'imagine que vous le savez.

— Une histoire de drogue, oui. Péché de jeunesse ?

— Pas du tout ! Je n'ai jamais touché à cette saloperie. Labaume ne s'en privait pas, lui, mais c'est moi qui ai porté le chapeau. En sortant de taule, j'ai récupéré mes billes, j'en avais marre de tout ça, je voulais faire ma vie ailleurs, alors je me suis tiré loin d'ici.

— Vous avez beaucoup d'ennemis, on dirait, soupira Herrero en poussant la lettre anonyme vers Antoine.

Tandis qu'Antoine parcourait la feuille, il l'observa attentivement.

— Là non plus, vous ne semblez pas étonné…

— Je devrais l'être ? C'est quoi, ce truc ? Il y a quelque part un mec au courant de ce qui est arrivé à Laurent et qui n'a rien dit pendant sept ans ? Entrave à la justice, non ? Attrapez ce corbeau, et vous aurez votre coupable !

Son assurance augmentait à vue d'œil et le juge se demanda pourquoi. Faisait-il fausse route en trouvant à Antoine Soubeyrand une belle tête de faux témoin ?

— Vous n'êtes pas l'auteur de ce quatrain douteux, j'en suis persuadé, déclara-t-il posément. D'autant moins que, si je décrypte bien ces vers de mirliton, vous y êtes désignés, Cantel et vous, comme de possibles assassins…

Cette fois, il obtint la réaction espérée : Antoine devint livide.

— Pour l'instant, poursuivit-il, c'est surtout à vous que je m'intéresse. Avant toute chose, j'aimerais connaître votre profession. Vous avez été tenancier, dealer, aventurier…

— Dealer, non !

Du bout du doigt, Herrero tapota le dossier.

— C'est écrit là.

— Mais…

— Peu importe ! Aujourd'hui, que faites-vous exactement ?

Satisfait d'avoir réussi à déstabiliser Antoine, il continuait à l'étudier sans complaisance, attendant qu'il perde son sang-froid.

— Je compte rouvrir l'atelier de mon père.

— Oh ! Ainsi vous allez devenir… potier ?

— Pourquoi pas ? L'entreprise Bresson est la preuve qu'on peut réussir dans la céramique !

Furieux, Antoine s'était levé, et d'un geste impérieux le juge Herrero lui intima l'ordre de se rasseoir.

— Je n'ai pas fini, monsieur Soubeyrand. Loin de là…

Assise au chevet de Vincent, Emma ne parvenait pas à se rassasier du spectacle. Elle le regardait cligner des yeux, bavarder, tourner la tête, et elle retrouvait sur son visage des expressions familières qui la bouleversaient.

De l'autre côté du lit, Paul souriait à son frère.

— Tu n'as pas droit à l'alcool, Vialey a été formel… À la tienne, mon vieux !

Il agita sous le nez de Vincent son gobelet de carton plein de champagne.

— À cause de toi, j'ai bien cru qu'on n'en boirait jamais plus.

Soulevant délicatement la nuque de Vincent, il l'aida néanmoins à avaler une gorgée.

— Ne le dis à personne, et surtout pas à Marine ! Elle t'en veut à mort depuis que tu l'as obligée à passer sa nuit de noces aux urgences.

Avec une grimace navrée, Vincent se laissa aller sur son oreiller.

— Elle est gentille, ta femme, articula-t-il d'une voix éraillée. Elle passe me voir dix fois par jour depuis que je me suis réveillé.

— Avant aussi, affirma Paul, seulement tu ne t'en souviens pas.

— De rien… Noir absolu, ça flanque le vertige.

Vincent essaya de se redresser mais abandonna presque aussitôt.

— J'aimerais bien me lever, je me sens complètement vaseux.

Emma se força à intervenir et elle le fit avec fermeté, comme si de rien n'était.

— Chaque chose en son temps, mon chéri. Pour l'instant, il n'en est pas question.

Une boule en train de se former dans sa gorge l'obligea à toussoter afin de dissimuler son émotion. Vialey et le reste de l'équipe médicale avaient décidé de ne révéler à Vincent la gravité de son état que d'ici un jour ou deux, lorsqu'il serait en mesure de supporter le choc.

— J'arrive à temps pour trinquer ? lança Antoine depuis le seuil de la chambre.

Par-dessus l'épaule de Paul, Vincent adressa à Antoine un sourire radieux.

— Tu es vraiment rentré, alors ? J'ai cru à une blague... Et tu vas rester ?

Emma surprit l'expression à la fois résignée et agacée de Paul tandis que l'aîné répondait :

— Je suis revenu pour toi, et je reste parce que c'est mon droit.

À sa manière de le dire, Emma devina que sa rencontre avec le juge, à Avignon, avait dû tourner à l'affrontement, et elle éprouva une soudaine bouffée d'angoisse.

— Ne fais pas cette tête-là, maman ! s'écria Vincent en lui tendant la main. Tu as tes trois fils autour de toi, tu devrais être contente ?

Elle baissa les yeux vers lui, prête à lui sourire, mais elle se figea brusquement, horrifiée. Sur le drap blanc, une large auréole était en train de se former. Elle voulut se reprendre, cependant Vincent avait suivi la direction de son regard et il se mit à bredouiller des excuses.

— Oh, je suis désolé... Mais je ne... Bon sang, je crois bien que je viens de...

La peur parut prendre le pas sur sa gêne, il lâcha la main de sa mère pour saisir celle de Paul.

— Je me pisse dessus et je ne sens rien ! C'est normal ?

Emma se leva avec une telle brusquerie que sa chaise se renversa. Elle savait très exactement ce qui allait arriver et ne voulait à aucun prix être celle qui répondrait aux questions affolées de Vincent.

— Je reviens ! jeta-t-elle d'une voix trop aiguë.

Sans écouter personne, elle se précipita hors de la chambre, ravalant ses larmes.

Les résultats de l'autopsie, bien que tenus secrets, ne faisaient plus aucun doute : Laurent Labaume avait été assassiné sept ans plus tôt. Après Antoine, ce fut au tour de Paul, puis de Sophie d'être entendus par le juge. Mais celle-ci, forte de ses connaissances d'avocate, n'était pas décidée à se laisser faire et elle tint tête à Herrero, affirmant ne pas comprendre son acharnement contre la famille Soubeyrand.

Interrogé lui aussi, Régis Cantel s'était montré évasif, tout en laissant entendre que, à l'époque, de fortes tensions existaient entre Labaume et Antoine.

À plusieurs reprises, Emma tint conciliabule avec ses fils et sa fille, ce qui donna à Simon l'impression d'être mis à l'écart de la famille. Marine, qui n'était pas dans la confidence non plus, éprouva pour sa part un véritable sentiment de rejet. Paul ne lui avait jamais rien caché, c'était la première fois qu'il refusait de répondre à ses questions, et elle ne comprenait pas pourquoi. Elle faillit s'adresser à Antoine afin d'obtenir des explications, mais elle s'était juré de l'approcher le moins possible et elle préféra finalement s'abstenir.

Pendant ce temps, Vincent, à l'hôpital, devenait fou. L'idée de demeurer infirme pour le restant de ses jours lui était si insupportable qu'il ne pouvait penser à rien d'autre. À tous ceux qui lui rendaient visite il opposait un visage fermé et un silence hostile. Refusant le soutien psychologique proposé par l'hôpital, il passait ses journées prostré. Même Liliane, pour qui il avait eu un faible avant son accident, ne trouvait pas grâce à ses yeux malgré tout le mal qu'elle se donnait pour tenir le salon de coiffure en son absence. Dès qu'il était seul, il essayait en vain de bouger ses jambes, épouvanté de ne rien sentir à partir de la taille. Paralysé, incontinent, pourquoi vivait-il encore ? À quoi allait ressembler son existence dans l'avenir ? Il ne pouvait même pas se raccrocher à un vague espoir d'amélioration car les médecins ne lui en avaient laissé aucun.

Six jours après être sorti du coma, il tenta de se suicider en s'ouvrant les veines. Par chance – ou par malheur –, Marine était de garde cette nuit-là, à l'étage en dessous. Comme à son habitude, elle était passée le voir deux ou trois fois durant son service, et ce fut elle qui le découvrit, peu avant l'aube, au milieu d'une mare de sang.

Une fois hors de danger, il parut se résigner à son sort, s'offrant une ultime crise de larmes dans les bras de ses frères mais, au fond de sa tête, quelque chose venait de mourir aussi sûrement que dans son corps.

La tentative de suicide de Vincent perturba profondément Sophie. Survenant après le retour d'Antoine, la découverte du corps de Labaume, puis l'interrogatoire du juge, le geste désespéré de son frère mit un comble à ses angoisses latentes. Pour oublier, elle se réfugia dans le travail, penchée sur ses dossiers du matin au soir, jusqu'à ce que son mari commence à s'inquiéter de son attitude. Il la sentait de plus en plus fragile et instable, prête à fuir devant il ne savait quel danger, toutefois, il répugnait à la questionner. Emma, qu'il prit la peine d'aller voir, lui recommanda la patience sans plus d'explications. Trop amoureux pour prendre le risque de brusquer sa femme, Arnaud était également trop intelligent pour ne pas deviner qu'un mystère existait bel et bien dans la famille Soubeyrand. Impuissant, il se borna à entourer Sophie de tendresse, mais lorsqu'il devait s'absenter, il se faisait plus de souci pour elle que pour ses enfants.

Puis ce fut l'été, accompagné d'une épuisante vague de chaleur, et les premiers touristes apparurent. Dans son couvent, Marie-Angèle se rongeait les sangs, culpabilisée de n'avoir pas su convaincre Emma quand il l'aurait fallu.

4

Une nouvelle lettre anonyme, postée de Manosque cette fois, arriva aux *Tilleuls* le 22 juin. Fébrile, Emma déchira l'enveloppe, extirpa la feuille et lut : « *Petit Poucet, je sème des cailloux. Ce sont des indices, ils mènent jusqu'à vous.* »

Effondrée, elle resta une bonne minute la tête basse, essayant de réfléchir. Chacune des menaces contenues dans les lettres s'étant réalisée, le juge Herrero avait dû recevoir un courrier lui aussi. Et sans doute ne tarderait-il pas à convoquer de nouveau les membres de la famille. D'ici peu, la situation deviendrait intenable, mieux valait prendre les devants. Au fond d'elle-même, Emma s'en sentait capable.

Après s'être accordé un petit moment de réflexion, elle confia le café à Rosine et traversa la place en direction du garage de Simon. Elle trouva celui-ci penché sur un moteur, comme à son habitude.

— Simon, j'ai besoin de toi ! lança-t-elle d'un ton qu'elle essaya de rendre désinvolte.

— Ce serait trop beau…, marmonna-t-il en se redressant.

Il lui jeta un coup d'œil et parut trouver à son goût la jupe bleue à volants, la chemise blanche sans manches.

— Tu es bien belle, ce matin.

— Pas les autres ? plaisanta-t-elle. Écoute, je sais que ma voiture n'est pas prête…

— Tu l'auras ce soir, j'attends les pneus.

— Oui, mais si tu pouvais m'en prêter une en attendant, j'ai des courses à faire à Avignon.

— Tu tombes bien… j'y vais vers quatre heures, chercher des pièces pour une Renault.

— Non, non, ce sera trop tard, je dois y aller tout de suite !

Avec un haussement d'épaules, Simon sortit de sa poche un chiffon et s'essuya soigneusement les mains. Puis, sans regarder Emma, il se dirigea vers un tableau de clefs et en décrocha un trousseau qu'il lui tendit.

— Des courses, hein ? Tu me prends vraiment pour un pauvre idiot. Tiens, c'est la Twingo, là-bas, celle que je passe aux clients en dépannage…

Un peu gênée, elle prit les clefs en silence, ne sachant comment le remercier.

— Pourquoi me mens-tu, Emma ? Tu n'as plus confiance en moi ?

Il n'y avait aucune agressivité dans ses questions, seulement de la tristesse, et elle faillit craquer. Que n'aurait-elle pas donné pour se laisser aller sur son épaule ! Mais elle n'en avait pas le droit, elle devait le tenir à distance pour le préserver. Et aussi parce qu'il n'était pas le père de ses enfants.

En s'installant au volant, elle lui adressa juste un petit signe de la main, auquel il ne répondit pas. Pauvre Simon… Depuis le début, elle ne pouvait s'empêcher de le comparer à Jean Soubeyrand. Cet homme-là avait été le grand amour de sa vie, celui qu'on ne trouve qu'une fois. Séduisant, intelligent et sensible, il l'avait éblouie dès le premier jour, lui avait fait voir le monde différemment, l'avait réconciliée avec elle-même. À seize ans, elle s'aimait si peu ! Elle sortait d'une terrible épreuve dont elle croyait bien ne jamais se remettre, qui lui laissait une plaie ouverte que Jean avait su cicatriser. Il était beaucoup plus âgé qu'elle, il voulait des enfants, il l'avait épousée avec une dispense, et la naissance d'Antoine leur avait procuré à tous deux un bonheur inouï.

Emma profita d'un stop pour baisser les vitres de la Twingo. Agacée, elle tenta de chasser ses souvenirs. Penser à Jean la rendait inutilement triste et ne faisait que compliquer ses rapports avec Simon. Lui aussi avait des qualités, lui aussi avait su l'aider à un moment difficile de son existence. Et parfois, quand elle était dans ses bras, elle se sentait amoureuse de lui pour de bon. Alors pourquoi le rejetait-elle en permanence ? Cherchait-elle inconsciemment à se punir ?

— Arrête, ma fille, arrête…, maugréa-t-elle entre ses dents.

La circulation était dense dans Avignon, et elle eut du mal à se frayer un chemin jusqu'au palais de justice. Ensuite, il lui fallut encore une demi-heure pour persuader successivement l'huissier de service puis le greffier, et il était presque midi lorsqu'elle se retrouva enfin face au juge Herrero.

Très dignement, elle sortit de son sac la lettre anonyme reçue le matin même, la fit glisser sur le bureau et croisa les bras.

— Voilà, monsieur le juge… Je suppose que vous en recevez également ? En ce qui me concerne, j'en ai un plein tiroir ! Je n'ai aucune idée du nom de l'auteur, mais c'est forcément quelqu'un qui m'en veut et qui tient à salir ma famille.

— C'est curieux, dit Herrero d'une voix très douce, votre fils Antoine a utilisé la même expression : « quelqu'un » lui en voulait aussi, paraît-il, lorsqu'il a été inculpé de trafic de drogue…

D'un geste vif, il prit la lettre et la rangea dans le dossier *Labaume* qui était posé en évidence sur un coin du bureau.

— Vous avez convoqué mes enfants, vous les avez interrogés, et je me fais du souci pour eux. S'il suffit d'un corbeau pour mettre la justice sur une fausse piste… Il est pourtant clair que la disparition de Labaume ne profitait pas à mon fils ! Il n'avait plus aucune part dans cette boîte de nuit, il…

— … s'était violemment querellé avec Laurent Labaume peu avant le drame. Vous l'ignoriez ? J'ai le témoignage d'une serveuse de l'époque.

Le ton du juge avait radicalement changé et Emma se sentit mal à l'aise.

— Les gens ont bien de la chance d'avoir une mémoire infaillible, murmura-t-elle. Si vous me demandiez qui s'est engueulé avec qui dans mon bistrot, il y a sept ou huit ans, je serais incapable de vous répondre.

Sa repartie surprit le juge qui se fendit d'un mince sourire.

— Madame Soubeyrand, vous voudrez bien faire parvenir à mon greffier toutes ces lettres que vous prétendez avoir reçues.

— Je ne prétends pas, c'est un fait ! Interrogez le facteur, la poste…

— Et vous n'avez pas jugé bon de déposer une plainte contre X pour harcèlement ?

— Auprès de qui ? Des gendarmes ? Vous croyez qu'ils n'ont que ça à faire ? Je ne sais pas d'où vous venez, monsieur le juge, mais ici, dans les petits villages, les corbeaux ne sont pas rares. Des désœuvrés, des détraqués…

— Le nôtre est plutôt bien informé.

— Je ne pouvais pas le deviner.

Après cette passe d'armes, ils s'observèrent en silence, sans qu'Emma baisse les yeux.

— Désiriez-vous me confier autre chose ? interrogea Herrero.

— Non. Je pense avoir fait mon devoir en venant spontanément. Je suis la seule de la famille que vous n'avez pas convoquée !

— Chaque chose en son temps, madame Soubeyrand…

Il la laissa se lever et lui adressa un signe de tête. Lorsque Emma franchit la porte, son cœur battait à grands coups, mais elle était contente d'elle.

Allongés face à face, à même les dalles de pierre entourant la piscine, Agathe et Romain jouaient au pendu mais, du coin de l'œil, ils surveillaient Sophie qui somnolait sur un transat. Ils s'étaient rapidement attachés à elle, depuis le jour déjà lointain où leur père, un peu embarrassé, la leur avait présentée. Privés de leur mère qui les ignorait depuis le divorce, avides de tendresse, ils n'avaient pas résisté longtemps à la gentillesse de Sophie, qu'ils considéraient davantage comme une grande sœur que comme une belle-mère.

— Alerte, voilà la TT du fils Bresson, grogna Romain en mettant une main en visière.

L'Audi rouge, dont les chromes scintillaient au soleil, était en train de se garer en contrebas de la bastide.

— Je trouve qu'il vient un peu trop souvent, déclara Agathe à voix basse. Et comme papa n'est jamais là…

Leur père leur avait demandé de veiller sur Sophie, qui semblait très perturbée ces temps-ci, et les deux adolescents prenaient la consigne au sérieux.

— Euh… V ? proposa Romain.

— Pendu !

Elle reposa le stylo avant de sauter sur ses pieds pour aller réveiller Sophie.

— Tu as de la visite, annonça-t-elle.

La jeune femme ouvrit les yeux, considéra Agathe d'un air égaré, puis elle découvrit Raphaël qui traversait la pelouse et son visage s'éclaira aussitôt. Agathe se sentit vaguement contrariée par ce sourire ; mais après tout Raphaël était un ami d'enfance de Sophie, lui aussi devait s'inquiéter pour elle.

— J'apporte du champagne ! claironna Raphaël en brandissant une bouteille. Papa est tellement content de la manière dont tu as pris le contentieux en main qu'il va te recommander à tous ses copains ! Tu es très en beauté, ma Sophie…

Il la détailla d'un œil connaisseur tandis qu'elle enfilait un tee-shirt sur son maillot de bain.

— Salut les jeunes…, ajouta-t-il à l'adresse d'Agathe et de Romain. Si vous alliez chercher des verres ?

— Tu es un habitué, tu connais le chemin de la cuisine ! répliqua Agathe d'un ton aigre.

Le côté play-boy de Raphaël ne l'impressionnait pas du tout, et elle tenait à le lui montrer. Désinvolte, il haussa les épaules puis se dirigea vers la bastide sans protester.

— Qu'est-ce qu'il t'a fait ? demanda Sophie avec un sourire amusé.

— À moi, rien. Mais toi, il te drague.

— Raphaël ? Bien sûr que non ! C'est mon meilleur ami, Agathe… Et rassure-toi, ton père n'en prend pas ombrage, il le trouve très gentil.

— Oh, lui, il ne voit jamais rien !

Agathe tourna le dos à Sophie, bien décidée à ne pas trinquer avec Raphaël. De toute façon, un devoir inachevé de maths l'attendait dans sa chambre, où elle monta se réfugier.

À seize ans tout juste, elle se savait différente de la plupart des filles de son âge. Son père le lui faisait parfois remarquer, se moquant d'elle gentiment lorsqu'il la voyait plongée dans l'une de ses interminables rêveries. De nature contemplative, elle n'appréciait ni les boîtes de nuit enfumées où hurlait la techno, ni les soirées bruyantes entre copains du lycée avec beuveries de rigueur. En revanche, elle pouvait marcher durant des heures dans les collines environnantes, occupée à regarder la nature et à réfléchir, ce que personne ne comprenait.

Assise à son bureau, elle observa un moment le ciel dans l'espoir d'apercevoir un aigle ou un faucon avant de se mettre au travail. Sous sa fenêtre ouverte, le rire de Sophie se mêlait à la voix grave de Raphaël. Avec un soupir résigné, elle baissa les yeux vers le livre ouvert devant elle.

— Non ! Non ! hurla Sophie, en bas.

Agathe se pencha en avant et découvrit le spectacle de sa belle-mère se débattant dans les bras de Raphaël. Il la tenait juste au-dessus de l'eau, prêt à la laisser tomber dans la piscine. Ils avaient l'air de beaucoup s'amuser, tous les deux, et Sophie s'accrocha si bien à Raphaël qu'ils basculèrent finalement ensemble avec un nouvel éclat de rire, aspergeant Romain qui était resté sur le bord.

Songeuse, Agathe ferma sa fenêtre pour ne plus les entendre. Pourquoi son père prenait-il un risque pareil ? Raphaël avait quinze ans de moins que lui et, ami d'enfance ou pas, il cherchait à séduire Sophie, c'était une évidence.

— J'ai le droit d'avoir un autre avis ! explosa Vincent. Vialey est venu flanqué d'un neurologue qui ne m'inspire pas du tout confiance, et ils étaient là à pontifier, sûrs d'eux, formels... Ils m'ont littéralement exécuté ! D'après eux, je n'ai aucune chance de remarcher, or aucune chance, ça n'existe pas... Il y en a forcément une sur mille, ou sur un million, on dirait qu'ils n'ont jamais entendu parler de l'exception qui confirme la règle !

Il s'agitait tellement dans son lit que de la sueur perlait sur ses tempes et plaquait ses cheveux trop longs. Compréhensif, Antoine acquiesça, légèrement interdit. Après tout, peut-être existait-il une infime possibilité ? Vincent n'avait que trente ans et il était assez volontaire pour subir n'importe quel type de rééducation.

— On va consulter les plus grands, je te le promets, affirma Antoine. Je vais me renseigner, je t'emmènerai à Paris s'il le faut.

Debout au pied du lit, Marine toussota pour attirer leur attention.

— Ne commencez pas à vous monter la tête, dit-elle d'un ton neutre, très professionnel.

Ulcéré, Antoine la dévisagea. Pourquoi intervenait-elle ? Pour ôter à Vincent le dernier espoir auquel il pouvait se raccrocher ? Son statut d'infirmière ne lui donnait pas le droit d'être cynique ni de démoraliser son frère, qui s'enfonçait chaque jour davantage dans la dépression.

— On ne t'a rien demandé, lâcha-t-il rageusement. Et, ne t'en déplaise, nous ne sommes pas ici dans un hôpital de pointe ! Vialey est bien gentil mais…

Il fut interrompu par l'arrivée de Liliane qui venait d'entrer timidement dans la chambre dont la porte n'était pas fermée.

— Je vous dérange ? Je peux repasser plus tard.

— Non, soupira Vincent, tu es la bienvenue. Tu viens me donner des nouvelles du salon ?

Il semblait à la fois heureux de voir la jeune femme et humilié d'être cloué dans son lit.

— Tout le monde t'embrasse, et je t'apporte plein de cadeaux… Colette t'envoie des calissons et Mme Marchand t'a fait elle-même un gibassier !

Elle déposa la galette sucrée sur la table roulante, et Antoine, remarquant que son frère esquissait un sourire las, en profita pour se lever.

— Bon, on va vous laisser. À demain, Vincent.

Il saisit Marine par le bras et l'obligea à sortir avec lui.

— Tu es vraiment obligée de jouer les rabat-joie ? gronda-t-il dès qu'ils se furent assez éloignés.

— Tu es complètement irresponsable d'entretenir ses illusions ! répliqua-t-elle, furieuse. Tant qu'il n'acceptera pas la réalité, il ne pourra pas entamer sa réadaptation.

— Épargne-moi ta psychologie de comptoir, tu veux ?

— De comptoir ? C'est toi qui as vécu dans un bistrot, pas moi !

Dressés l'un contre l'autre, ils étaient sur le point de se dire des horreurs, et Antoine céda le premier.

— Viens, dit-il plus doucement, allons boire un verre. Il faut qu'on parle, tous les deux.

Elle avait fini son service, il le savait, pourtant elle protesta.

— Je dois aller chercher Baptiste à l'école, je…

— À quelle heure ?

— Dans une heure, avoua-t-elle du bout des lèvres.

— Alors, nous avons tout le temps !

Antoine reprit son bras, décidé à l'empêcher de s'enfuir, et ils quittèrent l'hôpital. Marcher à côté d'elle en la tenant ainsi lui procurait une sorte de plaisir amer qui le bouleversait. Comment avait-il pu être assez inconséquent pour perdre Marine sans se battre ? Pour croire qu'il pourrait se consoler avec d'autres et l'oublier ? Les années n'avaient pas effacé le sentiment violent, passionné, qu'il éprouvait toujours pour elle. Rien qu'à frôler sa peau, juste au-dessus du coude, et à respirer son parfum, il se sentait devenir fou.

Ils entrèrent dans un bar qui annonçait : « Salle climatisée », et allèrent s'installer tout au fond comme si, par un accord tacite, ils ne souhaitaient ni l'un ni l'autre qu'on les aperçoive ensemble.

— Tu aimes toujours le café glacé ? demanda-t-il avec un sourire charmeur.

Apparemment étonnée qu'il se souvienne de ce détail, elle hocha la tête en silence.

— Je suis désolé de m'être mis en colère, mais voir Vincent dans cet état-là est un vrai crève-cœur. Je le connais mieux que personne, et si on ne lui laisse aucun espoir il va refaire une bêtise.

— Alors, tu préfères lui mentir ?

— Si ça l'aide à passer le cap, pourquoi pas ?

— Tu ne fais que reculer l'échéance : à Paris ou ailleurs, n'importe quel grand ponte lui dira la même chose que Vialey, et chaque fois il retombera dans le désespoir. Il faut qu'il accepte, ensuite il reconstruira sa vie différemment.

— Reconstruire une vie d'infirme ? À trente ans ? On dirait que tu parles de quelqu'un d'autre ! Tu le connais, bon sang, à part la vitesse, les femmes étaient sa seule passion ! Il ne va pas se mettre à collectionner des timbres ou à rédiger un essai philosophique !

— Pour commencer, répondit-elle sans s'énerver, il doit aller dans un centre de rééducation. Il en existe un formidable, pas très loin d'ici, où on pourra continuer à l'entourer et où il apprendra à être autonome.

— Autonome…, répéta Antoine d'une voix sourde. Mon Dieu, Marine, c'est toi qui parles comme ça ? Avec un tel détachement, du haut de ton expérience… Tu étais tellement sensible, si facilement émue ! Qu'est-ce qui t'est arrivé ?

— Je me suis fait larguer par l'homme de ma vie, ça forge le caractère. Après, on s'apitoie moins facilement sur les autres. Pour oublier, j'ai énormément travaillé, et figure-toi que, dans ma profession, on apprend à ne pas pleurnicher parce que ça n'aide personne.

Estomaqué, il resta d'abord sans réaction, puis, d'un geste spontané qu'il ne songea pas à maîtriser, il prit la main de Marine, sur la table.

— S'il te plaît, murmura-t-il.

Elle tressaillit mais ne chercha pas à se dégager. Durant quelques instants, ils demeurèrent silencieux, les yeux dans les yeux, pétrifiés par ce contact de leurs doigts mêlés.

— Marine, c'était moi, l'homme de ta vie ? réussit-il enfin à articuler.

Son envie de la prendre dans ses bras et de la serrer contre lui était si forte qu'elle en devenait douloureuse.

— Oui, mais ça ne t'intéressait pas, Antoine, tu ne…

— Je t'aime toujours.

Il se mordit les lèvres, impuissant, et se résigna à la lâcher.

— Excuse-moi, je n'aurais pas dû le dire.

Elle ne bougeait pas, continuant à le regarder avec une telle intensité qu'il perdit contenance.

— Tu vas être en retard à l'école… Pour Vincent, peut-être as-tu raison, je ne sais pas…

Nerveusement, il fouilla sa poche et déposa de la monnaie sur la table.

— Je te raccompagne à ta voiture ?

— Non, répondit-elle d'une voix étranglée. Non, ne bouge pas, sois gentil.

Avant qu'il ait pu esquisser un geste pour la retenir, elle se leva. Il la vit franchir en hâte la porte du bar, bousculant un client au passage, puis s'élancer dans la rue. Plus malheureux qu'il ne l'avait été depuis bien longtemps, il se sentit à la fois frustré et coupable. C'était sa faute si elle était mariée avec un autre, si elle avait un enfant d'un autre, et pourtant, ainsi qu'il venait de le découvrir, elle non plus ne l'avait pas oublié. Lorsque leurs mains s'étaient enlacées, il avait su avec certitude qu'elle le désirait. Allait-il trahir Paul une seconde fois ? Il s'était promis d'éviter Marine, de garder ses distances, et à la première occasion il se parjurait ! Ne possédait-il donc plus aucune volonté, pas le moindre sens moral ? Paul avait été très clair : « J'ai une femme et un fils auxquels je tiens par-dessus tout. » Antoine ne pouvait pas provoquer une guerre fratricide au milieu de tous les ennuis qui accablaient la famille.

Ruminant de sombres pensées, il quitta le bar à son tour, alla récupérer son 4×4 sur le parking de l'hôpital et prit la route de Cucuron. Peut-être n'aurait-il pas dû revenir du Brésil. À Santos, près de São Paulo, il avait presque réussi à se forger une existence acceptable, que le retour en France rendait bien dérisoire. Non, il ne voulait pas finir ses jours en Amérique latine, tout ce qu'il désirait au monde se trouvait là, au pied du Mourre-Nègre, et il allait rester. De toute façon, Vincent avait besoin de lui, son refus d'accepter l'évidence – comme sa tentative de suicide – en était la preuve.

Lorsque Antoine arriva chez lui, il eut la mauvaise surprise de découvrir une voiture garée juste devant l'atelier et, assis à l'ombre sur le muret, le juge Herrero qui l'attendait.

— Ah, monsieur Soubeyrand ! J'ai failli partir…

Georges Herrero vint vers lui avec un sourire affable et la main tendue.

— J'avais envie de voir ce fameux atelier où vous exercez votre nouveau métier.

— Eh bien, je vous en prie, la visite est gratuite !

Antoine déverrouilla la porte vitrée et fit signe au juge de le suivre.

— Voilà, c'est ici…

La présence d'Herrero devait avoir une autre raison que la simple curiosité, mais Antoine feignit d'être dupe.

— J'ai remis deux fours en état et je viens d'en racheter un, ultramoderne, qu'on doit me livrer ces jours-ci.

— Oh, mais vous êtes en train de faire cuire quelque chose ! s'exclama Herrero en s'arrêtant devant la porte du four-couloir. Ce sera bientôt prêt ?

— Non. C'est très long, même pour un vulgaire pot à olives.

— Vous avez trouvé l'inspiration, alors ?

— Le mot est fort. Disons plutôt que je me suis mis au travail. Je dispose de toutes les archives de mon père, avec ses croquis, ses idées… Lui était un véritable artiste, j'espère que je le deviendrai à mon tour.

— Il n'est jamais trop tard… Évidemment, dans l'immédiat, ce sera peut-être moins lucratif qu'une boîte de nuit ! À ce propos, j'ai auditionné une seconde fois votre ancien associé, Régis Cantel. Il avait d'abord fait état de tensions entre vous et la victime, Labaume, mais il s'est montré plus bavard en précisant que vous vous étiez violemment querellés. Son témoignage est corroboré par celui d'une serveuse de l'époque. Pourquoi ne m'avez-vous pas parlé de cette dispute, monsieur Soubeyrand ?

— Parce qu'elle n'a aucune espèce d'importance. Des engueulades, j'en ai eu plein, et avec des tas de gens !

— Vous auriez menacé de mort Laurent Labaume.

— Et après ? Une phrase du genre : « Je vais te tuer » ? Régis aussi s'est souvent disputé avec Laurent ! Aurait-il omis de vous le raconter ?

Un sourire sarcastique apparut sur le visage d'Herrero, qui murmura :

— Si je comprends bien, vous vous accusez réciproquement, Cantel et vous… C'est très intéressant. Très !

Une lampe se mit à clignoter sur la porte du four et une sonnerie retentit, permettant à Antoine d'échapper au regard attentif du juge. Il abaissa plusieurs manettes, entrouvrit la porte.

— Bon, je vais vous laisser à vos occupations, décida Herrero.

Toujours de dos, Antoine hocha la tête sans répondre. Il attendit que la voiture du juge démarre puis s'éloigne, et là seulement il se décontracta en poussant un profond soupir. Ce type avait tout du bouledogue, il ne serait pas facile de lui faire lâcher prise. Manifestement, Herrero ne croyait pas un seul instant à sa vocation de céramiste. Pourtant…

Avec précaution, Antoine ouvrit en grand la porte du four, alluma la lumière intérieure. Il éprouva tout de suite une forte déception, aussitôt suivie d'une bouffée de rage. Heureusement qu'il n'avait pas montré ça au juge ! Le vase sur lequel il s'acharnait depuis plusieurs jours était d'une poignante banalité. À peine un vase, d'ailleurs, plutôt un récipient, façonné sans génie, émaillé sans fantaisie, tout juste d'aplomb.

Contrarié, découragé, Antoine s'éloigna du four. Comment son père s'y prenait-il donc pour faire d'un peu de terre des objets extraordinaires ? Enfant, Antoine avait réalisé sous sa direction des choses plus intéressantes que l'horreur qui refroidissait dans le four.

— Un coup pour rien, maugréa-t-il.

Il s'était précipité stupidement, il allait devoir se calmer. Commencer par un modeste petit pot. Maîtriser les formes, d'abord, et ensuite réfléchir sur les couleurs. Se plonger dans les notes de son père. Pourquoi avait-il choisi un vase, l'une des créations les plus difficiles dans sa terrible simplicité ?

— Tu n'as rien à perdre et rien à prouver, tu pars de zéro, mets-toi ça dans le crâne !

Il décida que, avant tout, il irait faire un tour dans le showroom de Richard Bresson. Pas pour l'imiter mais, au contraire, pour déterminer ce qui devait différencier un simple artisan – artiste, ce serait pour plus tard ! – d'une production quasi industrielle. Richard était l'exemple de la réussite, celle qu'aurait pu connaître Jean Soubeyrand s'il n'était pas mort, celle qu'Antoine visait aujourd'hui. Et, n'en déplaise au juge Herrero, il y parviendrait.

— Ne le prends pas comme ça, Paul, je suis vraiment fatiguée...

Dans l'obscurité de la chambre, Marine ne pouvait pas voir l'expression de son mari mais elle le devinait malheureux et humilié. En sept ans, c'était la première fois qu'elle le repoussait. Lorsqu'elle avait senti ses mains sur elle, elle s'était crispée, incapable de simuler un désir qu'elle n'éprouvait pas, puis s'était maladroitement excusée en prétextant qu'elle avait sommeil.

— Je comprends, dit-il d'une voix glaciale.

Il alluma sa lampe de chevet, se leva et enfila un slip, un tee-shirt.

— Où vas-tu ?

— Boire une bière sur la terrasse. Endors-toi.

Parfois, il aimait demeurer dehors la nuit, seul, à contempler les étoiles et respirer les diverses odeurs en provenance de la garrigue. Mais ce soir, sans doute voulait-il seulement oublier l'affront que sa femme venait de lui infliger. Afin d'éviter tout malentendu, elle le retint par le bras.

— Tu es fâché, tu ne devrais pas…

— Pourquoi ?

— Il n'y a aucune raison.

— Vraiment ?

D'un geste sec, il se dégagea, mais resta debout à côté du lit, la regardant avec insistance.

— Je sais à qui tu penses, Marine.

Elle ferma les yeux, certaine de ce qu'il allait dire, cependant il acheva, impitoyablement :

— Depuis qu'Antoine est rentré, tu n'es plus la même, c'est dur à accepter.

— Tu es ridicule, Paul. Je croyais le problème réglé, Antoine absent ou pas.

Ils avaient passé tant de nuits à en parler, sept ans plus tôt, qu'elle était malade à l'idée de recommencer.

— Tu m'as déjà quitté une fois pour lui, rappela-t-il amèrement. J'aurai toujours peur, je n'y peux rien. Et

97

quand je te vois pâlir dès qu'il t'adresse la parole, je pense avoir raison de m'inquiéter !

— Paul, s'il te plaît, ne gâche pas tout…

— Moi ? C'est toi qui ne veux pas que je te touche ! Un signe qui ne trompe pas.

— Je suis crevée, voilà pourquoi ! Je fais des gardes de nuit, le service est débordé, on est en sous-effectif, et dès que j'ai trente secondes devant moi je fonce voir Vincent ! Alors, j'ai le droit d'avoir sommeil, ça n'a aucun rapport avec toi.

— Aucun ? Tu crois ?

Il se pencha vers elle, écarta le drap et lui posa une main sur un sein, l'autre sur la cuisse. Braquée, elle se recula aussitôt pour échapper à ce contact mais il insista.

— Arrête, Paul ! s'écria-t-elle, furieuse.

— Eh bien, tu vois, la preuve est faite… Moi, à n'importe quel moment de la journée ou de la nuit, il suffit que tu m'effleures pour que j'aie envie de toi.

— Tu mélanges tout, tu cherches la dispute !

— Et je t'empêche de dormir, d'accord. Fais de beaux rêves, ma chérie !

Marine se redressa, prête à exploser, mais au même instant Baptiste fit irruption dans la chambre, les cheveux ébouriffés et l'air boudeur.

— Pourquoi vous criez comme ça ?

Incapable de lui donner une réponse, Marine se borna à lui adresser un sourire rassurant.

— Ne t'inquiète pas, bout de chou, ce n'est rien du tout. On parlait trop fort, on t'a réveillé ? Va vite te recoucher, je viendrai t'embrasser.

Leur fils les regarda l'un après l'autre avant de repartir, traînant les pieds. Dans le silence qui suivit,

Paul hésita un peu, la tête baissée, puis il sortit à son tour sans ajouter un mot. Restée seule, Marine se sentit brusquement accablée. Quelle que soit sa mauvaise foi, combien de temps pourrait-elle nier la réalité ? L'après-midi même, dans ce bar où Antoine l'avait entraînée, l'évidence s'était imposée : il l'attirait toujours autant. Quand il lui avait pris la main, un violent désir l'avait submergée, la ramenant des années en arrière et effaçant d'un coup toute trace de rancune. Antoine la chavirait, elle n'y pouvait rien. Durant sa si longue absence, elle avait réussi à se persuader que leur histoire était finie, qu'avec Paul elle construisait enfin quelque chose d'important et de stable. Des mots de raison, des serments trop calmes.

Machinalement, elle essuya une larme qui glissait sur sa joue. Elle n'avait pas besoin de regarder par la fenêtre pour imaginer Paul, assis sur le vieux rocking-chair en teck, face à la colline. Dans ces moments-là, si elle décidait de le rejoindre, il lui disait qu'il savourait son bonheur. Allait-elle détruire ce qu'ils avaient mis sept ans à construire ?

— S'il n'habite pas chez vous, où est-il ? rugit Cantel en donnant un coup de poing sur le comptoir.

— Je ne vois pas pourquoi je vous le dirais ! riposta Emma d'un air de défi.

— Parce que, sinon, je démolis tout dans votre troquet minable !

Accompagné de deux hommes baraqués qui devaient être les videurs de sa boîte de nuit, Régis Cantel avait fait une entrée fracassante aux *Tilleuls*. En principe, on ne le voyait jamais à Cucuron. Sa discothèque, le *Stax*, se trouvant sur la route de Lourmarin, il s'était acheté une maison dans les environs de Cavaillon.

— Laissez Antoine tranquille et rentrez chez vous, répliqua sèchement Emma.

Il fallait davantage qu'un Régis Cantel pour l'effrayer, mais la présence de ses deux acolytes pouvait faire tourner l'incident au règlement de comptes.

— Je le trouverai tout seul, affirma Régis. Pas question de lâcher le morceau : je tiens à lui flanquer ma main dans la gueule, ça lui apprendra à réfléchir avant d'accuser quelqu'un de meurtre ! Surtout lui ! En attendant, merci pour votre aide...

Saisissant un lourd cendrier publicitaire posé devant lui, il le lança violemment en direction de la rangée de bouteilles, juste derrière elle. Une étagère s'écroula, dans un fracas de verre brisé, tandis qu'Emma s'obligeait à demeurer immobile, les bras croisés, le regard fixé sur Régis.

Dans la salle, les rares consommateurs à cette heure matinale s'étaient levés, mais hésitaient encore à intervenir lorsqu'une voix se fit entendre.

— Qu'est-ce qui se passe, ici ? Il faut appeler les gendarmes ?

Simon traversa la salle d'un pas décidé et s'arrêta devant Régis.

— C'est toi qui fais du scandale ?

Il fut aussitôt entouré par les deux videurs dont l'attitude menaçante ne laissait aucune place au doute. Simon n'avait rien d'un athlète, il ne ferait pas le poids. Inquiète, Emma décroisa lentement les bras. Elle ne possédait pas d'arme mais il y avait une série de couteaux à viande, près de la caisse, et elle esquissa un pas de côté.

— Restez où vous êtes, ma p'tite dame ! lui lança l'un des videurs.

— Ne t'en mêle pas, dit Régis à Simon. Je veux savoir où se planque Antoine Soubeyrand, c'est tout.

Soutenant son regard, Simon eut un sourire amusé.

— Tu vas trop au cinéma, Régis… Ou alors, c'est à force de vivre la nuit que tu as perdu le sens des réalités ! Toutes ces bouteilles cassées, tes deux molosses prêts à mordre, ça veut dire quoi ? On n'est pas en Corse, ici !

Il se mit à rire, sans se forcer.

— Allez, va-t'en. À mon avis, si tu le lui demandes, le juge t'organisera une confrontation avec Antoine et tu n'auras plus besoin de le chercher.

Indécis, Régis parut hésiter. Pour ne pas mettre d'huile sur le feu, Emma continuait à se taire et à ne pas bouger. Au bout de quelques instants, Régis tourna la tête, regarda les consommateurs toujours immobiles au fond de la salle. L'un d'eux avait son téléphone mobile à la main.

— Si tu le vois avant moi, Simon, conseille-lui de bien réfléchir la prochaine fois qu'il ouvrira sa grande gueule, parce que en guise d'assassin c'est lui le coupable idéal !

Régis quitta le café à grandes enjambées, ses hommes lui emboîtant le pas. Emma, soulagée, laissa échapper un petit sifflement d'admiration.

— Chapeau, Simon… Tu le connais bien, ce branque ?

— C'est un habitué du garage. Un vrai fondu de bagnoles. Presque autant que le fils Bresson…

— Moi, je ne l'avais pas vu depuis qu'il allait à l'école primaire. Il a mal vieilli !

Et c'était avec cet homme-là qu'Antoine s'était associé, dix ans plus tôt ? Comment s'étonner qu'il ait connu autant d'ennuis ?

— Je vous offre une tournée ! lança-t-elle aux quatre clients qui s'étaient approchés.

S'ils n'avaient pas brillé par leur courage pour intervenir, du moins n'étaient-ils pas partis en courant. Emma leur servit des anisettes avant de faire signe à Simon de la suivre dans la cuisine. Elle ferma la porte, s'adossa au battant et lui tendit les bras.

— Viens que je t'embrasse. Sans toi…

Simon ne se fit pas prier, la saisissant par la taille pour l'attirer à lui. Son baiser fut si fougueux qu'elle en eut le souffle coupé.

— J'étais devant le garage quand Régis est entré aux *Tilleuls* avec ses deux copains, et je me suis dit que je ferais mieux de passer voir. L'idée qu'on puisse s'en prendre à toi, je crois que ça me rend fou. Je t'aime, Emma.

Cette déclaration intempestive la prit de court. À leur âge, les serments d'amour n'étaient plus de mise et elle se sentit gênée par la sincérité de Simon, d'autant plus qu'elle ne savait pas quoi lui répondre. Certes, il était son amant depuis des années, son ami, aussi, mais leur liaison était paisible et elle s'en accommodait fort bien.

— Et si on se mariait ? ajouta-t-il d'une voix altérée.

Jamais elle n'aurait cru qu'il irait jusque-là.

— Simon, tu plaisantes ?

— J'en ai l'air ? J'ai eu peur pour toi en traversant la place, et je me suis dit que cette place, entre nous, est de trop. Voilà...

Le mariage était une idée parfaitement ridicule, mais comment le lui faire comprendre sans le vexer ? Tandis qu'elle cherchait désespérément une échappatoire, Emma fut sauvée par Rosine, qui venait de mettre son vélo dans le jardin et qui les contemplait depuis le seuil de la cuisine, éberluée.

— Il n'y a personne au comptoir ? Qui s'occupe des clients, alors ?

Simon lâcha Emma qui en profita aussitôt pour filer.

Le couvent d'Aigues-Blanches possédait un cloître roman fort bien conservé, entourant un jardin où s'épanouissaient deux grands figuiers. L'endroit offrait une étonnante impression de sérénité avec son petit bassin de pierre, au centre, qui servait d'abreuvoir à de nombreux oiseaux : huppes, martinets et fauvettes.

Les religieuses et leurs visiteurs arpentaient volontiers le cloître à pas lents pour bavarder ou méditer, profitant des jeux d'ombre et de lumière. Sous leurs pieds, les larges dalles de pierre blanche semblaient briller, polies par les siècles, et au-dessus d'eux les voûtes sur croisées d'ogives assuraient une relative fraîcheur.

À côté de Marie-Angèle, Agathe se taisait, comme presque chaque fois qu'elle venait passer là un moment. En arrivant, elle avait fait une halte à la chapelle, selon son habitude, avant de rejoindre Marie-Angèle pour cette longue déambulation durant laquelle elle n'avait pas prononcé plus de dix phrases.

Marie-Angèle ne posait aucune question à l'adolescente. Elle la devinait différente des filles de son âge et la laissait tranquille, feignant de trouver naturelles ses fréquentes visites.

— Sophie n'a pas l'air bien, en ce moment, dit soudain Agathe en s'arrêtant.

Elle s'approcha d'une des colonnes dont elle examina le chapiteau sculpté.

— Et papa s'inquiète, forcément... Enfin, il s'inquiète quand il est là, c'est-à-dire pas souvent ! Ils mènent des vies de dingues, tous les deux.

— Vous vous en sortez, Romain et toi ? demanda doucement Marie-Angèle.

— Oh, oui, très bien ! Mais c'était plus agréable quand Sophie était... moins perturbée. On l'aime beaucoup, tu sais...

— Je sais, et c'est réciproque. Mais Sophie est fragile, je ne t'apprends rien, et elle a été très choquée par l'accident de Vincent.

Agathe se retourna vers elle, l'air songeur.

— Il y a autre chose, j'en suis sûre.

L'extrême sensibilité de la jeune fille lui permettait de comprendre, d'instinct, l'état d'esprit des gens qui l'entouraient. Aussi Marie-Angèle préféra-t-elle ignorer sa dernière phrase. Oui, Sophie allait mal, mais il n'était pas question d'en discuter avec qui que ce soit, hormis Emma.

— Ton père est ce qui pouvait arriver de mieux à Sophie, se borna-t-elle à dire. Il saura l'aider, ne t'inquiète pas.

Elle le pensait sincèrement. La solidité d'Arnaud lui avait plu dès qu'elle avait fait sa connaissance. Emma le trouvait arrogant alors qu'il était seulement, et à juste titre, sûr de lui. Sûr de ses qualités d'avocat, sûr d'aimer sa femme avec passion, sûr d'être de taille à élever ses deux enfants.

— Tu as de la chance de vivre ici, remarqua Agathe. Tu as la paix, le silence…

— C'est un lieu magnifique, je suis d'accord avec toi, mais je ne suis pas venue là pour fuir le monde. J'ai autant besoin d'action que de réflexion et, à Aigues-Blanches, on peut alterner les deux de manière très constructive.

— Et Dieu dans tout ça ?

La question, posée de manière abrupte, semblait avoir échappé à Agathe qui baissa les yeux, embarrassée. Marie-Angèle comprit qu'elle tenait là un début d'explication à l'attitude de l'adolescente et qu'elle devait absolument rester neutre.

— C'est pour moi une conviction profonde, inébranlable, qu'on appelle la foi et qui m'est venue très jeune. Mais pour chacune d'entre nous, dans ce couvent, le parcours a été différent.

Agathe médita la réponse un moment puis, avec un sourire timide, elle déclara :

— Je crois que j'aimerais bien être baptisée.

Pour prendre un peu d'exercice, Emma avait voulu monter à vélo jusqu'à l'atelier, ainsi qu'elle le faisait volontiers à l'époque où son mari passait là-bas le plus clair de son temps. Elle aimait le surprendre, en lui portant un panier de victuailles, et rester à le regarder travailler. Au bout d'un moment, distrait par sa présence, il lâchait ce qu'il était en train de faire et la prenait dans ses bras malgré ses mains pleines d'argile. Ainsi avaient-ils conçu Sophie, la petite dernière…

Mais trente ans de plus pesaient lourdement dans les jambes d'Emma, qui dut finir le chemin à pied, en poussant sa bicyclette.

— Antoine ! Tu es là ?

Hors d'haleine, elle traversa l'atelier où la chaleur était à peine supportable et pénétra dans la grande pièce à vivre, plus fraîche, dont Antoine avait fermé les persiennes. Il était assis devant la table à tréteaux qui lui servait de bureau, penché sur les carnets de croquis de son père.

— Je n'ai plus l'âge de pédaler comme ça, la prochaine fois je viendrai en voiture ! s'exclama-t-elle.

Elle se laissa tomber sur le radassié tandis qu'Antoine, compatissant, allait lui chercher un verre d'eau.

— Drôle d'idée de monter ici en plein cagna…

— Je voulais te parler.

— Le téléphone existe, m'man !

— Sois gentil, Antoine, ne me prends pas pour une idiote.

Il parut étonné par son ton sec, mais elle était déterminée à ne pas se laisser émouvoir et elle poursuivit :

— Je t'ai expliqué que tu ne pouvais pas rester en France, et j'avais raison : Cantel est venu faire du scandale aux *Tilleuls*.

— Ce fils de pute ! explosa Antoine.

— Il n'a pas apprécié que tu fasses peser des soupçons sur lui, tu peux comprendre.

— Je me défends de mon mieux !

— Tu as choisi la mauvaise tactique. Tout s'arrangera si tu t'en vas.

— Sûrement pas ! Herrero est accroché à mes basques, il ne me laissera pas quitter la région. Même si j'arrivais à partir, il est capable de lancer un mandat international... Aujourd'hui, c'est trop tard, les dés sont jetés. Je croyais pourtant avoir suffisamment payé, mais non...

Cessant de lutter contre l'évidence, Emma se prit la tête entre les mains, accablée.

— Sans ces lettres, nous étions tous hors de danger, chuchota-t-elle.

— Eh bien, ce n'est pas le cas !

Elle leva les yeux vers lui et l'observa en silence. Il était aussi beau que l'avait été son père, aussi séduisant avec son regard sombre et farouche. De plus, il était courageux, intelligent, honnête... Mais il risquait de finir en prison, et elle en porterait l'entière responsabilité.

Il dut percevoir sa détresse car il s'approcha d'elle, s'agenouilla sur les tomettes et lui saisit les mains. Ils n'avaient plus besoin de parler, ils s'étaient tout dit.

5

Devant les portes ouvertes de l'ambulance, Vincent venait d'être installé dans son fauteuil roulant. Dès qu'il regarda autour de lui, il parut horrifié.

— Antoine…, dit-il d'une voix rauque. Antoine !

Son frère se plaça aussitôt derrière lui et lui posa une main sur l'épaule.

— Antoine, c'est ici que je vais passer les prochains mois ? Combien de mois ? Trois ? Six ?

Malgré un soleil radieux, les longs bâtiments du centre de rééducation semblaient bien austères. Ici ou là, dans les allées goudronnées, des convalescents se traînaient sur leurs béquilles ou tentaient de manœuvrer avec plus ou moins de maladresse leurs déambulateurs. Des handicapés actionnaient à grands coups de bras rageurs les roues métalliques de leurs fauteuils, et quelques vieillards étaient affalés sur des bancs de pierre.

— Tu as vu ça ? Tu ne vas pas me laisser là, dis, Antoine ?

Son angoisse était si pathétique qu'Antoine en fut bouleversé, mais il n'avait aucun moyen de soustraire son frère à ce qui l'attendait.

— C'est le meilleur centre de tout le Vaucluse, déclara-t-il très vite. Avec les kinés les plus performants, les méthodes les plus...

— Je ne resterai pas !

Cette fois, le ton indiquait carrément la panique, et Antoine fit un effort pour conserver son sang-froid.

— Allez, mon vieux, ne fais pas l'enfant, nous étions bien d'accord...

— Non, pas du tout ! C'est maman qui a choisi, tranché, imposé, pas moi ! Comme toujours, elle décide de ce qui est bon pour nous, hein ? Tu trouves que ça nous a porté bonheur ?

— Arrête, Vincent, arrête...

— Tu t'en fous, tu seras parti d'ici dans une heure ! Tu me vois au milieu des gâteux, des grabataires, des infirmes ? C'est ça mon horizon, à partir d'aujourd'hui ? Je te préviens, je préfère me foutre en l'air !

Il s'était mis à crier, au bord de la crise de nerfs, et l'un des ambulanciers s'éloigna en hâte, sans doute pour prévenir un médecin. Marine, qui jusque-là s'était discrètement tenue à l'écart des deux frères, contourna le fauteuil de Vincent et se pencha vers lui.

— Calme-toi. Tu ne resteras que le temps nécessaire, et tu rentreras chez toi dès que tu seras autonome.

— Je ne le serai jamais et tu le sais très bien ! hurla-t-il.

Antoine se raidit, comprenant que son frère, malgré sa colère et sa terreur, commençait à affronter la vérité.

Son avenir allait désormais se limiter à une existence de paraplégique assisté. Sans plus jamais marcher, courir, ni faire l'amour à une femme. Il vivrait assis ou couché pour toujours, contraint de lever la tête pour regarder les autres.

— Vincent..., dit-il doucement.

Marine dut sentir qu'Antoine était sur le point de craquer, trop sensible à la détresse de son frère pour pouvoir l'aider, et elle prit la main de Vincent, se remit à lui parler d'une voix apaisante. Antoine ferma les yeux une seconde, les rouvrit sur le même spectacle d'éclopés. Vincent ne protestait plus, mais il restait crispé comme s'il cherchait à s'enfoncer dans le dossier de son fauteuil.

Quand l'ambulancier reparut, flanqué d'un des médecins du centre, Vincent se laissa pousser vers le bâtiment principal sans rien dire. Ensemble, ils visitèrent le rez-de-chaussée, avec la salle à manger, le salon télé, la cafétéria et le fumoir, puis le sous-sol où se trouvaient les salles de musculation et la piscine, enfin la chambre qu'occuperait Vincent durant son séjour, et dont la grande baie vitrée donnait sur le parc.

— Maintenant je vais vous demander de bien vouloir nous laisser, déclara le médecin fermement, nous avons à faire connaissance, mon patient et moi.

Antoine regarda Vincent jusqu'à ce que celui-ci acquiesce en silence, l'air buté.

— Je repasserai ce soir pour dîner avec toi, promit-il avant de quitter la chambre.

Suivi de Marine, il regagna le parking où il avait garé son 4 × 4. La jeune femme étant venue dans l'ambulance, depuis l'hôpital, il allait devoir la raccompagner. Sans un mot, il démarra et roula durant plusieurs kilomètres les yeux rivés à la route, mais soudain il s'arrêta sur le bas-côté, coupa son moteur.

— Excuse-moi, murmura-t-il, ça ira mieux dans deux minutes...

Il appuya son front contre ses bras croisés sur le volant, luttant pour surmonter l'émotion qui le submergeait. Au bout d'un moment, il sentit la main de Marine se poser sur sa nuque et il tressaillit.

— Je ne peux pas m'y faire... Pauvre Vincent ! J'ai tellement de souvenirs avec lui, si tu savais...

— Je sais.

— Il était aussi casse-cou que moi, mais comme il avait quatre ans de moins, il devait s'accrocher pour me suivre ! Paul s'en foutait, il nous trouvait dingues... Ce qu'on a pu escalader, dévaler, explorer... Et pour sa première fille, il était pressé, c'est moi qui ai dû la lui trouver... Il voulait toujours tout avoir, et tout de suite. Un affreux jojo au grand cœur qui jouissait du moindre plaisir avec gourmandise, entre deux fous rires ! Comment veux-tu qu'il supporte ce qui l'attend ? Il ne va pas s'accrocher à la vie pour le seul bonheur de respirer s'il est privé de tout le reste !

— Il y arrivera, Antoine. L'instinct de conservation est le plus fort, crois-moi. Tu ne l'aideras pas si tu pleures sur son sort.

— Je ne pleure pas ! protesta-t-il en se redressant brusquement. Pas devant toi...

Ils étaient trop près l'un de l'autre, et trop troublés pour être sur leurs gardes. Lorsque Antoine la prit dans ses bras, elle n'essaya même pas de résister, mais, à l'instant où leurs lèvres se touchaient, ils entendirent le bruit d'une voiture qui freinait brutalement à leur hauteur, de l'autre côté de la route. Hébétée, Marine reconnut la Renault de Paul et n'eut que le temps de se reculer sur son siège. Déjà son mari traversait dans leur direction.

— Qu'est-ce que vous foutez là ? gronda Paul en ouvrant la portière d'Antoine à la volée.

— Je ramène Marine, elle était dans l'ambulance avec Vincent. Si tu vas le voir, tu tombes mal : il est entre les mains d'un toubib.

La voix d'Antoine était posée, assez convaincante, mais Paul saisit son frère par l'épaule et l'obligea à sortir.

— Je t'ai demandé ce que vous faites là, arrêtés ?

Sans un regard pour Marine, il entraîna de force Antoine un peu plus loin.

— Si tu la touches, Antoine, je te démolis, dit-il entre ses dents. C'est ma femme, tu entends ?

— Je ne l'ai pas touchée. Mais de toute façon, personne n'appartient à personne.

Les yeux dans les yeux, ils restèrent une seconde à se défier, puis Antoine se dégagea. Entre-temps, Marine était descendue du 4 × 4. Elle traversa pour s'installer dans la voiture de Paul dont elle claqua violemment la portière.

Après plus d'une heure de discussion avec le médecin du centre, Vincent se sentait épuisé, déprimé, mais du moins sa panique était-elle surmontée pour l'instant.

Sans entrain, il explora d'abord le parc, dont les larges allées couvertes d'asphalte facilitaient la circulation des fauteuils. Si son horizon devait se limiter à cette espèce de jardin public, combien de temps lui faudrait-il pour connaître par cœur le moindre buisson, la plus insignifiante plate-bande ? Délibérément, il baissait la tête chaque fois qu'il croisait quelqu'un, peu désireux d'engager la conversation car il ne souhaitait ni raconter son malheur ni écouter celui des autres.

Alors qu'il s'apprêtait à rentrer, il aperçut Liliane qui se hâtait vers lui, sourire aux lèvres, et il se renfrogna aussitôt, contrarié par cette visite inattendue.

— C'est magnifique, ici ! s'exclama-t-elle joyeusement.

— Pour ceux qui ne font que passer, sûrement…

— En tout cas, tu ne risques pas de souffrir de claustrophobie !

— Qu'est-ce que tu en sais ? Là ou ailleurs, je suis enfermé dans ma peau, répliqua-t-il d'un ton rogue.

Comme prévu, le sourire de Liliane s'effaça, mais il n'avait aucune envie de subir la gaieté forcée qu'elle se croyait obligée de lui infliger.

— Je viens te donner des nouvelles du salon, déclara-t-elle.

— S'il y a bien quelque chose dont je me fous éperdument, ce sont les clientes, les permanentes et les couleurs ! Écoute, Lily…

— Pas les clientes, non, le chiffre d'affaires. Les résultats de ce mois-ci sont excellents, je croyais que ça te ferait plaisir.

— Plaisir ? D'après toi, je vais en faire quoi, de ce fric ? Me racheter une grosse cylindrée ? Me payer un tour du monde ? Ou bien m'offrir un fauteuil neuf avec des chromes rutilants et une assise en cuir ?

Il avait élevé la voix, très agressif, et il la vit pâlir puis reculer de quelques pas.

— Vincent, je t'en prie, arrête…, bredouilla-t-elle.

Les larmes aux yeux, elle le considérait avec une telle compassion qu'il fut submergé de haine.

— Va-t'en ! hurla-t-il. Et ne remets plus les pieds ici, compris ?

Elle continua de reculer, faillit trébucher, alors seulement elle se détourna et partit en courant. Il la suivit des yeux, remarquant malgré lui ses longues jambes bronzées autour desquelles virevoltait sa petite jupe plissée. Il l'avait toujours trouvée appétissante, ravissante. En plus, elle était douée pour la coiffure, c'était la meilleure coupeuse du salon. Et gaie, serviable, facile à vivre… Mais c'était dans une autre vie, quand il pouvait observer les jolies filles et leur offrir des fleurs avant de les mettre dans son lit. Avec Liliane, il avait loupé le coche, s'interdisant de la draguer parce qu'elle était son employée.

— Quel con je suis…

— Ah, ça !

Arrêté à sa hauteur, un handicapé lui souriait.

— Faire fuir une aussi belle fille, c'est pas malin. D'autant plus qu'elles ne se bousculent pas, ici… Je m'appelle Bertrand. Et toi ?

Vincent toisa le jeune homme, négligeant la main tendue.

— Oh, je vois ! reprit l'autre avec une mimique compréhensive. C'est ton premier jour au centre ? Ne t'inquiète pas, tu vas t'y faire, on s'y fait tous…

— Je ne crois pas, non, maugréa Vincent en actionnant les roues de son fauteuil.

Il ne lui restait plus que ses bras pour se mouvoir, et ses muscles étaient douloureux de tous les efforts fournis depuis quelques heures. Les dents serrées, il se propulsa vers le bâtiment principal sans plus se préoccuper du dénommé Bertrand.

Sophie quitta le bureau du juge la tête haute, conservant l'air vaguement agacé qu'elle avait affiché durant tout l'entretien. « Une petite conversation amicale, maître ! » Herrero était un excellent magistrat, compétent, obstiné, et l'entrevue s'était déroulée sur un ton confraternel, entre juristes avertis. Néanmoins, Sophie faisant partie de la famille Soubeyrand, il avait voulu l'entendre à son tour.

Sept ans plus tôt, lors de la disparition de Laurent Labaume, interrogée comme tout le monde par la gendarmerie, elle avait affirmé ne rien savoir, une déclaration qu'elle maintenait encore. Mais jusqu'à quand cette position demeurerait-elle tenable ?

En descendant les marches du palais de justice, Sophie croisa quelques confrères à qui elle rendit distraitement leur salut. Les questions d'Herrero l'avaient replongée dans son passé de façon désagréable, et à présent elle éprouvait un malaise diffus, impossible à surmonter. N'était-il pas temps pour elle de consulter un psychologue ? Jusqu'ici, elle s'y était farouchement refusée, certaine que la passion de son métier et surtout l'infinie tendresse dont Arnaud l'entourait seraient suffisantes pour éloigner tous les dangers. À l'évidence, elle s'était trompée. Elle se sentait de plus en plus mal, et la façade de sérénité qu'elle s'était construite s'effritait chaque jour davantage. Le simple fait de revoir Antoine l'avait déjà déstabilisée, mais le pire s'était produit avec la découverte du corps de Laurent Labaume. Penser à l'autopsie lui soulevait le cœur, la rendait folle.

Essoufflée sans raison, elle marcha très lentement jusqu'à sa voiture. Jamais elle ne connaîtrait la paix si elle ne pouvait pas parler à quelqu'un. N'importe quel médecin ferait l'affaire, puisqu'ils étaient liés par le secret professionnel, elle n'avait qu'à en choisir un au hasard, à Cavaillon ou à Salon-de-Provence.

Sur la route du retour, elle essaya de se calmer, de penser à ses dossiers en cours. Si elle craquait maintenant, elle réduirait à néant les efforts de toute la famille, ce qui serait terriblement injuste car personne n'avait rien à se reprocher. Sauf sa mère, bien sûr, mais celle-ci ne le reconnaîtrait jamais !

En arrivant à la bastide, elle eut la surprise de trouver la table mise pour deux, sur la terrasse, avec des bougies et une bouteille de champagne dans un seau plein de glace. La maison était calme, le téléviseur éteint. Elle gagna la cuisine où Arnaud s'activait, occupé à découper de fines tranches de saucisson d'Arles.

— Je t'ai préparé des toasts à la tapenade et une salade de crudités, annonça-t-il gaiement. Les enfants sont allés au cinéma avec ta mère, Simon nous les ramènera après… Alors, pas trop méchant ce juge ? Il a une sale réputation chez nos confrères lyonnais !

Il lui mit un plat dans les mains, prit le reste et la précéda vers la terrasse. La piscine était éclairée, ainsi que les réverbères du jardin, donnant une atmosphère de fête à la soirée.

— Je crois que j'ai pensé à tout ce que tu aimes, poursuivit-il en allumant les bougies à la citronnelle, supposées éloigner les moustiques.

Sur un coin de la table, Sophie avisa une coupe de fruits confits. Son mari savait qu'elle en raffolait. Il avait dû s'arrêter chez Béchard, cours Mirabeau, en sortant du cabinet.

— Tu es si gentil…, constata-t-elle d'une voix mal assurée.

Le compliment ne sembla pas lui faire plaisir, sans doute avait-il espéré quelque chose de plus chaleureux.

— Et je t'aime, ajouta-t-elle tout bas.

— Vraiment ? Parfois, je me le demande… Après tout, tu pourrais te lasser de ton vieux mari !

Il plaisantait mais leur différence d'âge devait être un souci pour lui car il en parlait souvent. Il s'approcha d'elle, la prit tendrement dans ses bras.

— Je rêvais d'une soirée en tête à tête avec toi.

Il posa une main au creux de son dos et la serra davantage contre lui.

— Si on s'occupait sérieusement de fabriquer ce bébé ? chuchota-t-il, la bouche dans ses cheveux.

C'était ce qu'elle avait envie d'entendre, elle aurait donné n'importe quoi pour être enfin mère, certaine que, ce jour-là, une partie de ses problèmes seraient enfin résolus.

— Sophie ?

Arnaud la saisit par le menton, l'obligeant à lever la tête vers lui.

— Tu pleures ?

Elle n'avait pas senti les larmes venir et elle s'accrocha à son mari avec désespoir.

— Je ne sais pas ce que j'ai… Je crois que je devrais… voir quelqu'un…, dit-elle d'une voix hachée.

— Oui, je le crois aussi, répondit-il calmement.

Sans lui, elle aurait fini par devenir folle. Il la préservait de tout, comme l'avaient fait ses frères avant qu'elle le rencontre. Ne serait-elle donc jamais capable de regarder la vérité en face et de l'accepter ? Car, quelles que soient la force de caractère d'Arnaud, sa compréhension ou sa patience, il ne pouvait pas assumer les démons de Sophie, démons auxquels elle refusait de donner leurs vrais noms.

Paul raccrocha, furieux. D'après la surveillante de l'étage, Marine avait quitté son service à dix-huit heures, comme prévu. Mais, à présent, il était presque neuf heures du soir, et elle n'était toujours pas rentrée. Baptiste avait dîné, regardé un dessin animé, puis il était sagement allé se coucher.

Une fois encore, Paul essaya le portable de sa femme et retomba sur la messagerie. Mais où était-elle donc ? Pour tromper son angoisse, il rafla deux pommes dans la corbeille de fruits puis sortit du mas. Il gagna l'ancienne étable qui abritait les chevaux et, après leur avoir donné des pommes, il s'assit sur un ballot de paille. En principe, il aimait passer un moment avec son camarguais, le regarder mâcher son foin, ou encore observer Moïra, la jument de sa femme, qui secouait la tête en faisant voler sa longue crinière. Depuis qu'elle la montait, Marine avait découvert le plaisir de se promener sans que détalent les renards ou les belettes, avec pour seul bruit le raclement des sabots sur les pierres. Elle prétendait adorer ces moments privilégiés où ils cheminaient côte à côte en silence, échangeant parfois un regard ébloui.

Devait-il appeler la gendarmerie, les urgences de l'hôpital ? Sa femme pouvait très bien avoir eu un accident de voiture, d'autant plus qu'elle conduisait vite, mais il ne pensait pas vraiment à ce genre de danger. Rongé de jalousie, il l'imaginait plutôt avec Antoine. Depuis qu'il les avait vus ensemble, dans le 4 × 4 arrêté au bord de la route, c'était même une idée fixe.

Personne n'appartient à personne. Cette phrase d'Antoine le révoltait. Son frère lui avait ainsi annoncé ses intentions. Que Marine soit mariée ne changeait rien pour lui : s'il voulait la reconquérir, il le ferait sans états d'âme. Et il y parviendrait, évidemment. Elle n'attendait que ça ! Durant sept ans, Paul n'avait-il été qu'une consolation, un pis-aller ?

Abandonnant le ballot de paille, il se mit à faire les cent pas devant les chevaux. Tout ce qu'il avait réussi à bâtir patiemment, jour après jour, allait-il s'effondrer d'un coup ? Pour Marine – et pour leur fils –, il avait eu le courage de retaper le mas pierre à pierre, consacrant tous ses loisirs à la plomberie, l'électricité, la peinture ! Pour elle, il avait aussi travaillé comme un fou à la pépinière, prospectant de nouveaux clients, cultivant de nouveaux plants. Rien ne lui avait semblé trop difficile, il aurait pu accomplir davantage encore tant il l'aimait. En réalité, il était fou d'elle, ne pouvait tout simplement pas vivre sans elle. Une véritable passion, qui le tenait depuis l'adolescence et ne le lâcherait jamais. À cause d'Antoine, il avait souffert comme un damné une première fois, et il n'imaginait pas recommencer ce calvaire. Serait-il l'éternel perdant ?

Il faisait nuit noire lorsqu'il entendit enfin le moteur de la voiture. Oppressé, il sortit de l'ancienne étable et fut surpris par le vent qui s'était levé et sifflait dans les pins. Machinalement, il alluma les lanternes extérieures au moment où Marine coupait ses phares.

Tandis qu'elle descendait de voiture, claquait la portière puis s'avançait vers lui, une nouvelle vague de colère le secoua.

— Si tu m'as préparé un joli mensonge, inutile de le déballer ! lança-t-il avec hargne.

Elle s'arrêta à deux pas, apparemment contrariée par cet accueil. Sa robe était toute froissée, ses cheveux ébouriffés, des cernes creusaient son regard.

— Tu étais avec Antoine, n'est-ce pas ?

— Quoi ?

— Ne me prends pas pour un idiot, Marine, ce serait très humiliant.

— Je ne sais pas de quoi tu parles…

— De ça ! explosa-t-il. Tu t'es vue ?

D'un geste plein de mépris, il désigna sa robe.

— Tu sors de son lit, ma chérie ? Eh bien, tu peux y retourner !

— Paul, attends…

— Non !

— Mais qu'est-ce que tu as ? Tu deviens fou ?

— Sûrement ! Tu es la championne pour me rendre dingue et tu ne t'en prives pas ! Depuis qu'Antoine est là, tu ne penses qu'à lui. Je suis même étonné que tu aies résisté aussi longtemps ! Et ce n'était pas la peine de rentrer, ce soir, j'ai très bien compris la leçon. Vous êtes vraiment ignobles, l'un comme l'autre !

Ses mains tremblaient et il les enfouit dans les poches de son jean avant de se détourner.

— Je n'ai rien fait ! cria-t-elle derrière lui.

Complètement dégoûté, il s'appuya à la porte d'entrée pour reprendre son souffle. S'ils se mettaient à hurler tous les deux, ils allaient encore réveiller leur fils.

— Va-t'en, Marine, gronda-t-il d'une voix sourde. Je ne veux plus te voir.

S'il sentit à peine les premières gouttes de pluie qui s'écrasaient sur sa chemise, en revanche il perçut nettement le pas de sa femme qui repartait vers la voiture. Elle ne se l'était pas fait dire deux fois, elle s'en allait volontiers, peut-être soulagée de ne pas avoir à jouer la comédie. Il pénétra dans le mas dont il claqua violemment la porte.

Marine s'immobilisa, indécise, puis elle leva la tête pour scruter le ciel. L'obscurité s'épaississait, annonçant l'orage, et le tonnerre roulait déjà dans les collines. Elle s'obligea à respirer lentement, trois ou quatre fois de suite, encore sous le choc de la scène qui venait de se produire. Quand l'averse éclata pour de bon, elle se réfugia dans sa voiture, démarra. Face à elle, les fenêtres du mas restaient éteintes. Sur quoi Paul passait-il sa fureur ? Il n'était pas du genre à casser quoi que ce soit, il éprouvait trop de respect pour les objets. Les objets, les animaux, la nature : il n'écrasait même pas les mouches, il les chassait hors de la maison !

Paul... Pensait-il vraiment ce qu'il lui avait reproché ? La croyait-il capable de sortir du lit d'Antoine pour se glisser dans celui de son mari ? Elle l'avait épousé, bon sang ! Pourquoi n'avait-il pas confiance en elle ?

Au couvent d'Aigues-Blanches, où Marie-Angèle l'avait appelée alors qu'elle quittait l'hôpital, elle était restée plus de deux heures au chevet de la sœur Geneviève qui s'était éteinte dans ses bras. Une mort douce, sereine, pour cette femme de quatre-vingt-neuf ans qui, après avoir consacré sa vie à Dieu et à ses semblables, avait refusé d'aller encombrer un lit d'hôpital. Marine et Marie-Angèle avaient ensuite procédé à la toilette mortuaire, puis revêtu la malheureuse de ses habits de religieuse. Et bien sûr, pendant tout ce temps-là, Marine avait laissé son portable hors service ! Comment Paul avait-il pu imaginer qu'elle le trompait tranquillement, oubliant l'heure, leur fils...

Oh, la tentation était vive ! Oui, mille fois oui, elle y songeait. De là à passer à l'acte, il existait un grand pas qu'elle n'aurait pas franchi. Ou pas comme ça, pas maintenant.

Vraiment ? Alors, que faisait-elle sur la route de l'atelier ? L'orage se déchaînait, libérant des trombes d'eau, mais malgré le peu de visibilité elle n'avait pas raté l'embranchement. À quoi Antoine occupait-il ses soirées, seul face à ses souvenirs ?

De loin, elle aperçut de la lumière. La pluie ruisselait sur la verrière de l'atelier qui, par intermittence, se teintait de bleu ou de mauve sous les éclairs. Une lampe à l'abat-jour orangé était allumée, et Marine éprouva une irrésistible envie de se mettre à l'abri là-bas.

À une trentaine de mètres, elle fut obligée d'arrêter la voiture qui commençait à patiner dans la boue. La violence de l'averse avait dû transformer le petit ruisseau voisin en véritable fleuve. Dès qu'elle descendit, elle glissa et dut se raccrocher à la portière. Le vent soufflait avec une force incroyable, provoquant une série de grincements et de craquements lugubres dans les arbres. Elle essaya de courir mais elle était déjà trempée et elle ne voulait pas tomber. Lorsqu'elle parvint à la porte vitrée, qui était verrouillée, elle se mit à hurler le prénom d'Antoine.

Comme après chaque orage d'été, un calme extraordinaire accompagna le lever du jour. Le ciel, d'un bleu profond, semblait lavé, les pierres dépoussiérées, les arbres reverdis.

Marine fut réveillée par les premiers oiseaux qui troublèrent le silence. À côté d'elle, la tête dans ses bras repliés, Antoine dormait toujours.

Le cœur battant, elle se redressa, puis toutes les images de la nuit l'assaillirent en même temps et elle se sentit rougir. S'était-elle jamais livrée à Paul aussi totalement ? Son expérience des hommes s'arrêtait à ces deux frères si dissemblables, qu'elle aimait différemment, mais avec Antoine elle venait de retrouver toute la fougue de sa jeunesse. Ils s'étaient jetés l'un sur l'autre sans un mot, avides et affolés. Ses vêtements trempés devaient toujours être par terre, près de la porte de l'atelier, là où Antoine les lui avait arrachés. Il lui avait fait l'amour debout, avant de la porter dans la chambre, et ils ne s'étaient endormis que bien plus tard, à bout de forces.

Il bougea dans son sommeil, tâtonna autour de lui.

— Marine ?

Ouvrant les yeux sur elle, il se mit à sourire.

— Ah, tu es là… Ne pars pas…

Que pouvait-elle faire d'autre ? Il faudrait bien qu'elle rentre chez elle pour affronter Paul, se changer, emmener Baptiste à l'école et filer à l'hôpital. La vie ne s'arrêterait pas parce qu'ils étaient redevenus amants.

— Tu entends ? dit-il soudain en fronçant les sourcils.

Elle perçut le bruit du moteur et sut immédiatement ce qui allait arriver. Déjà debout, Antoine enfilait à la hâte un jean et une chemise.

— Reste ici, ne t'en mêle pas ! jeta-t-il d'une voix dure.

Au lieu de l'écouter, elle se précipita à la fenêtre et vit la voiture de Paul avancer au bout du chemin.

— Non, Marine, si tu viens, ce sera pire pour lui et pour moi.

Il quitta la chambre dont il referma la porte avec soin, traversa l'atelier et ouvrit à son frère. Avant qu'il ait pu prononcer un seul mot, le poing de Paul s'écrasa sur son menton avec une telle violence qu'il fut projeté au milieu de la pièce où il s'effondra dans un fracas de poterie brisée. Penché au-dessus de lui, Paul le prit par le col de sa chemise pour le relever, et presque aussitôt lui expédia un nouveau coup, dans l'estomac cette fois.

— Arrête ! Tu es fou !

Plié en deux, Antoine suffoquait, au bord de la nausée, mais il eut le réflexe d'éviter le coup suivant et il frappa à son tour, de toutes ses forces. Dans le corps-à-corps qui suivit, ils tombèrent ensemble sur les débris des terres cuites, cramponnés l'un à l'autre en s'injuriant. Antoine sentit un goût de sang qui envahissait sa bouche, une explosion de douleur sur la tempe. Ensuite, à travers un brouillard, il vit la silhouette de Paul s'éloigner enfin. Il y eut encore le bruit d'une explosion de verre puis le silence revint.

Cherchant de l'air, Antoine réussit à s'asseoir. Où Paul avait-il appris à taper comme ça ? Lui qui détestait se battre, qui se dominait toujours si bien, la colère l'avait rendu plus brutal que n'importe qui !

— Est-ce que ça va ? s'enquit Marine d'une voix hésitante.

Elle traversa l'atelier, évitant les éclats de verre des carreaux de la porte, que Paul avait claquée trop fort, ainsi que les morceaux des poteries brisées.

— Depuis le temps qu'il en avait envie, je suppose que ça l'a calmé, constata Antoine en se relevant avec un soupir.

Sa lèvre fendue commençait à enfler douloureusement et ses oreilles sifflaient.

— Il n'y a pas été de main morte, le salaud...

Debout devant l'évier, il s'aspergea d'eau froide, mouilla ensuite un torchon. De la réaction de Marine dépendaient tant de choses qu'il eut peur d'en dire davantage. Pour l'instant, il ne savait pas lequel des deux elle plaignait, ni de quel côté son cœur pencherait. Tout en maintenant le torchon trempé sur sa tempe, il repoussa le sentiment de culpabilité qui tentait de s'insinuer dans ses pensées. Paul était perdant, quoi qu'il arrive désormais, puisqu'il n'avait pas su garder sa femme. À huit ans d'intervalle, Antoine avait pu la lui reprendre si facilement !

— Il doit me haïr, chuchota Marine.

— À quoi d'autre t'attendais-tu ?

Il devait absolument la laisser choisir seule, pourtant il n'en eut pas le courage. Jetant le torchon dans l'évier, il s'approcha d'elle, la prit dans ses bras.

— Je t'aime, Marine. Je ferai ce que tu veux, je n'ai pas peur de Paul.

Il la sentit d'abord trembler puis elle éclata en sanglots, accrochée à lui, sans doute déchirée à l'idée du mal qu'elle était en train de faire à son mari.

— Les ordures, les fumiers ! s'exclama Emma.

La lecture de l'article, paru le matin même, la faisait bouillir de rage. Elle frappa le journal du plat de la main.

— « *Toutes les pistes, depuis sept ans, mènent droit aux Soubeyrand* », relut-elle à haute voix. Ils veulent que je ferme boutique, que je dépose mon bilan ?

— Si c'est ce qui t'inquiète, lui rétorqua Simon, personne ne boudera les *Tilleuls*. Crois-moi, les curieux vont plutôt venir en rang par quatre !

— J'appelle ça de la diffamation et je vais les attaquer ! Tiens, je téléphone tout de suite à Sophie, elle saura quoi faire…

Elle saisit le téléphone, sur le comptoir, mais n'acheva pas son geste. Impliquer Sophie était une très mauvaise idée. Tandis qu'elle réfléchissait, Simon tourna le quotidien vers lui et parcourut les deux colonnes.

— « *Le clan Soubeyrand* »…, on croirait l'affaire Dominici ! Remarque, c'est vrai que vous formez une tribu impénétrable, j'en sais quelque chose.

L'occasion était trop belle pour lui de faire remarquer, une fois de plus, à quel point il se sentait exclu.

— Si tu te confiais un peu, de temps en temps, je pourrais t'aider, ajouta-t-il.

Elle aurait dû l'écouter, s'appuyer sur lui, se livrer, mais elle en était absolument incapable. Le secret et le silence lui avaient toujours semblé les meilleures armes, elle n'était pas disposée à en changer.

— Ce que je voudrais, fulmina-t-elle, c'est qu'on ne parle plus de ce Labaume !

— Après avoir exhumé son cadavre, ça paraît difficile.

Contrairement à ce qu'elle avait espéré, il ne suffisait pas de faire disparaître les choses pour qu'elles cessent d'exister. Les fantômes du passé étaient en train de la rattraper, mais comment l'expliquer à Simon ? Comment être tout à fait sûre qu'il ne la considérerait pas avec horreur ? Or elle désirait le garder, elle estimait le mériter.

— Quoi que tu en penses, déclara-t-elle pour détourner son attention, ce n'est pas une bonne publicité. Je refuse de voir mon nom à la Une !

— On parle de nous dans le journal ? s'écria Mamette.

Elle trottinait sans bruit sur les semelles en corde de ses espadrilles et on ne l'entendait jamais arriver.

— J'aimerais bien mon café au lait ! lança-t-elle à sa fille.

Avec précaution, elle s'installa sur l'un des tabourets du bar. Depuis qu'elle avait découvert le plaisir de se jucher en hauteur, elle y passait presque toutes ses matinées. Excédée, Emma se tourna vers le percolateur.

— Si vous me faisiez la lecture, mon petit Jean ?

— Moi, c'est Simon, Mamette. Si-mon.

— Vraiment ? Je suis désolée, j'ai toujours cru que...

La pauvre femme s'interrompit, désemparée. Heureusement, elle avait oublié le journal, qu'Emma fit disparaître sous le comptoir.

— Jean est mort il y a longtemps, maman, dit-elle doucement.

Elle s'étonna d'avoir pu l'énoncer de manière aussi simple. Ce morceau-là de sa vie avait disparu pour de bon, et le chagrin avec. Comme quoi on finissait par se remettre de tout, même du pire. Elle croisa le regard de Simon, se décidant à sourire pour la première fois de la matinée. Que ces fouineurs de journalistes aillent se faire voir, elle tiendrait bon. Pas de preuve, pas d'accusé, pas de procès.

— Voilà, maman.

Près du café au lait, elle déposa une corbeille de croissants. Avec Mamette, elle-même, Paul et Baptiste, c'était quatre générations de Soubeyrand qui vivaient ensemble dans un paisible village de Provence... Sa seule volonté suffirait-elle à maintenir cette apparence de bonheur ? Elle avait déjà accompli beaucoup de sacrifices, elle était prête à continuer.

La lecture du même journal souleva d'autres problèmes au cabinet Rouvier, avocats associés. À peine Arnaud eut-il fini l'article qu'il se précipita dans le bureau de sa femme, hors de lui.

— Est-ce qu'il y a un seul mot de vrai dans cette histoire ? tempêta-t-il en jetant le quotidien en travers du dossier que Sophie était en train d'étudier.

— Affabulation, diffamation, se contenta-t-elle de répondre.

Elle prit le quotidien entre le pouce et l'index, d'un air dégoûté, puis le laissa tomber sur la moquette, à côté de la corbeille à papier.

— J'aurais apprécié que tu frappes avant d'entrer, ajouta-t-elle.

Il faillit s'excuser mais il la connaissait trop bien, et il devina qu'elle le provoquait uniquement pour échapper à la discussion.

— Si tout est faux, insista-t-il, nous allons les traîner en justice. Tu es d'accord, je suppose ?

— Non, impossible. Nous *sommes* la famille Soubeyrand. Et tu en fais partie aussi.

— Alors, Claire s'en chargera très bien !

Leur associée – ou plus exactement celle d'Arnaud avant même qu'il rencontre Sophie – s'occupait toujours de tout à la perfection. Si elle prenait l'affaire en main, ils obtiendraient sans doute des dommages et intérêts.

— Nous n'avons rien à nous reprocher ! affirma Sophie avec une soudaine véhémence.

— Raison de plus pour démentir ces aberrations.

D'un geste nerveux, la jeune femme se passa la main dans les cheveux pour les rejeter en arrière puis fit mine de se replonger dans son dossier.

— Vis-à-vis de tes clients, tu ne peux pas laisser passer ça, ma chérie. Ceux qui te font confiance ne comprendraient pas que tu ne cries pas au scandale.

— Mais je m'en fous, Arnaud ! Je me fous de ce que les gens pensent ou croient !

— Même moi ?

La question lui avait échappé, il la regretta. Étant donné la fragilité de sa femme, l'interroger sur ses peurs ou sur ses faiblesses ne faisait que la renfoncer dans sa coquille. Il alla vers elle, se pencha et effleura ses lèvres.

— Excuse-moi… Libre à toi de décider, c'est toi que ça regarde. Et je suis désolé d'avoir fait irruption de cette façon ; la prochaine fois, je frapperai, promis. Mais tout ce qui te concerne me touche, tu comprends ?

— Oui…

— Tu ne me dis jamais rien, alors je m'inquiète. Tu n'as pas confiance en moi ? Le juge Herrero vous a tous interrogés, et il a forcément une bonne raison pour le faire, j'en suis persuadé.

Elle gardait la tête baissée, pourtant, lorsqu'il voulut s'éloigner, elle le retint en s'accrochant à sa main.

— Je n'ai pas tué Labaume, chuchota-t-elle d'une drôle de voix. Tu me crois ?

Stupéfait, il se figea. Que pouvait-il répondre à une pareille énormité ? Sophie était incapable de tuer une souris !

— Pourquoi me dis-tu ça ?

La sonnerie du téléphone les interrompit et, lorsque Sophie décrocha, il l'entendit s'exprimer avec un calme surprenant. Comme la conversation s'éternisait, a priori au sujet d'un divorce, il finit par regagner son propre bureau, très perplexe. Sa femme avait en elle une part d'ombre, de mystère, dont il s'était accommodé jusque-là comme d'un charme supplémentaire. Mais, sous son apparente vulnérabilité, elle possédait une volonté de fer qui lui avait permis d'achever ses longues études, de s'élever dans l'échelle sociale, et même d'accepter sans problème de participer à l'éducation de deux adolescents. Que lui arrivait-il donc ?

Un peu amer, il constata que, malgré l'amour fou qu'il lui portait, il ne la connaissait peut-être pas aussi bien qu'il le croyait. « *Je n'ai pas tué Labaume.* » Aurait-elle eu une raison de le faire ? Et pourquoi, en effet, ainsi que le prétendait l'article du journal, toutes les pistes menaient-elles aux Soubeyrand ? Si Sophie avait été témoin de quelque chose, quoi que ce fût, elle risquait sa carrière d'avocate en se taisant. Il décida d'avoir une conversation avec Emma, il fallait absolument qu'il en ait le cœur net. Mais y consentirait-elle ?

Chaque fois qu'il avait essayé de lui parler, sa belle-mère s'était dérobée ou bien avait pris les choses de haut, comme s'il n'était qu'un étranger. Devait-il revenir à la charge ? Et Sophie ne serait-elle pas ulcérée d'apprendre qu'il cherchait ailleurs les réponses qu'elle-même refusait de lui donner ?

Avec un soupir résigné, il se remit au travail tout en sachant qu'il serait incapable de se concentrer.

Antoine sortit avec précaution les deux derniers objets du four. Derrière lui, Richard Bresson siffla d'admiration.

— Mais dis donc, c'est pas mal du tout ! Ma parole, tu tiens de ton père, toi...

Il vint se pencher par-dessus l'épaule d'Antoine, qui s'écarta pour le laisser voir.

— Je peux faire mieux, jugea Antoine.

Une partie de la nuit, il s'était acharné à travailler, malade d'inquiétude parce que Marine ne lui avait donné aucune nouvelle. À l'aube, il s'était endormi sans s'être déshabillé, et Richard l'avait réveillé en arrivant, le journal à la main. Il avait expliqué que, en tant que maire, il se faisait du souci pour les Soubeyrand et que, vu le caractère d'Emma, il avait préféré venir parler à Antoine.

— Tu sais bien comment est la presse... Des pisse-copie en mal de scoop, il y en a plein les rédactions, ne te laisse pas impressionner !

Antoine préféra s'abstenir de tout commentaire, il ne désirait ni la présence de Richard ni sa fausse bonhomie.

— Dommage que tu ne puisses pas disposer d'un meilleur matériel, poursuivit Bresson en revenant aux céramiques qui commençaient à refroidir. En tout cas, tu ne manques pas d'inspiration, c'est le principal ! Alors, si un jour l'envie te prenait de travailler chez moi… C'est ton copain Raphaël qui m'a suggéré l'idée, mais je t'avoue que je voulais d'abord savoir ce que tu vaux… Là, je suis convaincu !

— Je te remercie de ton offre, répondit Antoine un peu sèchement, mais je préfère me débrouiller seul.

Se retrouver salarié chez Richard ne l'intéressait vraiment pas. D'ailleurs, il doutait trop de lui-même et de son avenir pour faire des projets.

— Tu sais, Antoine, pour être artisan, de nos jours, il faut du courage ! Et puis, ne te lance pas tête baissée dans la profession, tu serais surpris du peu de débouchés.

— Tu les as bien trouvés, toi !

— Parce que j'en suis quasiment au stade industriel. Je viens d'ouvrir une boutique à Paris et je m'apprête à faire la même chose à New York. Tout ça demande beaucoup d'investissements, des reins solides et une production continue.

— En somme, tu cherches à me dissuader de poursuivre ? ironisa Antoine.

— Si tu veux faire cavalier seul, oui. Je te le dis par amitié. Alors n'oublie pas : chez moi, la porte est ouverte ! Si tu as quelques bonnes idées de création, on s'entendra toujours. Ton père a dû laisser des carnets de croquis, des choses comme ça ?

Agacé par tant d'insistance, Antoine ne répondit rien. Il n'avait pas l'intention de permettre à qui que ce soit d'accéder aux archives de Jean Soubeyrand – qui, c'était de notoriété publique, avait été en son temps beaucoup plus doué que Richard Bresson. Il raccompagna ce dernier jusqu'à sa voiture, le remerciant du bout des lèvres de sa visite. Pourquoi s'était-il déplacé jusqu'ici ? Il avait davantage parlé de céramique que de l'affaire Labaume, comme si celle-ci n'avait que peu d'importance, or c'était la principale conversation de tous les gens de la région !

De retour dans l'atelier, Antoine regarda de nouveau les trois vasques. Dans chacune de ses notes, son père insistait sur les couleurs et les infinies combinaisons des oxydes métalliques. Le mélange de manganèse et de chrome testé la veille, en combinaison avec du fer, donnait un délicat dégradé de violet, corail et rouge-brun sur l'émail d'une petite jarre très réussie. De cette pièce-là, et d'elle seule, Antoine se sentait fier. Si seulement Marine était là pour la voir...

Il passa dans sa chambre, se déshabilla et alla prendre une douche. De quelle façon Paul avait-il réagi face à sa femme ? L'idée qu'il avait pu se montrer violent avec elle faisait frémir Antoine, mais il était presque certain que ce n'était pas le cas. Pas Paul, non, impossible. Qu'il en soit venu aux mains, l'avant-veille, était déjà inexplicable et ne se reproduirait sûrement pas. En revanche, il était capable d'attendrir Marine, de la culpabiliser, de l'avoir aux sentiments. Saurait-elle résister ? Après tout, il était son mari, le père de son enfant, l'homme avec qui elle vivait et faisait l'amour depuis sept ans.

Après s'être rasé, Antoine enfila un jean et une chemise propres, puis il ressortit. Dans sa boîte aux lettres, au bout du chemin, il trouva une enveloppe en provenance du Brésil, qu'il décacheta sans entrain. Ainsi qu'il s'y attendait, Gloria se rappelait à son bon souvenir dans un français approximatif mais très imagé. L'espace d'une seconde, il revit la grande fille bronzée aux longs cheveux bruns qui avait été sa maîtresse à Santos, quelques mois avant son départ. Aurait-il pu être heureux avec elle ? Heureux tout court, s'il était resté là-bas ? Probablement pas. Et jamais autant qu'il l'avait été, deux nuits plus tôt, en serrant Marine contre lui.

— Marine…, gémit-il à voix basse.

Il froissa la lettre, repartit vers l'atelier. Pourquoi n'appelait-elle pas ? Il deviendrait fou s'il demeurait sans nouvelles. Il était prêt à assumer le scandale, à affronter sa mère, à se battre avec Paul une seconde fois : prêt à tout sauf à la perdre, maintenant qu'il l'avait retrouvée.

— Je t'assure que je peux comprendre, ne t'excuse pas, c'est ridicule ! Et ça me gêne…

Triturant le papier des fleurs qu'elle avait apportées, Liliane semblait danser d'un pied sur l'autre et Vincent tendit la main.

— Donne-les-moi, tu les tortures. Ce n'est pas à toi d'être gênée. J'ai un sale caractère, comme tu sais.

L'ennui qui ravageait ses journées lui faisait apprécier les visites, au bout du compte. Au début, il avait envoyé promener tout le monde, y compris ses frères, mais à présent une sorte de résignation le rendait moins agressif.

— Au salon, tout va bien ?

— Oh, oui ! Ne t'inquiète pas pour ça, c'est l'affluence. Et les clientes attendent ton retour avec impatience.

— Curiosité malsaine… Enfin, c'est humain. Donne-leur un maximum de détails sur le pauvre handicapé, comme ça elles me foutront la paix quand je me pointerai là-bas.

Il s'imaginait mal promenant son fauteuil roulant au milieu du salon de coiffure. Hélas ! il allait y être obligé. Depuis son accident, les frais s'étaient accumulés de façon vertigineuse, et il n'avait pas d'autres revenus que son commerce. Grâce à Liliane, le chiffre d'affaires restait stable, il aurait dû lui en être reconnaissant mais il n'y parvenait pas. Un cuisant sentiment d'injustice dominait tous les autres. Pourquoi lui ? Pourquoi était-ce arrivé ? Pourquoi avait-il échappé à la mort ? Cette route, il l'avait parcourue des centaines de fois, aussi vite que cette nuit-là, sans le moindre incident, sans même ressentir la notion du danger.

— Vincent ?

Un peu inquiète, Liliane le dévisageait et il se força à lui sourire. Derrière elle, il aperçut Bertrand, qui passait dans son fauteuil roulant et qui se contenta d'un petit signe amical, sans s'arrêter.

— Un type sympa, celui qui s'en va dans l'allée avec un pull rouge… On s'est un peu bouffé le nez, lui et moi, mais c'est le seul à savoir jouer aux échecs, alors on a fini par s'entendre.

Il avait parfois l'impression d'être là depuis des mois, des années. Chaque jour ressemblait au précédent, et personne ne lui parlait jamais de guérison, on lui demandait seulement de s'habituer à son état, de devenir à peu près indépendant pour les gestes les plus simples. Une fois, une seule, il était descendu au sous-sol par l'ascenseur, et il avait observé ceux qui réapprenaient à se mouvoir dans l'eau tiède de la piscine, sous les directives des kinés. Un programme qui ne s'adresserait jamais à lui.

— Je vais bientôt pouvoir sortir, dit-il à mi-voix. Pas définitivement, non, juste en permission... J'aimerais bien faire la surprise à maman.

Cette perspective lui donnait le vertige. Au-delà des murs du centre de rééducation, il n'y avait que des gens normaux, debout sur leurs pieds, et d'avance il redoutait leurs regards apitoyés.

— Je peux compter sur toi ? Tu viendrais me chercher ?

Il nota l'effort qu'elle faisait pour rester souriante, alors que ses yeux brillaient de larmes refoulées. Il la trouva désespérément gentille avec lui, et aussi horriblement attirante.

— Bien sûr, Vincent. Quand tu veux.

Vouloir n'était pas le mot, en fait il n'avait qu'une seule envie : se terrer dans sa chambre. Mais il lisait les journaux, il remarquait l'air affolé de sa mère et ses cernes, il savait que sa famille était en danger. Même s'il ne servait plus à rien ni à personne, il désirait être à leurs côtés pour les soutenir. Et, par-dessus tout, il souhaitait qu'on cesse de le ménager !

— Tu as un joli chemisier, constata-t-il avec une désinvolture très étudiée.

Joli et trop ouvert, il avait du mal à détacher les yeux de ce qu'il voyait, en proie à un désir lamentable qui lui faisait honte. Pouvait-on avoir envie d'une fille uniquement dans sa tête ? Le reste était mort, il n'était pas près d'arriver à l'accepter.

6

Paul avait fait un détour par la bastide d'Arnaud et de Sophie pour leur livrer un olivier. Un arbre commandé par sa sœur depuis des semaines, et offert à Arnaud pour son anniversaire. Le matin même, Paul était venu creuser le trou destiné à l'olivier, ainsi la surprise avait-elle été totale. Ému, heureux comme un gosse, Arnaud avait sauté au cou de sa femme, ensuite ils avaient trinqué tous les trois au bord de la piscine. En les quittant, Paul avait éprouvé un sentiment aigu de tristesse devant leur bonheur. Ne s'était-il pas cru, lui aussi, le plus heureux des hommes jusqu'au retour d'Antoine ? Avant qu'il n'ait l'idée stupide de le faire rentrer du Brésil ! À présent, et par sa faute, son couple était en ruine. Aurait-il pu éviter ce désastre ?

Au volant du petit camion à plate-forme qui lui avait servi pour la livraison, il retourna lentement chez lui. De loin, il prit le temps de regarder son mas. Moins grand et moins beau que la bastide d'Arnaud, sans piscine, avec son ancienne étable retapée et ses clôtures de guingois, l'endroit possédait malgré tout un charme unique. Paul s'y était donné tant de mal ! Et aujourd'hui, voilà qu'il en franchissait le seuil à contrecœur, espérant mais redoutant que sa femme soit là. Depuis trois jours, ils se muraient l'un comme l'autre dans un silence lourd de reproches, afin d'épargner Baptiste, et ils faisaient chambre à part.

Marine le surprit alors qu'il guettait les bruits de la maison, immobile dans le salon. Elle descendait l'escalier, un sac de voyage sous le bras, les traits tirés, l'air de quelqu'un qui a pleuré.

— Tu t'en vas ? s'écria-t-il.

Elle le dévisagea avant de secouer la tête.

— J'ai préparé des affaires pour Baptiste. Il sera mieux chez Emma pendant quelques jours. Elle est d'accord et lui aussi.

— Tu lui as parlé ?

— À Baptiste ? Pas vraiment, non. Mais il nous entend, il nous voit, il se doute bien qu'il y a un problème entre nous.

Au moins, leur fils pourrait revenir de l'école jusqu'aux *Tilleuls* à pied, une forme d'indépendance qu'il allait apprécier. De plus, il adorait bavarder avec Mamette, il était le seul de la famille que la vieille dame faisait rire aux éclats.

— Et à ma mère, tu lui as raconté ?

— Non, bien sûr que non.

Marine posa le sac, qui semblait lourd, et elle attendit en le regardant droit dans les yeux.

— Je suis désolée, Paul.

— De quoi ? Je ne sais même pas ce que tu veux faire !

Après un petit silence, elle murmura :

— Moi non plus.

— Tu as revu Antoine ?

Il se sentit ridicule parce que sa voix avait tremblé sur le prénom de son frère. Il n'avait pas souvenir d'avoir jamais haï personne, pourtant c'était en train de lui arriver.

— Non, répondit Marine dans un souffle.

Toutefois, elle n'ajouta pas qu'elle ne comptait pas le revoir.

— Je suis de garde à l'hôpital, cette nuit, dit-elle seulement.

Lorsqu'elle passa devant lui, il faillit l'arrêter mais y renonça. À quoi bon la prendre dans ses bras si elle pensait à Antoine, si c'était lui qu'elle désirait ? Il la laissa partir et, au moment où la porte se refermait sur elle, il eut envie de se mettre à hurler.

Dehors, Marine hésita, mais elle finit par jeter le sac de Baptiste à l'arrière de sa voiture. Que pouvait-elle faire qui ne soit pas insupportable à Paul ? Ils étaient à vif tous les deux et, depuis trois jours, n'avaient pas réussi à se parler. Il souffrait à cause d'elle, leur fils aussi. Pourquoi ne tranchait-elle pas ? Si seulement elle n'était pas allée chez Antoine, la nuit de l'orage ! Si elle avait su résister à ses yeux, sa voix, sa peau…

Pour ne pas affronter Emma, à qui elle avait peur de ne pas savoir mentir, elle s'arrêta au garage de Simon et lui confia les affaires de Baptiste. Puis, tout le long de la route jusqu'à Apt, elle se fit en vain les mêmes reproches. Jamais elle ne se serait crue capable de trahison. En disant oui à Paul, dans l'église de Cucuron, elle s'était sincèrement engagée pour la vie, et elle l'avait trompé moins d'un mois plus tard ! Comment ne pas se mépriser après ça ?

Elle prit son service à vingt heures, essayant de se noyer dans le travail, mais quand elle quitta l'hôpital à six heures du matin, après une nuit quasiment blanche, elle n'avait toujours pas arrêté de décision.

Emma n'avait fait qu'apercevoir Antoine, la veille, au centre de rééducation. Il partait juste quand elle arrivait, mais elle avait bien remarqué l'hématome sur sa tempe, l'ecchymose de sa lèvre. Son absurde explication – une chute sur les pierres alors qu'il escaladait l'un des sentiers de chèvre, autour de l'atelier ! – prouvait bien qu'il lui cachait quelque chose. Pas dupe, Emma décida ce matin-là de faire un saut chez lui. Avec tous leurs ennuis, elle espérait qu'il n'allait pas créer un nouveau problème, ce n'était vraiment pas le moment.

Elle chargea dans sa voiture un plein carton d'archives constituées par les derniers cahiers que Jean avait écrits avant de mourir. Ceux-là étaient restés aux *Tilleuls* depuis son décès, et Antoine était bien le seul que tous ces gribouillis pouvaient intéresser.

Il était à peine neuf heures lorsqu'elle arriva chez lui. Tandis qu'elle extirpait le carton du coffre, il sortit en trombe de l'atelier, apparemment stupéfait de découvrir sa mère devant sa porte.

— Tu aurais dû m'appeler ! C'est quoi, tout ça ?

— Bonjour, d'abord, répliqua-t-elle en le toisant.

Vu de près, l'explication était évidente : il s'était battu avec quelqu'un. Mais qui ? Elle lui mit le carton dans les bras et passa devant lui.

— Attends, maman ! Où vas-tu ?

— Tu pourrais peut-être m'offrir un café ?

— Non, pas maintenant. Écoute…

Il se débarrassa en hâte du carton sur le muret de pierres. Sa confusion était telle qu'Emma se sentit brusquement très intriguée.

— Oui ? Vas-y, je t'écoute. Tu ne veux pas que j'entre ? Qu'est-ce que tu me caches ?

Tout d'abord, il ne répondit pas, cependant il se trahit en jetant un coup d'œil affolé vers l'autre bout de la maison. Elle suivit la direction de son regard et aperçut la calandre d'une voiture garée en retrait. Se déplaçant de quelques pas, elle découvrit la Twingo verte de Marine. Abasourdie, elle comprit d'un seul coup.

— Antoine... Tu n'as pas fait ça ? Antoine !

Les mains dans les poches, la tête basse, l'attitude de son fils était un aveu.

— Mais tu deviens fou ? Marine est ici ? Je rêve ! Et Paul, dans tout ça ?

Elle s'approcha de lui, menaçante.

— C'est lui qui t'a cassé la figure ? Il a bien fait ! Tu te comportes comme un immonde petit salaud, et elle comme une traînée !

Elle le vit pâlir mais elle comprit que c'était de rage, pas de honte.

— Tu n'aurais jamais dû revenir ! Jamais !

Du plat de la main, elle poussa violemment le carton qui s'écroula dans la poussière, libérant les carnets et les feuilles volantes qu'elle se mit à piétiner.

— Et moi qui croyais te faire plaisir en t'apportant ces papiers ! Mais tu t'en fous pas mal, tu ne penses qu'à ton petit plaisir, tu ne respectes rien ! Rien !

Il la saisit par le coude pour l'écarter des papiers qu'elle massacrait, et elle faillit trébucher.

— Il ne s'agit pas de plaisir, hurla-t-il, pas de coucheries ! Je l'aime, tu comprends ? Je l'aime toujours, et elle aussi. Alors Paul n'a qu'à s'écarter de mon chemin !

— C'est son mari !

— Peu importe !

La gifle qu'elle lui asséna, de sa main libre, les surprit tous les deux. Ils restèrent face à face une ou deux secondes puis Emma se détourna. Elle monta dans sa voiture, claqua la portière et démarra dans un nuage de poussière.

Vincent luttait en vain, avec la sensation pénible d'être ridicule. Accroché à la barre de métal qui courait le long du mur de la piscine, il se déplaçait avec une lenteur désespérante, freiné par ses jambes qui traînaient dans l'eau, inertes.

— Oui, c'est bien, continuez ! l'encouragea le kiné qui suivait sa progression.

Serrant les dents, Vincent parcourut encore deux ou trois mètres, à la force des bras, puis il s'arrêta, à bout de souffle. Loin devant lui, Bertrand se tractait déjà sur l'échelle spéciale, surmontée d'un portique.

— Allez-y, vous pouvez y arriver !

D'où il était, Vincent ne voyait que les pieds du kiné dans ses tongs, et il fut contraint de renverser la tête en arrière pour croiser son regard.

— J'ai… passé l'âge… de ces conneries…

La natation avait toujours été pour lui un jeu merveilleux. À l'époque du lycée, il était le meilleur de sa classe, capable de traverser pratiquement tout le bassin sous l'eau.

— Respirez calmement, lui conseilla l'autre.

— Pour quoi faire ? Je ne vais pas me mettre à nager, abruti !

Ignorant l'injure, le kiné rétorqua :

— Vous avez besoin de retrouver un peu de verticalité. C'est un excellent exercice. Faites-le à votre rythme.

Les mains toujours crispées sur la barre, Vincent se sentit plus humilié qu'il ne l'avait jamais été. On lui parlait comme à un simple d'esprit, un vieillard sénile, en lui demandant d'effectuer quelque chose qui ne servait à rien et qui était au-dessus de ses forces.

— Je veux sortir, dit-il entre ses dents. J'ai froid.

— D'accord. Mais pour ça, il faut que vous alliez jusqu'à l'échelle.

Vincent constata que Bertrand avait réintégré sans mal son fauteuil roulant et qu'il s'approchait du bord, souriant. Pour ne pas avoir à subir ses conseils ou ses sarcasmes, il fit l'effort de recommencer à bouger. Les biceps tétanisés, il serra les mâchoires et s'acharna jusqu'au bout. S'il n'avait pas été infirme, il aurait volontiers volé dans les plumes du kiné, de Bertrand, de n'importe qui dans cet établissement de malheur !

Parvenu à l'échelle, il fut aussitôt remonté par deux aides-soignants qui l'attendaient et qui l'enveloppèrent d'un peignoir en éponge avant de le déposer comme un bébé dans son fauteuil.

— D'ici quelques mois, commença le kiné d'un air jovial, vous ne…

— Foutez-moi la paix ! gronda Vincent.

Malgré ses crampes, il actionna les roues du fauteuil pour s'éloigner au plus vite vers les ascenseurs. Malheureusement, c'était là que Bertrand l'attendait, et ils s'engagèrent ensemble dans la vaste cabine.

— Tu ne gagneras rien à te révolter comme ça, déclara Bertrand tandis que les portes se refermaient. J'étais comme toi, au début, et j'ai perdu un temps fou.

Le ton docte qu'il employait poussa l'exaspération de Vincent à son paroxysme.

— Nous ne sommes pas copains de régiment, tu serais gentil de me lâcher. Perdre du temps par rapport à quoi ? J'ai tout mon temps ! L'éternité ! Je vais rester cloué dans ce bon Dieu de fauteuil, à me pisser dessus en regardant mes jambes se ratatiner comme deux serpillières jusqu'à ma mort !

Les portes s'étaient rouvertes, au rez-de-chaussée, et Bertrand appuya sur le bouton pour les bloquer.

— Pas forcément, dit-il sans s'énerver. Aucun d'entre nous n'évolue de la même manière. Les causes et les séquelles sont chaque fois différentes. Si tu acceptes le pire, d'entrée de jeu, tout ce qui t'arrive ensuite est une victoire. En ce qui me concerne, je n'aurais jamais dû quitter un lit, les médecins étaient formels. Je n'arrivais même plus à articuler, et puis, tu vois, j'ai récupéré la parole – dommage pour toi –, et aussi mes bras, mais pour ça j'ai lutté longtemps. Engueuler le personnel soignant et haïr la Terre entière ne te fera pas avancer d'un iota.

Il quitta l'ascenseur, laissant Vincent médusé. Ce type avait quel âge ? Vingt-cinq ? Trente ? Depuis combien de temps était-il là, et pour quelle raison ? Jusqu'ici, Vincent avait éprouvé tant de terreur qu'il ne s'était posé de question sur personne. Les gens qui l'entouraient ne lui servaient qu'à défouler son agressivité, c'était très égoïste, mais il ne pouvait penser à rien d'autre qu'à sa vie brisée, détruite.

À son tour, il émergea de l'ascenseur dont les portes se refermèrent sans bruit derrière lui. Peut-être le moment d'envisager une sortie était-il arrivé, sinon il finirait par se croire en prison et il prendrait bientôt les kinés ou les infirmiers pour des matons !

— Réagis, mon vieux, réagis…, marmonna-t-il tout bas en se dirigeant vers le bureau du médecin chef.

Raphaël observait sa mère du coin de l'œil tandis qu'elle nettoyait les fleurs fanées et disposait maladroitement un gros pot de géraniums sur la pierre tombale. Chaque semaine, sans jamais y manquer, elle venait se recueillir au cimetière, et quand son regard effleurait le prénom de son fils aîné, gravé sur la stèle, elle se mettait à pleurer.

Il s'éloigna un peu, sachant qu'elle se reprendrait dans quelques minutes. Mais jamais, sans doute, ne réussirait-elle à surmonter la mort de Thibaut. Son préféré, son fils aîné, celui qui avait tout réussi jusqu'au jour où il s'était pendu. Thibaut l'incomparable, auprès duquel Raphaël n'était qu'un vilain petit canard. Son père, comme sa mère, avait vécu en extase devant Thibaut jusqu'à l'électrochoc de son suicide.

En principe, Raphaël détestait les cimetières, mais il éprouvait une sorte de fascination malsaine à voir le chagrin de sa mère. Même sous terre, Thibaut continuait d'occuper la première place dans son cœur, et pour le cadet elle n'avait qu'une indulgence amusée ou vaguement attendrie en guise d'amour.

Au bout de l'allée, il marqua un temps d'arrêt. La visite-souvenir se prolongerait, il le savait, et il n'avait pas envie d'attendre. Au contraire, il voulait rire, rencontrer du monde, conduire sa TT à tombeau ouvert. Vivre, en somme, même s'il le méritait moins que ce frère modèle qui avait mis fin à ses jours.

Tout naturellement, dès qu'il fut au volant, il prit la direction de la bastide de Sophie. Elle l'attirait toujours comme un aimant, il n'y pouvait rien, ne cherchait même pas à lutter. Et jamais il ne comprendrait pourquoi elle avait épousé Arnaud, ce sinistre avocat trop âgé et trop content de lui. Sophie avec ce type, c'était comme offrir de la confiture aux cochons.

Il la trouva au bord de la piscine où elle aimait plonger lorsqu'elle rentrait d'Aix, en fin de journée. Les affreux adolescents d'Arnaud ne semblaient pas dans les parages, tant mieux ! Ces deux-là lui manifestaient ouvertement leur antipathie, soucieux de surveiller belle-maman pour faire plaisir à papa.

— Comment va la jolie sirène ? lança-t-il avec entrain. Je te dérange ?

— Jamais. Tu viens piquer une tête ?

— Je n'ai pas mon maillot.

— Prends-en un à Arnaud. Ils sont dans la…

— Des caleçons à fleurs ou des bermudas madras ? Merci bien ! Ton mari n'est pas précisément à la pointe de la mode et nos goûts vestimentaires sont très différents.

Elle éclata de rire, pour son plus grand plaisir, car en général elle n'appréciait pas qu'il se moque ouvertement d'Arnaud. S'agenouillant sur le bord, il saisit la main qu'elle lui tendait et fit mine de la baiser.

— Mon cher maître, tes courriers ont fait merveille : deux mauvais payeurs se sont acquittés de leurs dettes ce matin, papa est aux anges.

Par jeu, elle tenta de le faire tomber en tirant sur sa main. Il aurait très bien pu résister mais il n'en fit rien et bascula dans l'eau, tout habillé. Lorsqu'il émergea, il entendit ses cris de joie et il éprouva une irrésistible envie de la serrer dans ses bras. Bien entendu, il n'en fit rien.

— Tu vas devoir me garder ici le temps que je sèche !

Avec souplesse, il remonta sur le bord et commença à se déshabiller. Elle sortit de l'eau à son tour pour l'aider à étendre ses vêtements sur les chaises longues, puis elle alla lui chercher un peignoir.

— Je ne connaissais pas cet olivier, fit-il remarquer.

— Mon cadeau d'anniversaire à Arnaud.

— Très original. Tu l'aimes à ce point-là ?

— Raphaël…

— Bon, bon, je me tais !

À l'aise dans son rôle d'éternel soupirant, il lui adressa un sourire réjoui.

— Après avoir essayé de me noyer, tu vas bien m'offrir un verre, non ?

Arnaud rentrait toujours très tard, débordé de travail, et il était décidé à en profiter. Sculpturale dans son deux-pièces turquoise, Sophie rapporta du champagne et ils s'installèrent côte à côte dans des transats, face au soleil couchant.

— Tu es la plus jolie femme de toute la Provence, mais fais comme si je n'avais rien dit. Parle-moi de toi, plutôt… Tu vas mieux ? Tu avais une toute petite mine, ces temps-ci.

Il aurait adoré qu'elle ait envie de se confier à lui mais elle se contenta de hausser les épaules.

— Un peu de fatigue, rien de grave. C'est gentil de t'en soucier.

Jusqu'où pouvait-il pousser le marivaudage ? Ils étaient amis d'enfance et jamais elle ne l'avait regardé autrement que comme un bon copain.

— Les affreux jojos ne sont pas là ? demanda-t-il ironiquement.

— Les enfants ? Ils ne vont plus tarder... Ne sois pas désagréable avec eux, je les aime beaucoup. Oh, bien sûr, je préférerais en avoir un vraiment à moi mais... Mais je n'y arrive pas, voilà.

Il ravala de justesse le : « Encore heureux ! » qui avait failli lui échapper. Pour une fois qu'elle lui faisait une confidence, il ne devait pas la braquer.

— C'est beau, l'amour, dit-il seulement.

— Pour être honnête, je ne sais pas si c'est tout à fait de l'amour.

Elle l'avait avoué si bas qu'il eut peur d'avoir mal entendu. Prudent, il resta silencieux, le cœur battant à grands coups désordonnés.

Survoltée, Emma observa d'un œil critique sa table. La première sortie de Vincent était un tel événement que tout devait être parfait. Le couvert avait été dressé dans le jardin, à l'arrière des *Tilleuls*, sous la tonnelle. Comme le bar était fermé le dimanche, la famille pourrait déjeuner en paix, à l'abri de la curiosité des clients. Pour la circonstance, Emma s'était mise aux fourneaux dès l'aube, concoctant des artichauts à la barigoule, une fricassée d'anguilles et des légumes farcis. Sans oublier les caladons, ces biscuits aux amandes dont Vincent raffolait.

Deux fois, déjà, Emma avait appelé Liliane pour s'assurer que celle-ci n'aurait pas besoin d'aide. Sollicitée par Vincent pour servir de chauffeur, la jeune femme devait aller le chercher au centre et Emma trouvait l'idée saugrenue. Ses frères se seraient mieux acquittés de la tâche délicate qui consistait à le faire passer du fauteuil roulant à la voiture, et inversement. Mais il n'avait rien voulu savoir, peut-être pour ne pas exhiber ses faiblesses, et Emma s'était inclinée de mauvaise grâce. Du coup, elle avait été obligée d'inviter Liliane à partager le déjeuner des Soubeyrand.

Paul se présenta le premier, un peu avant midi. Lui aussi conservait sur le visage quelques traces de sa bagarre avec Antoine, mais Emma les avait sermonnés l'un comme l'autre : pas de querelle en présence de Vincent. Sophie et Arnaud arrivèrent ensuite, toujours ponctuels, avec Romain et Agathe. Dix minutes plus tard, ce fut au tour de Marine, apparemment très nerveuse – et Emma ne fit rien pour la mettre à l'aise. Simon monta chercher Mamette qui jouait aux dominos avec Baptiste, et enfin Antoine débarqua, l'air boudeur, talonné par Marie-Angèle qui avait dû lui faire la morale sur le trottoir.

En les voyant tous réunis dans son trop petit jardin, Emma réalisa que la situation serait peut-être explosive, mais tant pis : Vincent avait le droit de profiter de sa famille entière, au diable les querelles !

À midi et quart, lorsque la voiture de Liliane se gara sur la place, ils s'arrêtèrent tous en même temps de bavarder.

— Eh bien, quoi ! rouspéta Simon à voix basse. Ne faites pas ces têtes-là, on n'est pas à un enterrement !

Comme Emma avait laissé le portillon ouvert, ils eurent tout loisir de voir approcher le fauteuil roulant de Vincent, avec Liliane qui marchait derrière, les joues rouges et le chignon défait. Sans doute avait-elle eu quelques difficultés à sortir Vincent du siège passager.

— Te voilà de retour…, dit Emma en s'avançant vers son fils.

— De passage, maman.

Crispé, il s'efforçait de sourire, mais il les engloba tous d'un regard inquiet.

— La famille au complet, souffla-t-il.

— C'est la moindre des choses, non ? lança Antoine.

Il alla se poster à côté de Vincent, lui mit la main sur l'épaule.

— On est très heureux de te voir à la maison parce que, quand tu jouais les gisants sur ton lit d'hôpital, on n'espérait pas déjeuner avec toi au soleil de sitôt !

Emma hocha la tête, approuvant vigoureusement la déclaration de son aîné, qui avait laissé sa main sur l'épaule de son frère. À cet instant précis, elle ne regretta plus qu'Antoine soit resté en France. Vincent avait besoin de son frère, tout comme il semblait avoir besoin de cette fille, Liliane, et ses désirs devaient être satisfaits, tant pis pour les conséquences. Elle se tourna vers Paul, curieuse de sa réaction, et le découvrit seul à l'écart, observant Antoine avec une expression proche de la haine. Bien sûr. Entre eux, la guerre serait sans merci, ils n'avaient plus rien à perdre ni l'un ni l'autre. Tout ça pour Marine ! Agacée, Emma chercha la jeune femme du regard, l'aperçut assise à côté de Baptiste, en train de lui parler à l'oreille. Au moins, elle était une bonne mère, et aussi une bonne infirmière, impossible de le nier… Et sans doute possédait-elle d'autres talents cachés, à voir comment

152

se comportaient ses deux abrutis de fils ! Au bout du compte, n'étaient-ils pas davantage à blâmer que Marine ? Comme tous les hommes, avec leur orgueil de coqs de basse-cour, leur machisme, leur ego...

— Il est temps de servir l'apéritif, non ? Si tu veux, je m'en occupe.

Simon venait de surgir à côté d'elle, souriant et serviable. Celui-là était une perle rare, elle avait tort de toujours le traiter comme quantité négligeable.

— Tu es un amour, dit-elle en le prenant par la main.

À l'autre bout du jardin, Agathe s'était isolée avec Marie-Angèle sous la tonnelle.

— Si je continue à suivre régulièrement le caté-chisme, je pourrai me faire baptiser en septembre. Ensuite, je ferai ma communion, et puis...

— Et puis ? s'enquit Marie-Angèle d'un ton calme.

L'enthousiasme de la jeune fille avait quelque chose de déroutant. Chaque mercredi après-midi, elle se rendait au couvent d'Aigues-Blanches, passait des heures à déambuler dans le cloître en posant une foule de questions, ou encore à méditer au fond de la chapelle, le regard perdu. Marie-Angèle l'écoutait, lui répondait, l'observait. Pour l'instant, pas question de parler d'avenir, encore moins de vocation, mais à l'évidence Agathe n'était pas une adolescente comme les autres. Deux ans plus tôt, elle ignorait quasiment tout de la religion catholique, et peut-être son intérêt soudain dissimulait-il d'autres problèmes. Arnaud, qui ne semblait pas avoir remarqué le comportement étrange de sa fille, risquait de tomber des nues s'il apprenait qu'elle passait presque tout son temps libre avec des religieuses !

— Et puis un jour, poursuivit bravement Agathe, j'aimerais faire comme toi.

Simon les interrompit en leur proposant un verre de rosé qu'Agathe refusa d'un signe de tête.

— Ne t'en va pas si vite ! protesta Marie-Angèle. Elle tendit la main vers le plateau et se servit.

— Consacrer sa vie à Dieu et à son prochain ne signifie absolument pas se priver de tout !

— Tu n'as pas fait vœu d'abstinence, Marie ? ironisa Simon.

— Bien sûr que non ! La chasteté, c'est déjà pénible, alors…

Sa repartie fit hurler de rire Simon qui faillit renverser le plateau. Il le rétablit de justesse et se dirigea vers Paul, toujours seul dans son coin.

— Tu trinques ?

Paul attrapa un verre, le vida d'un trait et le lui rendit en silence.

— Oh ! là là !… Reprends-toi, mon grand, arrête de bouder ! Tu n'es même pas allé embrasser Vincent, à quoi ça ressemble ?

— Pas tant qu'Antoine sera à côté de lui.

— D'accord, je m'en occupe.

Compréhensif, Simon traversa le jardin pour demander à Antoine de l'aider à ouvrir d'autres bouteilles. Dès que celui-ci se fut éloigné, Paul se dirigea vers Vincent qui le regarda approcher avec un grand sourire.

— Toi aussi, tu as des peintures de guerre ? Ma parole, vous vous êtes battus contre qui, Antoine et toi ? Je regrette de ne pas vous avoir donné un coup de main, mais je crois que vous ne pourrez plus compter sur moi dans les bagarres…

— Pour celle-ci, tu n'aurais rien pu faire : nous étions l'un contre l'autre, répliqua Paul.

Emma, qui était juste à côté d'eux, le foudroya du regard tout en lui adressant un signe impératif dont il ne tint aucun compte.

— Antoine est un sale con. Tu ne m'en voudras pas si je m'en vais ? Je tenais juste à être là pour t'accueillir, et j'irai te voir au centre demain.

Il se pencha vers son frère et l'étreignit tandis que le silence se faisait autour d'eux.

— Paul, attends, lui glissa Vincent à l'oreille. S'il te plaît.

— Non, pas question. Je ne m'assiérai pas à la même table que lui.

Depuis qu'il était privé de l'usage de ses jambes et condamné au fauteuil roulant, Vincent avait acquis beaucoup de force dans les bras. Il cramponna le poignet de Paul, l'empêchant de bouger.

— Tout le monde nous écoute, murmura-t-il entre ses dents. Ton fils aussi... Tu n'es pas obligé de parler à Antoine. De toute façon, votre histoire ne m'intéresse pas, c'est toujours la même depuis huit ans que ça dure ! Tu sais ce que j'en pense ? J'aimerais que Marine en trouve un troisième, qui vous mettrait d'accord, mais au fond je m'en fous parce que, moi, aucune femme ne me regardera plus jamais, tu comprends ? Je n'ai plus que ma famille, alors si on pouvait déjeuner tranquilles, sans s'étriper...

Secoué par l'intonation amère de son frère, Paul se sentit soudain très égoïste. Quelle que soit la douleur qu'il éprouvait à savoir sa femme amoureuse d'un autre, n'était-ce pas dérisoire face à l'existence brisée de Vincent ?

155

— D'accord, mon vieux, d'accord, chuchota-t-il en posant sa main sur celle de son frère.

Lentement, Vincent desserra ses doigts pour le libérer. Presque aussitôt, les conversations reprirent, comme s'il ne s'était rien passé.

Lucien Sorgue sortit de chez le juge Herrero un peu sonné. Il ne lui donnait pas tort, néanmoins il n'était pas tout à fait convaincu par ses arguments. Bien entendu, la hiérarchie commençait à s'impatienter et Herrero rageait de n'avoir pas grand-chose dans son dossier d'instruction, alors il allait au plus simple, au plus évident : aux Soubeyrand. « Je sais que vous les aimez bien, capitaine, mais je ne les crois pas innocents ! » avait-il déclaré, péremptoire, en annonçant ses intentions.

Contrarié, Lucien prit la route de Cucuron la tête pleine de questions. Les mêmes depuis le début de l'enquête, or celle-ci s'était enlisée, et à défaut d'indices ou de preuves le juge essaierait désormais d'obtenir des aveux. Une procédure logique, qu'y faire ?

Oui, Lucien aimait bien les Soubeyrand, mais, non, son jugement n'en était pas faussé pour autant. Des années plus tôt, Simon l'avait coiffé sur le poteau en faisant la cour à Emma, il le regrettait sans en concevoir de rancune. Une maîtresse femme, Emma, avec des rondeurs appétissantes mais aussi un caractère en acier trempé qui forçait l'admiration du gendarme. Jamais, jusqu'à ce que le juge en reçoive à son tour, elle n'avait parlé des lettres du mystérieux corbeau. Parce que rien ne l'effrayait ou parce qu'elle avait quelque chose à cacher ?

En arrivant sur la place, Lucien se demandait encore quelle attitude adopter. Il se gara assez loin des *Tilleuls* et prit le temps d'allumer une cigarette. Il pouvait se contenter d'obéir aux ordres, ce serait sûrement plus raisonnable. Hélas, au cours de sa carrière, il avait vu tant de détresse, de situations inextricables, de faux coupables ! Et des familles détruites, quand il aurait suffi d'un mot au bon moment... Parfois, on pouvait changer le cours des choses avec un peu de jugeote ou d'initiative. C'était son rôle aussi, celui de tout gendarme de terrain. Connaître les gens et leur passé, les lieux et leur histoire donnait un avantage certain sur ces juges venus d'on ne savait où, qui se heurtaient le plus souvent à un mur de silence.

Il décida qu'il allait essayer mais, pour se donner du courage, il s'octroya d'abord une seconde Gitane.

Comme Simon n'ouvrait pas son garage le lundi, il n'était pas pressé de partir. Pour une fois, exceptionnellement, Emma s'était endormie dans ses bras et ils n'avaient émergé du sommeil qu'un peu avant huit heures, presque étonnés de se réveiller face à face.

Il aurait souhaité qu'il en soit ainsi tous les jours de leur vie. Dormir ensemble, se lever en même temps, avoir une commune existence au lieu de poursuivre cette liaison en pointillés qui durait depuis près de vingt ans. Au début, Emma avait tenu à sauver les apparences, mais l'habitude avait perduré, au grand désespoir de Simon.

Tandis que Rosine, ponctuelle, assurait l'ouverture du café à l'étage en dessous, Emma et Simon avaient joué les paresseux sous la couette. Un moment de pur bonheur, quelque chose comme de la félicité conjugale. Et pourquoi pas ? Il y songeait depuis un moment, seul le courage lui manquait pour faire sa demande. Une pratique bien démodée qui, à leur âge, risquait d'être absolument ridicule. Mais enfin, s'il en avait vraiment envie, il fallait qu'il se jette à l'eau. La seule fois où il s'y était risqué, le jour où Régis Cantel était passé faire du scandale aux *Tilleuls*, Emma avait éludé, prenant la chose comme une plaisanterie. Pourquoi ? Vouloir s'unir légalement était plutôt un gage d'amour et de sincérité, il n'avait pas à en rougir.

Lorsque Emma sortit de la salle de bains, fraîche et souriante, il l'attendait sagement assis sur le lit qu'il venait de refaire avec soin.

— J'ai quelque chose à te dire, Emma, commença-t-il d'un ton grave.

Traversant la chambre d'un pas alerte, elle s'arrêta un instant à la porte.

— Oui, oui, mais viens, il faut qu'on descende, je suis en retard !

— Attends une seconde, s'il te plaît. Rien ne te presse ?

Baptiste était retourné chez ses parents pour le week-end et ne serait de nouveau aux *Tilleuls* que ce soir et Rosine suffisait pour servir les clients de la matinée. Quant à Mamette, elle ne se levait jamais avant dix heures.

— Bon, je t'écoute, concéda Emma.

Mais son air impatient démentait ses paroles. Simon faillit différer, pourtant il lança, comme pour la retenir :

— Et si on se mariait, ma belle ?

Sa question figea Emma sur-le-champ. Appuyée d'une main au chambranle, elle resta longtemps immobile et silencieuse.

— Eh bien ! finit par murmurer Simon. Je ne sais pas si je dois prendre ça pour une réponse...

Elle parut faire un effort sur elle-même et réussit à ébaucher un sourire crispé.

— Tu es sérieux ?

— On ne peut plus.

— Pourquoi, Simon ? Nous sommes heureux... Enfin, moi, je le suis, il ne faut rien changer.

Avait-il cru qu'elle sauterait de joie ? Il dut avaler sa salive, déçu et affreusement inquiet, mais il lui était impossible de revenir en arrière.

— Je t'aime, Emma. Et je vis en marge, en invité, toujours un peu à l'écart. Je n'ai plus envie d'être ton éternel soupirant, j'ai passé l'âge. Alors, même si ce n'est pas très romantique de désirer faire chambre commune, j'aimerais me réveiller tous les matins avec toi, et aussi être certain que tu as envie de vieillir avec moi.

— Je n'ai pas envie de vieillir du tout ! Ni de faire chambre commune, lavabo unique et compte joint. Je ne souhaite pas devenir une habitude pour toi, un acquis, encore moins que tu te fondes dans le paysage jusqu'à ce que je ne te voie plus. Le mariage, c'est quand on veut des enfants, quand on croit encore à l'éternité. Moi, je suis flattée d'avoir un soupirant, comme tu dis... Un amant, quoi ! Un homme pour qui je peux me faire belle... Désolée, Simon, mais la popote, très peu pour moi.

Elle franchit le seuil précipitamment, se jeta dans le couloir puis dans l'escalier. Le connaissant, elle savait qu'elle l'avait blessé, cependant elle n'y pouvait rien. Méritait-il un mensonge charitable ? Non, pas lui ! Mais qu'est-ce qui lui prenait ? Voulait-il se ranger, s'embourgeoiser ? Quelle idée stupide !

Très agitée, elle fit irruption dans la salle du café et avisa tout de suite Lucien Sorgue qui buvait un café au comptoir, son képi posé à côté de sa tasse.

— Ah, madame Soubeyrand… C'est vous que je cherchais.

Reprenant son souffle, elle dévisagea Sorgue. Celui-là n'était *jamais* porteur de bonnes nouvelles et, à en croire son expression sérieuse, aujourd'hui ne ferait pas exception.

— Tu nous sers deux cafés au fond, Rosine ? Vous en boirez bien un autre, capitaine, c'est une marque italienne que j'essaie et je le trouve délicieux, pas vous ?

Elle entraîna le gendarme vers une des banquettes, près de la fenêtre, et s'assit face à lui. Ils attendirent en silence que Rosine dépose les cafés sur le guéridon de marbre, puis Lucien Sorgue planta son regard franc dans celui d'Emma.

— Bon, voilà, je ne devrais pas vous…

Une porte claqua violemment, les interrompant, et Simon traversa la salle au pas de charge. Il passa devant leur table sans leur accorder le moindre coup d'œil, drapé dans sa dignité, et sortit sur la terrasse où il bouscula deux chaises avant de foncer à travers la place en direction de son garage. Emma resta bouche bée une seconde, mais elle reporta presque aussitôt son attention sur le gendarme. Pas question de se laisser distraire : si elle pensait à Simon maintenant, elle ne pourrait plus penser au reste. Machinalement, elle vérifia que les autres consommateurs étaient assez loin d'eux pour ne pas surprendre leur conversation.

— Vous ne devriez pas quoi ? répéta-t-elle d'une voix qui ne tremblait pas.

Sorgue se troubla, apparemment désemparé.

— Vous parler, souffla-t-il enfin.

Résignée, elle attendit la suite, devinant qu'une nouvelle catastrophe allait s'abattre sur elle.

— Le juge pense qu'Antoine avait un mobile pour tuer Laurent Labaume, lâcha-t-il enfin.

Avec un haut-le-corps, comme s'il l'avait giflée, Emma se redressa sur sa chaise.

— Je n'ai pas le droit de vous répéter ça, j'ignore pourquoi je le fais, chuchota-t-il. Si vous savez quelque chose, Emma, c'est vraiment le moment d'aller trouver Herrero.

Elle nota qu'il l'avait appelée par son prénom, pour la première fois depuis qu'ils se connaissaient. Il semblait à la fois inquiet et mal à l'aise, triturant le bord de son képi.

— Lucien ?

Il redressa la tête et, de nouveau, leurs regards s'accrochèrent.

— Y a-t-il un mandat d'arrêt contre Antoine ?

— Je pense que ça ne tardera pas. Aujourd'hui ou demain.

N'avait-il pas pu supporter l'idée de procéder à une arrestation arbitraire ? Éprouvait-il – comme tout le monde – de l'aversion pour ce petit juge à tête de fouine qui se croyait chez lui en Provence alors qu'il n'était qu'un parfait étranger ne comprenant rien à personne ? Ou Sorgue avait-il seulement de la sympathie pour la famille Soubeyrand, pour Emma en particulier ?

— Je suis certain que vous êtes mêlée de près ou de loin à cette affaire, insista-t-il. En vous taisant, vous êtes passible de…

— Stop !

Elle se mit debout, la main tendue devant elle. Contrairement à ce qu'il croyait, il n'avait pas besoin de la menacer : elle était prête au pire depuis longtemps. Acculé par le juge, Antoine serait capable de dire n'importe quoi, et ça, elle ne pouvait pas le permettre.

— Je vais vous faciliter la tâche, capitaine. Puisque nous en sommes là, je ne laisserai pas accuser mon fils. Si vous voulez, je vous suis à la gendarmerie.

— Et pourquoi donc ? se récria-t-il, les yeux ronds.

— J'ai des aveux à faire. C'est moi qui ai tué Labaume.

Son cœur battait si vite qu'elle ouvrit la bouche pour chercher un peu d'air. Elle vit Sorgue se lever à son tour, livide.

— Non, dit-il en secouant la tête, ce n'est pas possible…

— Je vous donnerai tous les détails. On y va ?

Sa voix manquait d'assurance mais sa détermination était intacte.

7

Arnaud remercia le ciel de l'absence de Sophie – partie plaider un divorce difficile à Marseille –, lorsqu'il reçut l'appel d'Emma. Celle-ci téléphonait depuis la gendarmerie, ainsi que la loi l'y autorisait, et il eut l'impression qu'elle était devenue folle.

Néanmoins, il se montra aussitôt d'une grande efficacité. En tant que gendre d'Emma Soubeyrand, il ne pouvait pas la défendre, aussi réquisitionna-t-il Claire, son associée, qui était une excellente avocate, capable de tenir tête à n'importe qui.

Juste après sa déposition, Emma fut déférée devant le juge et, malgré les interventions quasi systématiques de Claire qui l'interrompait tous les deux mots pour l'empêcher de parler, elle refit à Herrero les mêmes aveux qu'à Lucien Sorgue. Elle prétendait avoir tué Labaume et n'en démordait pas.

Aux questions exaspérées du juge, qui tombait des nues mais essayait d'y voir clair, elle répondit que Labaume avait fait faire six mois de prison à Antoine.

La drogue, c'était lui, mais Antoine avait payé à sa place. À l'époque, pour venger son fils, elle s'était mise à fureter, s'intéressant de trop près aux affaires louches de Labaume. Celui-ci avait débarqué un jour aux *Tilleuls*, il s'en était violemment pris à elle et leur querelle avait mal tourné. Emma ne possédait aucun témoin de la scène, mais elle affirmait que, pour finir, Labaume avait fait une chute malencontreuse dans l'escalier de la cave où il voulait la pousser.

Dubitatif, Herrero la laissa d'abord parler, se bornant de temps en temps à lever les yeux au ciel, puis il explosa.

— C'est abracadabrant, madame Soubeyrand !

— Peut-être, mais ça s'est passé comme je viens de le dire, s'obstina Emma.

— Ben voyons ! Laurent Labaume tombe, se fracture le crâne, et vous descendez tranquillement récupérer son cadavre au fond de votre cave, vous le remontez, le chargez dans votre voiture, ensuite vous allez le jeter au fond d'un puits dans les collines ! Vous pratiquez sans doute l'haltérophilie ? Labaume était un géant ! Et naturellement, personne ne vous a aidée, personne ne vous a vue ?

— Non.

— Eh, si ! Le corbeau… Il ne faut pas oublier notre poète anonyme, celui qui savait où se trouvait le corps.

Saisie par l'argument, Emma resta muette tandis qu'Herrero la scrutait avec insistance.

— Or ce n'est pas vous qu'il accuse dans ses lettres, madame Soubeyrand, mais votre fils Antoine !

L'air excédé, il se tourna vers Claire et la toisa.

— Votre cliente me fait perdre mon temps, maître. Vous connaissez les sanctions prévues pour entrave à la justice, faux témoignage…

Il referma le dossier d'un coup sec, faisant sursauter Emma.

— Vous voulez couvrir quelqu'un, c'est évident, lui lança-t-il d'un ton hargneux. Je ne retiendrai donc pas vos pseudo-aveux.

— Monsieur le juge, plaida Claire, ma cliente est très perturbée, elle…

— C'est mon instruction qu'elle perturbe ! Alors, concertez-vous avec elle, je vous donne deux heures. Je vous entendrai à nouveau en début d'après-midi.

Claire se dépêcha d'entraîner Emma hors du bureau du juge, et la première chose qu'elle fit, dans le couloir, fut d'appeler Arnaud.

Sophie était assez contente d'elle-même, pour une fois, lorsqu'elle revint au cabinet en fin de matinée. Elle avait bien travaillé, bien défendu son dossier, un divorce pour brutalité conjugale qui l'avait rendue très mordante et lui avait permis d'obtenir le maximum de la partie adverse.

Mais à peine eut-elle franchi le seuil de son bureau qu'Arnaud déboula, visiblement agité.

— Ah, te voilà, ma chérie ! J'avais peur qu'un autre que moi ne te l'apprenne mais ta mère a… Comment dire ? Elle a encore fait des siennes.

— Maman ? Quoi donc ?

— Elle prétend avoir tué Labaume. Rien que ça !

Sophie eut l'impression de recevoir un coup de poing dans l'estomac et elle recula, cherchant son souffle.

— Claire est avec elle au tribunal, mais Dieu merci le juge…

— Qu'est-ce qu'elle a dit ? articula Sophie d'une voix blanche.

Rien de pire ne pouvait arriver. Elle ne voulait pas se souvenir, même pas y penser. Pourquoi sa mère s'accusait-elle ? Pourquoi décidait-elle toujours de tout ? Jusqu'à quel enfer allait-elle tous les conduire ?

— Des bêtises, semble-t-il. Mais c'est bien le problème avec vous, les Soubeyrand ! Ou c'est le silence, le mystère, ou c'est l'absurde ! J'en ai assez, Sophie, je sais très bien que tu me mens. Quelque chose cloche dans cette histoire, ne me prends pas pour un débutant. Je suis ton mari et tu me traites en étranger !

— Arnaud…, murmura-t-elle.

Il exigeait la vérité et elle n'était pas de taille à la lui révéler. Peut-être même l'avait-elle oubliée.

— J'ai l'habitude du pénal, poursuivit-il impitoyablement, je planche sur des meurtres à longueur de temps, et je te garantis que cette affaire va très mal se terminer pour vous. Herrero n'est pas quelqu'un avec qui on peut s'amuser, ta mère est irresponsable de le narguer ainsi ! De près ou de loin, vous êtes mêlés à ce crime, ça crève les yeux !

Sa voix s'était durcie, il était vraiment en colère et soudain elle eut peur de lui. Allait-il se révéler un homme comme les autres ? La violence l'effrayait tellement qu'elle ferma les yeux, mit ses mains sur ses oreilles.

— Sophie ! Sophie !

Elle l'entendait encore, mais de façon lointaine. Elle heurta le bureau derrière elle et sentit qu'elle perdait contact avec la réalité.

Désespéré, Arnaud acquiesça d'un signe de tête. L'ambulance attendait devant la bastide, portières ouvertes, et le médecin passa par la baie vitrée pour aller parler aux infirmiers. Allongée sur le canapé, toujours hagarde, Sophie avait les yeux ouverts mais le regard vide. Elle ne pleurait pas, n'avait pas prononcé un seul mot. Arnaud s'approcha d'elle, s'agenouilla et lui prit la main sans qu'elle réagisse.

— Ne vous inquiétez pas trop, maître Rouvier, dit le médecin derrière lui. Les choses rentreront dans l'ordre dans quelques heures, ou quelques jours… Là, elle est en état de choc.

— Pourquoi ? redemanda Arnaud.

Il avait déjà posé dix fois la question, incapable de se contenter de la réponse évasive du médecin.

— Il ne s'est rien passé, martela-t-il, je ne l'ai pas touchée, elle…

— Les mots ont parfois un poids redoutable, ce n'est pas à vous que je vais l'apprendre, n'est-ce pas ? Votre femme souffre à l'évidence d'un traumatisme ancien, que quelque chose a réveillé. S'abstraire est pour elle un moyen de défense.

Arnaud regarda sa femme une nouvelle fois, mais son état restait le même : les yeux fixes et l'expression figée. Il laissa passer les ambulanciers qui installèrent Sophie sur un brancard après l'avoir emmitouflée dans une couverture.

— Elle a besoin de dormir beaucoup, ajouta le médecin.

Il posa sa main sur l'épaule d'Arnaud, le faisant tressaillir.

— Votre présence n'est absolument pas nécessaire. Je pense même que...

— Je comprends, trancha Arnaud qui ne souhaitait pas s'entendre mettre à l'écart.

— Appelez-moi demain dans la matinée, je vous donnerai des nouvelles.

Anéanti, Arnaud serra machinalement la main que l'autre lui tendait. Quelques instants plus tard, l'ambulance démarra en souplesse, sans sirène et sans gyrophare. Arnaud la suivit des yeux, réalisant à peine ce qui venait de se produire. Il avait ramené lui-même Sophie du cabinet, persuadé qu'elle se sentirait mieux à la maison, mais elle n'avait pas ouvert la bouche depuis qu'elle s'était effondrée dans son bureau. Devant son mutisme persistant, il avait paniqué et appelé un médecin, cependant, comment aurait-il pu imaginer qu'elle serait embarquée sur-le-champ en psychiatrie ?

— Papa...

La voix angoissée de Romain le prit au dépourvu. Il avait complètement oublié ses enfants, qui avaient assisté à la scène de l'autre bout du salon.

— C'est pas grave, dis ?

— Non, bien sûr que non, affirma-t-il en essayant de retrouver une voix normale.

Agathe et Romain l'entourèrent aussitôt, et il parvint à se maîtriser pour ne pas les affoler davantage.

— Vous avez entendu le médecin ? D'ici quelques jours, elle sera complètement rétablie, vous verrez... Elle est seulement très fatiguée et très fragile.

Il savait à quel point les deux adolescents étaient attachés à Sophie. La plupart du temps, il s'en félicitait, mais qu'adviendrait-il si la crise se prolongeait ? Si Sophie les rejetait, lui et ses enfants ? Non, il ne voulait pas l'envisager, elle allait redevenir elle-même et la vie reprendrait son cours.

— On va manger, d'accord ? Et ensuite, j'irai prévenir sa... ses frères.

Ceux-là, il comptait bien leur dire sa façon de penser, il en avait par-dessus la tête du clan Soubeyrand !

— Je ne peux pas croire qu'elle ait fait une chose pareille ! s'écria Paul en donnant un violent coup de poing sur le comptoir.

— D'autant plus que c'est stupide, renchérit Marie-Angèle d'une voix calme.

— De toute façon, s'ils la gardent, j'irai me dénoncer à sa place, décréta Antoine.

— Inutile de jouer les héros, lui lança Paul d'un ton sarcastique. D'après Arnaud, le juge ne s'est pas donné la peine de la croire.

Assis seul à une table, Simon les écoutait, atterré. Il n'y comprenait rien. Sa seule pensée, lancinante, était qu'il n'aurait pas pu choisir pire moment pour harceler Emma avec sa demande en mariage, puis la quitter en claquant la porte, comme il l'avait fait le matin même.

— Mais enfin, qu'est-ce qui lui est passé par la tête ? demanda-t-il à la cantonade.

Marie-Angèle faillit répondre, mais elle se ravisa et haussa les épaules.

— Avec Emma, tu sais...

Elle jeta un coup d'œil à travers la vitre, guettant l'arrivée d'Arnaud qui avait promis de les rejoindre. Les derniers consommateurs étaient partis, Rosine avait compté la caisse avant de s'en aller à son tour, et le soleil couchant allongeait les ombres des arbres sur la place. Dans le silence pesant qui s'installait entre eux, Antoine et Paul échangèrent un regard chargé de haine.

— Le voilà ! s'écria Marine.

Jusqu'à présent, elle s'était tenue à l'écart, exactement comme Simon.

— Pas trop tôt, maugréa Paul tandis qu'Arnaud entrait dans la salle du café.

— C'est à moi que tu t'adresses ? Pas trop tôt quoi ? J'ai passé la journée à m'occuper de vous tous !

Ignorant les autres, il se tourna vers Antoine.

— Vous, les Soubeyrand, avec vos foutus mystères, vous allez vous retrouver en taule...

Lui toujours si courtois, maître de lui au point qu'Emma le taxait d'arrogance, semblait à bout de nerfs et incapable de se contrôler.

— Emma ne va pas tarder, mon associée la raccompagne jusqu'ici. Elle a eu de la chance : Herrero n'est pas un marrant, il aurait pu l'envoyer réfléchir en cellule. On ne peut pas raconter n'importe quoi à la justice et bafouer les magistrats ! Bien entendu, vous n'avez rien à me dire, ni l'un ni l'autre ?

D'un doigt accusateur, il désigna successivement Antoine et Paul.

— Et si je vais poser des questions à Vincent, au centre, il sera aussi muet que vous ?

— Laisse Vincent en dehors de ça, gronda Antoine. De quoi te mêles-tu ?

— J'ai épousé ta sœur, ça me donne certains droits ! Et tu sais où elle est, en ce moment ?

Le ton de sa voix était assez menaçant pour qu'Antoine se sente brusquement en alerte.

— Sophie ? Non, pourquoi ?

— Parce que, à la seconde où elle a appris les conneries de votre mère, elle ne s'est pas contentée de tomber dans les pommes : elle a carrément perdu les pédales, alors un psychiatre s'occupe d'elle dans une clinique où personne n'a le droit de lui rendre visite, même pas moi ! Tout ça pour qui ?... C'est quoi, votre secret ? C'est Sophie qui l'a buté, Labaume ?

Arnaud s'était mis à hurler et Antoine le considéra avec stupeur.

— Bien sûr que non, lâcha-t-il d'un ton méprisant. Si tu doutes de ta femme, je comprends qu'elle se sente mal !

Arnaud esquissa un pas dans sa direction, blême de colère, mais Paul le saisit par le bras.

— Arrête, Arnaud. Tu es crevé, ça se comprend, mais arrête ! On est en famille, on ne...

— Quelle famille ? Je ne suis pas un Soubeyrand, vous me l'avez assez fait sentir, non ? En revanche, je suis avocat, j'aurais pu vous aider, mais vous êtes tellement empêtrés dans vos mensonges que vous finirez par avoir ce que vous méritez et je ne vous plaindrai pas. Quant à Sophie, je la défendrai contre vous, contre elle-même, contre sa mère au besoin !

Faisant volte-face, il retraversa la salle du café, poursuivi par Marie-Angèle qui le rattrapa de justesse sur la place.

171

— Quelle clinique, Arnaud ? demanda-t-elle en l'empêchant d'ouvrir sa portière. C'est la première chose qu'Emma voudra savoir.

Il n'éprouvait aucune agressivité à l'égard de Marie-Angèle, elle était bien la seule des Soubeyrand à trouver grâce à ses yeux. Avec un soupir résigné, il lui donna l'adresse de la clinique, à Aix, et le numéro de téléphone du médecin.

— On la laissera peut-être voir sa mère, mais je ne vous garantis rien. En tout cas, moi, je me retrouve une fois de plus sur la touche, comme si tout ça ne me concernait pas ou, pire, comme si j'étais responsable de ce qui arrive à ma femme… Pourtant, si vous saviez à quel point je l'aime !

Il l'avouait sans honte, Sophie était tout pour lui et il avait une peur bleue de la perdre.

— Vous, Marie-Angèle, ajouta-t-il gravement, vous n'êtes au courant de rien, vous n'avez rien à m'apprendre ?

Son expérience d'avocat le rendait très réceptif aux réactions des autres, à leurs attitudes, et il détectait presque à coup sûr les mensonges. Il vit Marie-Angèle se troubler puis, baissant la tête, elle murmura :

— Je n'ai pas le droit, Arnaud. Pas moi.

Il eut la certitude qu'elle n'en dirait pas davantage, mais il venait d'obtenir la confirmation de ses doutes : d'une manière ou d'une autre, les Soubeyrand étaient effectivement mêlés au meurtre de Laurent Labaume.

Marine se retourna une fois de plus et, dans son sommeil, Antoine resserra son bras autour d'elle. Sur la table de nuit, les aiguilles phosphorescentes du réveil indiquaient quatre heures dix. Par la fenêtre entrouverte, une légère brise faisait frissonner le rideau de dentelle que Marine avait accroché deux jours plus tôt. Pourquoi avait-elle éprouvé le besoin de changer l'ancien ? Elle n'envisageait pourtant pas de s'installer ici, même si elle y rejoignait Antoine chaque nuit lorsqu'elle n'était pas de garde à l'hôpital.

Sans cesse, elle se reprochait sa faiblesse, pensait à son fils et à son mari qui dormaient seuls dans ce mas quasiment reconstruit pour elle. Leur maison. Celle où le bonheur avait semblé possible avec les cris de joie de Baptiste devant chaque arbre que son père plantait, et les chevaux à l'abri de l'ancienne étable, et la grande cheminée qui ronflait si fort les soirs d'hiver.

Antoine se plaqua encore davantage contre elle. Près de lui, elle pouvait laisser libre cours à une passion violente, dévastatrice, qu'elle n'avait jamais éprouvée pour Paul. Comment lutter contre cette irrésistible attirance ? Au nom du devoir ? Hélas ! ce n'était pas suffisant pour la retenir. Elle avait beau se dire qu'elle trahissait Paul, qu'elle déstabilisait Baptiste, qu'elle courait seulement après ses souvenirs de jeunesse et qu'elle finirait par se mépriser elle-même, elle se retrouvait presque malgré elle devant l'atelier. Le cœur battant parce que Antoine l'attendait sur le seuil, avide de le toucher, de le respirer, de tout oublier dans ses bras.

À présent, qu'allait-il arriver ? Antoine serait-il arrêté, ainsi que le prédisait Claire ? En raccompagnant Emma aux *Tilleuls*, l'avocate s'était proposée pour le défendre, certaine que le juge ne tarderait plus à lancer un mandat contre lui.

La famille Soubeyrand – cette famille à laquelle Marine avait si longtemps rêvé d'appartenir – craquait

de toutes parts depuis l'accident de Vincent...
À présent, Vincent était infirme, Sophie internée, Paul et Antoine dressés l'un contre l'autre. Et elle-même avait évidemment sa part de responsabilité dans ce naufrage. Sauf que, bien sûr, en ce qui concernait l'affaire Labaume, elle était comme Arnaud : elle n'y comprenait rien.

Que ferait-elle si le juge mettait Antoine en prison ? L'idée de le perdre une seconde fois lui était carrément insupportable. Paul en profiterait-il pour l'accabler ou au contraire pour tenter de la reconquérir ? Jusqu'où irait l'hostilité d'Emma à son égard ? Et pendant ce temps-là, qu'adviendrait-il d'Antoine ? Était-il responsable ou complice du meurtre de Labaume et pourquoi ? À ses questions pressantes il opposait un silence buté, inexplicable.

La main d'Antoine frôla son épaule, descendit le long de son dos, de ses hanches, puis se glissa entre ses cuisses.

— Tu dors ? murmura-t-il d'une voix ensommeillée.

Les caresses se firent plus précises et la respiration de Marine s'accéléra.

— Je t'aime, souffla-t-il, la bouche dans son cou.

Dans ces moments-là, tendresse et désir mêlés, il la faisait toujours chavirer, mais pour une fois elle le repoussa.

— Antoine, je voudrais savoir quelque chose...

Elle s'écarta un peu de lui et il grogna, contrarié.

— Qu'allons-nous devenir, tous les deux ? J'ai peur pour toi, pour moi, et je ne...

— Ne t'éloigne pas, dit-il d'un ton brusque.

174

Il la prit par les épaules, l'obligea à revenir contre lui et l'entoura de ses bras.

— Tu ne dois pas avoir peur. Pas si tu m'aimes.

— Mais tu ne me parles pas ! Je me fais un sang d'encre à propos de ce juge. Il peut vraiment t'envoyer en prison ? Pourquoi ? Qu'est-ce que tu as fait, Antoine ?

— Rien dont j'ai à rougir.

— À savoir ?

D'abord il resta silencieux, puis elle l'entendit soupirer, et finalement il la lâcha pour allumer sa lampe de chevet.

— Marine, tu es la femme que j'aime, *ma* femme… Je te jure que si je le pouvais, je t'expliquerais tout, mais je ne peux pas, alors ça ne sert à rien de m'interroger.

Son visage s'était fermé, il avait l'air grave, et sans doute ne dirait-il rien de plus. Elle se demanda s'il n'avait pas encore plus peur qu'elle. Quel secret protégeait-il si farouchement ? Renonçant à discuter, elle tendit la main vers lui.

— Antoine…, murmura-t-elle d'une voix angoissée.

Elle n'était pas sa femme, non. L'expression la troublait, la choquait. Pourtant, elle était là de son plein gré, chaque soir elle faisait l'amour avec un autre homme que son mari, un homme qu'elle croyait connaître et aimer, pour qui elle avait décidé de bouleverser sa vie.

La lumière s'éteignit et Antoine se rallongea près d'elle. Au bout de quelques instants, il l'enlaça de nouveau, la serra un peu trop fort.

— J'ai envie de toi, chuchota-t-il.

Elle se laissa aller au plaisir que lui procurait le contact de ce corps contre le sien.

Ce fut le téléphone qui réveilla Antoine, bien plus tard dans la matinée, alors que Marine était partie depuis longtemps. L'appel, en provenance du Brésil, émanait de Gloria et lui fit l'effet d'une douche froide. Les années passées en Amérique du Sud étaient comme une parenthèse dans sa vie, dont le souvenir s'estompait à toute allure. Et même s'il se rappelait encore le visage de la jeune femme, l'envoûtante sensualité avec laquelle elle pouvait danser des nuits entières, il n'éprouvait aucune envie de la revoir. Il l'écouta babiller un moment, resta évasif, essaya de plaisanter, puis finalement raccrocha.

Il faisait très chaud dans l'atelier, à cause de la verrière, mais il avait besoin de la lumière du soleil pour étudier ses couleurs et il se contenta de fermer les persiennes du côté cuisine. Tout en buvant le café glacé dont Marine avait laissé une pleine carafe dans le réfrigérateur, il se remit à étudier les archives de son père. Il avait déchiffré la presque totalité de ses notes et s'attaqua aux derniers carnets de croquis, ceux que sa mère lui avait apportés dans le vieux carton. À première vue, des douzaines de dessins étrangement semblables se répétaient au fil des pages, mais Antoine savait que chacun, à peine différent du précédent, affinait la pureté de la forme. Rien de plus simple qu'un vase ou une amphore, néanmoins la perfection des proportions était rarissime. Jean Soubeyrand y avait consacré une partie de sa vie, avec l'acharnement à la fois d'un sculpteur et d'un peintre.

— Celle-là, je l'adore…

C'était l'avant-dernière esquisse, tracée d'une main ferme, qui aboutissait enfin à ces courbes uniques, idéales. En dessous, Jean avait écrit la formule monochrome mais complexe qu'il comptait y appliquer. Un long moment, Antoine resta songeur, visualisant parfaitement l'objet dont avait rêvé son père. Mais cette amphore élancée, sans pied, ne l'avait-il pas *déjà* vue, *en réalité* ? Bleu pétrole, bleu de Prusse et bleu canard, oui, ce subtil dégradé de tous les bleus tirant sur le vert, dans une harmonie très particulière...

Il tourna la page et reçut l'immédiate confirmation de ses soupçons. Sur l'ultime feuille, son père avait colorié le dessin à l'encre. Et, sans le moindre doute possible, cette amphore trônait dans le showroom des céramiques Bresson !

Une bouffée de colère lui coupa le souffle. « Ton père a dû laisser des carnets de croquis, des choses comme ça ? » Le jour où Richard lui avait rendu visite ici même, cherchait-il à s'assurer qu'il ne restait pas trace du travail de Jean Soubeyrand ? Un ami qu'il avait donc honteusement plagié après sa mort, spoliant du même coup sa veuve et ses enfants. « Si tu as quelques bonnes idées de création, ma porte est ouverte. » Le salaud... L'ignoble salaud !

La raison voulait qu'Antoine se tienne tranquille, il avait assez d'ennuis comme ça, mais c'était au-dessus de ses forces. Il prit le carnet avec lui et se précipita vers son 4 × 4. Tout le long de la route qui descendait à Cucuron, il roula à tombeau ouvert, ne freinant que devant le bâtiment des céramiques Bresson, à l'entrée du village.

Dans le prétentieux hall d'accueil, il repéra aussitôt l'amphore qui, en tant que fleuron de la collection, se

177

trouvait exposée dans une vitrine. Il la détailla une seconde puis, négligeant l'hôtesse derrière son comptoir, il fila vers un escalier dont l'accès était expressément interdit. Au premier étage, il entra sans frapper dans le bureau ultramoderne où Raphaël l'avait reçu, quelques semaines plus tôt, se prétendant alors si heureux de le revoir.

— Antoine ? s'étonna le jeune homme en dressant la tête.

Assis devant son ordinateur, il semblait à la fois surpris et ravi de l'irruption de son copain.

— Étais-tu au courant ? lui lança Antoine d'un ton sec.

Le carnet de croquis atterrit à côté du clavier, ouvert à la bonne page. Raphaël le regarda d'abord sans comprendre puis le prit en main et le feuilleta.

— Où as-tu trouvé ça ?

— Dans les affaires de mon père. C'est son écriture, et j'imagine qu'on pourrait facilement estimer l'âge de l'encre.

Raphaël revint au dessin de l'amphore qu'il étudia en silence. Lorsqu'il releva les yeux vers Antoine, ils échangèrent un long regard.

— Je n'en savais rien, tu as ma parole.

— Alors, va me chercher ton père !

— Écoute, Antoine…

— Sinon, j'y vais moi-même.

Raphaël eut une drôle d'expression, néanmoins il se mit debout. Traversant le bureau, il ouvrit une double porte de communication et resta sur le seuil.

— Tu peux venir une seconde, s'il te plaît, papa ? C'est urgent, oui…

Quelques instants plus tard, Richard le rejoignit, de mauvaise grâce.

— Qu'est-ce que tu as de tellement... Tiens, Antoine ! Comment va ?

Il s'approcha, la main tendue, et Antoine en profita pour lui mettre le carnet sous les yeux.

— Je suppose que ça te dit quelque chose ?

Décontenancé, Richard hésita, se troubla.

— Eh bien, oui... C'est mon amphore.

— La tienne ? Tu crois ?

À l'autre bout du bureau, Raphaël les observait avec une sorte de curiosité inquiète, apparemment peu décidé à se mêler de leur querelle.

— Ces dessins sont de mon père, tu ne t'es même pas fatigué à changer le moindre détail !

— Quoi, ton père ? grogna Richard. C'est signé ? Déposé ? Breveté ? Les idées, ça va, ça vient. À l'époque, on travaillait ensemble, Jean et moi, sans savoir qui créait quoi.

Il reprenait de l'assurance mais Antoine l'interrompit brutalement.

— Tu te fous de moi ? L'artiste, le créateur, c'était lui ! Toi, tu n'es qu'un boutiquier, incapable d'avoir la queue d'une idée. La preuve, tu en cherches désespérément, tu comptais sur moi pour avoir l'inspiration qui te manque !

Comme il avait haussé le ton, une secrétaire passa la tête à la porte, inquiète. Richard lui fit signe de partir.

— Tu n'aimes pas le scandale ? Je te fais peur ? hurla Antoine.

— Pas du tout... Mais s'il y a bien quelqu'un, parmi nous, qui n'a pas intérêt à se faire remarquer, c'est toi. Ne remue pas le passé, sinon il risque de te

179

rattraper. Et maintenant, dégage, tu n'es pas le bien-venu ici.

— Oh, je m'en doute ! Tu n'apprécies pas qu'on te traite de voleur, pourtant c'est ce que tu es, Richard, un sale voleur, un escroc sans talent, et je vais m'arranger pour que ça se sache !

Raphaël n'avait toujours pas dit un mot, cependant il considérait son père avec un tel mépris que celui-ci l'apostropha :

— Fous-le dehors au lieu de rester planté là ! Je ne vais pas me laisser donner des leçons de morale par un type qui a fait de la taule, non ? Et qui a du sang sur les mains, tout le monde le dit !

Hors de lui, Antoine saisit Richard par le col de sa veste et se mit à le secouer violemment, mais Raphaël s'interposa, repoussant son père et prenant Antoine par l'épaule.

— Viens, lâche-le. Ne te mets pas dans ton tort, viens… Il n'a jamais pensé qu'à l'argent… Je ne savais pas, pour ton père, je te le jure…

Il réussit à entraîner Antoine vers la porte tandis que Richard criait, derrière eux :

— Tu ne craches pourtant pas sur mon pognon, espèce d'incapable !

Raphaël ne se donna pas la peine de répondre, comme s'il avait déjà entendu ce genre d'attaque dans la bouche de son père. Poussant Antoine vers l'esca-lier, il descendit avec lui. Dans le hall, il jeta un rapide coup d'œil à la vitrine qui abritait l'amphore.

— Je me suis souvent demandé d'où lui était venu ce coup de génie, maugréa-t-il. Me voilà fixé !

Dehors, près du 4 × 4 d'Antoine, il lui tendit le carnet qu'il avait pensé à récupérer.

— Tiens…

Un peu calmé, Antoine hésitait sur la conduite à tenir et il ébaucha un sourire sans joie.

— Tu ne prends pas son parti ?

— Non, soupira Raphaël en secouant la tête. D'abord parce que, le connaissant, je suis certain que tu as raison et qu'il a tort, ensuite parce qu'il ne s'est pas donné la peine de beaucoup m'aimer, jusqu'ici.

— Ton père ? Mais je croyais que…

— Parce qu'il m'a offert un bureau, un titre et un salaire ? C'est un hochet destiné à me faire oublier que, si mon frère ne s'était pas suicidé, je n'aurais probablement jamais mis un seul pied ici. Thibaut était le bon fils, le bon élève, il avait toutes les qualités. Après sa mort, il a bien fallu que mes parents se rabattent sur moi, mais ils ne l'ont pas fait de gaieté de cœur. Je suis un second choix, toléré avec indulgence et considéré comme nul.

L'amertume et le désarroi de Raphaël surprirent Antoine. Pour lui, le fils Bresson avait vraiment été un copain, il croyait le connaître, or il découvrait chez lui une faille qu'il n'avait jamais soupçonnée.

— Pourquoi n'es-tu pas allé tenter ta chance ailleurs ?

— Par paresse, sans doute. Ou… Je ne sais pas. Je n'avais pas envie de partir.

Raphaël faillit ajouter quelque chose mais finalement il tendit la main à Antoine.

— J'espère que nous resterons amis. Si je peux t'aider en quoi que ce soit, dis-le-moi, mais, pour être honnête, je n'ai aucun poids dans l'entreprise.

C'était évident, et il risquait d'en avoir encore moins dans l'avenir : scandalisé par l'attitude de son fils, Richard ne lui pardonnerait sûrement pas. Résigné, Antoine monta dans le 4×4 et démarra, laissant derrière lui Raphaël, toujours immobile sur le parking.

Vincent reprit son souffle, étourdi par ce qui venait d'arriver. Tandis que Liliane se redressait lentement, il dut lever la tête pour continuer à la regarder. Il n'était pas certain d'avoir éprouvé du désir durant ce baiser, mais enfin ça y ressemblait beaucoup ! Il n'avait rien demandé – comment aurait-il osé ? –, elle avait tout fait seule. Par compassion ? Par défi ?

— Eh bien, dis-moi…, murmura-t-il.

Que pouvait-elle lui trouver ? Avant, oui, elle aurait pu être attirée, mais désormais il n'était qu'un infirme grotesquement avachi dans un fauteuil. Et même si elle ressentait une attirance difficile à justifier, qu'espérait-elle donc ?

— Merci pour le lot de consolation, ajouta-t-il, mais on va s'arrêter là par la force des choses. Désolé.

De nouveau, elle se pencha vers lui, effleura ses cheveux.

— Vincent, s'il te plaît, ne me repousse pas maintenant.

— Moi ? Bien sûr que non ! Seulement, je te préviens, tu peux t'asseoir sur mes genoux pendant des heures et des heures, il ne t'arrivera rien et à moi non plus !

— Je suis amoureuse de toi, avoua-t-elle à voix basse.

Cette déclaration stupéfiante désamorça l'agressivité qu'il sentait monter.

— Non, Lily, tu me plains, c'est tout. Vous, les femmes, vous êtes tellement maternelles, si...

— Pas *les femmes*. Tu t'adresses à moi... « Lily », j'adore ! Tu ne m'avais jamais appelée comme ça.

D'autorité, elle lui prit la main, qu'elle guida vers l'échancrure de son chemisier. Sa peau était d'une extrême douceur et, presque malgré lui, il ébaucha une caresse qui la fit tressaillir. Quelques mois plus tôt, il l'aurait déjà déshabillée. Il avait été coureur, séducteur, jouisseur, un vrai cœur d'artichaut, et à présent tout ce qu'il espérait, c'était ressentir quelque chose, n'importe quoi.

Il retira sa main mais garda les yeux fixés sur la naissance des seins, la dentelle du soutien-gorge qu'il apercevait. Même si son corps ne réagissait pas, il avait incontestablement envie d'elle.

— Tu es vraiment très jolie, dit-il d'une voix rauque.

Le sourire éblouissant qu'elle lui adressa n'avait rien d'artificiel, il en fut réconforté. Mais, alors qu'il allait esquisser un autre geste vers elle, la porte s'ouvrit brusquement.

— Eh, tu m'avais promis une partie de pétanque ! Qu'est-ce que...

Bertrand s'était arrêté sur le seuil, son fauteuil à moitié engagé dans la pièce.

— Désolé, je te croyais seul, s'excusa-t-il.

Sans le moindre embarras, il détailla Liliane des pieds à la tête, en connaisseur.

— La pétanque attendra, évidemment !

Tandis qu'il manœuvrait pour sortir, la jeune femme lui lança :

— Non, c'est une très bonne idée, je vais vous accompagner tous les deux, je servirai d'arbitre en cas de besoin.

Vincent faillit protester, contrarié d'avoir été dérangé, mais l'expression ironique de Bertrand l'en dissuada. Depuis le début, celui-ci cherchait à l'aider, même s'il s'y prenait de façon exaspérante. Entre eux, un étrange rapport finissait par se tisser, fait de rivalité, de solidarité, d'humour noir.

— Après vous, mademoiselle, dit Bertrand en reculant son fauteuil.

« Je ne me sens pas très bien. » Mamette avait prononcé la phrase d'une voix calme, intelligible, et quelques instants plus tard elle s'en était allée. La mort l'avait saisie assise dans son lit, bien calée par ses oreillers, le plateau du petit déjeuner posé à côté d'elle.

Marie-Angèle, arrivée une demi-heure plus tôt aux *Tilleuls*, s'était chargée de lui monter ce plateau préparé par Emma. « Maman est fatiguée, va la voir, elle ne veut pas se lever. »

Non, elle ne se lèverait jamais plus, n'irait plus se jucher sur les hauts tabourets du comptoir pour siroter son café au lait trop sucré. Elle ne mélangerait plus les noms, les dates, ne jouerait plus aux cartes avec Baptiste.

Avant de prévenir sa sœur, Marie-Angèle ferma les yeux de Mamette, ôta l'un des oreillers et récita une longue prière. Elle était certaine que Mamette avait enfin trouvé la paix, et elle s'en réjouissait avec toute la force de sa foi en Dieu. Néanmoins, ce deuil représentait un nouveau coup dur pour la famille. Comment Emma allait-elle l'affronter ?

Debout au pied du lit, Marie-Angèle réfléchit un instant. Le grand tort de sa sœur avait été de prendre une mauvaise décision, bien des années auparavant, et les conséquences de ce choix désastreux n'en finissaient pas de retomber sur les Soubeyrand. Mamette ne verrait pas la suite des événements, tant mieux. Car, même si elle avait beaucoup perdu la tête ces derniers temps, elle aurait pu comprendre certaines choses et en souffrir.

Marie-Angèle se détourna, alla tirer les persiennes puis sortit. Dans l'escalier, elle rencontra Baptiste qui grimpait les marches quatre à quatre et elle l'attrapa fermement par la main, l'obligeant à redescendre.

— Tu arrives de l'école, toi ? Il est déjà si tard ? Non, non, tu ne peux pas monter chez Mamette maintenant, il faut d'abord que je te parle et qu'on aille chercher Emma.

Elle l'entraîna jusqu'à la cuisine, le fit asseoir puis appela sa sœur.

Simon apprit le décès de Mamette par l'un de ses clients, et il fut très choqué que personne de la famille n'ait songé à l'en informer. Ses rapports avec Emma, depuis cette stupide demande en mariage, n'avaient fait que se dégrader. Lorsqu'elle était rentrée de chez le juge, en compagnie de son avocate, elle l'avait ignoré, immédiatement accaparée par les questions pressantes d'Arnaud, puis assommée d'apprendre l'hospitalisation de sa fille en psychiatrie. Elle n'avait donné aucune explication quant à son ahurissante tentative de se dénoncer elle-même, pas plus à lui qu'à quiconque. Comptait-il donc si peu pour elle ?

Comme de coutume, Simon s'était effacé, espérant qu'Emma reviendrait d'elle-même. Après tout, vouloir l'épouser n'était pas injurieux, elle n'avait rien à lui reprocher, sauf peut-être d'avoir claqué la porte des *Tilleuls*, furieux. Mais pourquoi serait-elle la seule à piquer des colères ? Lui aussi avait son amour-propre, or elle l'avait repoussé sans ménagement. En disant quoi, déjà ? « La popote, très peu pour moi. » Bon sang, ils n'étaient plus des jeunes gens, et de toute façon ils avaient pris des habitudes depuis long-temps ! Non, elle ne voulait pas de lui, purement et simplement. Elle le tolérait en visite mais n'accepte-rait jamais qu'il revendique la place de Jean Soubey-rand. La preuve, elle venait de perdre sa mère, pour laquelle elle éprouvait une immense tendresse, et elle ne s'était pas donné la peine de traverser la place pour le lui apprendre, pour pleurer sur son épaule. Pourtant, comme il aurait aimé la consoler, lui servir à quelque chose !

Irait-il à l'enterrement de Mamette ? Pour la mémoire de la vieille dame, il le souhaitait. Toutefois, à l'idée de se retrouver seul à l'écart, étranger à cette famille dont il s'occupait depuis tant d'années, non, mille fois non !

Seulement, s'il n'y allait pas, que penserait Emma ?

— Rien, elle ne s'en apercevra même pas, elle se fout bien de toi, mon pauvre...

De lui, peut-être, mais pas de Mamette, pas de ce chagrin supplémentaire qui, ajouté à tous les autres, devait l'étouffer de douleur.

— Qu'est-ce que tu en sais ?

Il avait cru la connaître parce qu'il avait souvent partagé son lit, ses soucis, mais avec l'affaire Labaume il avait déchanté. Emma était une femme secrète qui gardait jalousement ses mystères. D'ailleurs, il n'était pas le seul à en souffrir : Arnaud se plaignait d'être tenu à l'écart, et Marine aussi. Toutes les « pièces rapportées », en somme. Et lui, Simon, n'en était même pas une, on lui refusait ce maigre privilège !

— Là, tu en fais une histoire d'orgueil… De principe…

Allongé sous une voiture, il bougonnait à mi-voix tout en démontant un carter.

— De toute façon, je ne suis pas catholique, je n'irai pas à l'église.

Une goutte d'huile noire tomba sur sa joue, tout près de l'œil, et il se maudit de n'avoir pas mis ses lunettes de protection. De religion juive, il n'était pas pratiquant, et l'excuse tenait d'autant moins qu'il avait assisté à nombre de cérémonies dans cette église, dont la dernière en date était le mariage de Paul avec Marine.

— Un beau fiasco, tiens ! Et Dieu sait qu'il avait voulu l'épouser ! Comme quoi…

Aujourd'hui, Paul et Antoine se tapaient dessus. Mamette s'en était allée, et le pauvre petit Baptiste ne pourrait même plus se réfugier dans la chambre de son arrière-grand-mère pour y jouer aux cartes. Vincent resterait infirme, cloué dans son fauteuil. Sophie était internée. Le juge d'instruction s'acharnait sur les Soubeyrand…

— Est-ce que le moment est bien choisi pour faire la gueule, mon vieux Simon ?

Une petite toux discrète lui fit comprendre qu'il n'était plus seul dans le garage. Il vit des pieds approcher, s'arrêter à côté de la voiture sous laquelle il travaillait. De jolis pieds de femme, dans des sandales ouvertes, avec les ongles peints en rouge. Ce n'étaient pas ceux d'Emma, hélas ! et il en éprouva une déception inattendue qui le poussa à grommeler :

— Je suis occupé, repassez plus tard !

Aurait-il perdu toute curiosité pour les femmes ? Tout sens du commerce ? De mauvaise grâce, il s'extirpa d'entre les roues.

Arnaud coupa la communication et glissa son portable dans la poche de sa veste. Devait-il retourner au chevet de Sophie pour lui apprendre la nouvelle ? Elle allait à peine mieux, le décès de sa grand-mère tombait très mal.

— Pauvre Mamette, elle n'a pas choisi...

Mais, injuste, il trouvait que les Soubeyrand ne lui facilitaient vraiment pas la vie !

Obsédé jour et nuit par l'état de sa femme, il était en train de prendre du retard sur tous ses dossiers. Le psychiatre était assez optimiste, pourtant Arnaud ne voyait guère de changement dans le comportement léthargique de Sophie. Elle s'était déconnectée de la réalité, pour s'en préserver, et Arnaud s'accusait de n'avoir rien deviné, rien compris à sa détresse. Il n'avait pas réussi à la mettre en confiance, encore moins à la rassurer. À quoi donc lui servait son expérience d'homme mûr ?

Avant de remonter dans sa voiture, il considéra la façade de la clinique d'un œil perplexe. La disparition de Mamette pourrait-elle agir comme un électrochoc ? Il fallait qu'il en parle au médecin avant d'arrêter une décision.

Au fond de sa poche, le portable se remit à vibrer et il prit l'appel en voyant le numéro de son cabinet s'afficher.

— Arnaud ? C'est Claire. Je viens de croiser Herrero dans les couloirs du tribunal, et je crois qu'il nous prépare une mauvaise surprise. Il m'a vaguement parlé d'« éléments nouveaux » dans l'affaire Labaume, sans aucune précision. Mais, rien qu'à voir sa tête, je ne me sens pas tranquille, il ne va pas en rester là. À mon avis, il a décidé d'avoir la peau de ton beau-frère.

Exaspéré, Arnaud bougonna qu'il ferait le nécessaire pour qu'Antoine se tienne tranquille, mais il était sans illusions.

Deux jours plus tard, Lucien Sorgue reçut l'ordre de procéder à l'arrestation d'Antoine Soubeyrand. Consterné, il se demanda par quel mauvais hasard ce mandat arrivait précisément le jour de l'enterrement de Mamette ! Mais il devait faire son devoir d'officier de gendarmerie, et la seule liberté qu'il se permit fut d'attendre la fin de l'inhumation.

En compagnie de deux gendarmes, il patienta discrètement face au parking du cimetière, sachant que la famille resterait en dernier. Une à une, toutes les voitures s'en allèrent sauf quatre : celles de Paul, d'Arnaud Rouvier, de Marie-Angèle, et le 4 × 4 d'Antoine.

Emma franchit la grille la première, soutenue par sa sœur. Derrière elle, il y avait Vincent dans son fauteuil roulant, encadré de ses deux frères. Lucien fit deux pas en avant et s'arrêta, très raide.

— C'est gentil d'être venu, capitaine, bredouilla Emma.

Elle avait les yeux gonflés de chagrin et semblait épuisée.

— Je vous présente mes condoléances mais je ne suis pas là pour votre mère, madame Soubeyrand.

Mal à l'aise, il porta deux doigts à son képi puis s'écarta d'Emma.

— Antoine, le juge Herrero vous fait mettre en examen, je vais vous demander de nous suivre.

Un véritable cri de douleur échappa à Emma.

— Quoi ? Vous l'arrêtez ? Non, non !

Marie-Angèle se cramponna au bras de sa sœur et, presque aussitôt, Arnaud s'interposa.

— Tout va s'arranger, Emma, restez calme.

— Mais ils vont l'emmener, ils sont en train de l'arrêter ! Devant un cimetière !

De nouveau, les larmes roulaient sur ses joues – comme quelques minutes plus tôt lorsqu'elle avait vu disparaître le cercueil de sa mère dans le caveau familial.

— Je m'en occupe, affirma Arnaud d'un ton très professionnel.

Tout naturellement, Paul et Vincent s'étaient rapprochés de leur mère. Marine en profita pour saisir la main d'Antoine qu'elle serra très fort, juste une seconde. Éberlué, Lucien les vit échanger un regard brûlant qui ne laissait aucun doute sur leurs sentiments. Décidément, les Soubeyrand n'en finissaient pas de le surprendre.

— Je vais également te demander les clefs de ta voiture, déclara-t-il à Antoine, elle est placée sous séquestre.

Ignorant l'air furieux d'Arnaud, qui se tenait prêt à intervenir, Lucien récupéra le trousseau et fit signe à ses hommes d'emmener Antoine.

8

Le juge Herrero donna lecture à Claire et Antoine de la dernière lettre anonyme qui lui avait été adressée. Le corbeau y faisait allusion à un véhicule tout-terrain et suggérait de confier celui-ci au laboratoire scientifique de la police. Sept ans plus tôt, Antoine possédait déjà ce 4 × 4.

— Nous avons procédé à des prélèvements dans le coffre, annonça Herrero d'un ton satisfait. Nous pourrons comparer les résultats puisque nous disposons du corps de Laurent Labaume et de son ADN.

— Je n'ai pas le seul 4 × 4 du département ! s'insurgea Antoine.

Les traits tirés, le regard encore plus sombre que d'habitude, il semblait assez mal à l'aise.

— Certes, monsieur Soubeyrand, mais vous, vous êtes mon principal suspect. Vous aviez le mobile, à savoir vous venger de vos six mois de prison, et aucun alibi.

— Personne n'en a ! protesta Claire.

La nuit du 14 juillet 1996, où Laurent Labaume avait été vu pour la dernière fois, le traditionnel bal se tenait sur la place de Cucuron, et les allées et venues de chacun avaient été impossibles à vérifier. Trop de gens, de bruit, de couples qui s'isolaient dans l'obscurité, sans compter l'alcool qui coulait à flots.

— En attendant les conclusions du labo, reprit Claire plus posément, je demande la mise en liberté de mon client durant le temps de l'instruction.

— Non, maître, il va rester en détention provisoire.

— C'est tout à fait arbitraire !

— Vous trouvez ? Avec le faisceau de présomptions qui se resserre autour de M. Soubeyrand, il s'agit d'une mesure élémentaire. Je ne tiens pas à le voir filer au bout du monde, or c'est ce qu'il semble faire dès qu'il a des ennuis... D'autre part, à toutes fins utiles, je vais ordonner une perquisition à son domicile.

L'attitude d'Herrero disait à quel point il était persuadé de la culpabilité d'Antoine. Exaspéré de piétiner dans l'affaire Labaume, il ne devait ses rares progrès qu'à son mystérieux correspondant dont toutes les informations se révélaient justes.

— Vous y assisterez ? demanda Antoine à Claire. Veillez à ce que les flics ne bousillent pas mes dernières céramiques...

— Nos gendarmes sont très consciencieux et ne dégradent rien pour le plaisir, monsieur Soubeyrand, précisa le juge.

Il adressa ensuite un signe à Claire qui se leva. Elle ne pouvait rien tenter pour l'instant, ni éviter l'incarcération à Antoine. Elle lui lança un regard qu'elle espérait rassurant, mais une sourde inquiétude l'avait gagnée, et elle se demanda ce que les techniciens allaient découvrir. Le corps de Labaume avait-il séjourné dans le 4 × 4 ? Si c'était le cas, Antoine deviendrait bien difficile à défendre. Et si Arnaud se retrouvait avec un beau-frère assassin, en plus de sa femme internée, le cabinet Rouvier & Associés resterait-il crédible ?

Au bord des larmes, Emma reposa la pile de vieux disques. Hormis Mamette, quelqu'un possédait-il encore des 45 tours en vinyle dans tout Cucuron ? Mireille Mathieu, Dalida… Et le vieux tourne-disque de la même époque, qui trônait sur la commode au milieu des jeux de cartes, d'antiques bigoudis, de recettes de cuisine découpées dans des magazines.

— Mets-les dans un carton, conseilla Marie-Angèle, on les vendra un jour dans un vide-greniers.

— Ah, non ! Ce sont des souvenirs !

— Tu as tort de t'attacher aux objets. Tu n'écouteras jamais ces vieux trucs, tu le sais parfaitement.

— Pauvre maman, soupira Emma.

— Pourquoi ? Elle était heureuse, ici, et à présent elle doit l'être bien davantage.

— Oh, toi, avec tes certitudes ! Moi, je ne crois à rien d'autre qu'à la vie, je n'y arrive pas.

— C'est dommage, ça te condamne à avoir peur.

Emma parut touchée par l'argument et, au bout de quelques instants, elle demanda d'une voix altérée :

— Maman a eu peur, au dernier moment ?

— Non. Sa mort a été très douce, très facile. Ne te torture pas, Emma.

— Mais je n'étais pas là ! J'étais en bas, à servir des verres à des poivrots ! J'aurais tellement voulu…

— Quoi ? La retenir ?

Marie-Angèle lâcha la robe qu'elle pliait pour s'approcher de sa sœur. Avec tendresse, elle lui entoura les épaules de son bras.

— Tu passes ton temps à te faire des reproches. Tout ce qui ne va pas, dans la famille, tu crois que c'est ta faute. Tu as commis des erreurs, d'accord, mais qui n'en fait pas ? Et puis, tu mélanges tout, la mort de maman est venue à son heure.

Bouleversée, Emma se laissa aller contre elle, s'abandonnant une seconde.

— Le passé pèse trop lourd, murmura-t-elle.

— Seulement du poids qu'on lui donne. Il ne faut pas regarder en arrière.

— Oh, pour toi c'est facile : il ne t'est rien arrivé !

— Emma…

— Tu t'es mise à l'abri si tôt, Marie !

— À l'abri de quoi ?

Au couvent d'Aigues-Blanches, elle n'était pas coupée du monde, au contraire, son inépuisable dévouement envers son prochain lui avait donné à voir plus de misère et de souffrance que sa sœur ne le supposait.

— Des hommes ! lâcha Emma. Je finis par croire que tous les problèmes du monde viennent d'eux, toujours…

Marie-Angèle la toisa sans complaisance.

— Ne généralise donc pas. Jean était un type formidable, tes fils le sont aussi, et il me semble que Simon n'est pas le dernier des derniers.

Brusquement calmée, Emma haussa les épaules. En silence, elle recommença à trier les affaires de Mamette, jetant les vieux journaux, mettant les livres de côté pour les donner à la bibliothèque municipale. Durant un instant, sa sœur continua de l'observer. Depuis longtemps, très exactement depuis un certain drame survenu dans leur adolescence, le sort semblait s'acharner sur Emma qui n'avait jamais eu le recours de la foi pour accepter les épreuves. À plusieurs reprises, ces derniers mois, elle aurait pu s'effondrer, pourtant elle faisait face, sans doute soutenue par l'amour fou qu'elle portait à ses enfants. Un amour qui l'avait sauvée de tout. La naissance d'Antoine l'avait transformée. Pour lui et pour les trois qui avaient suivi, elle était devenue une femme forte. Elle allait avoir besoin de le prouver encore une fois.

— Pourquoi me fixes-tu comme ça ?

En se retournant, Emma venait de surprendre le regard de sa sœur.

— Je t'aime beaucoup, se borna à répondre Marie-Angèle.

Elle ne voulait ni pleurer sur le décès de leur mère ni inquiéter Emma, néanmoins l'avenir s'annonçait mal. Par Arnaud, elle savait que le sort d'Antoine était en train de se jouer, et qu'il n'avait guère de chances d'échapper au pire.

— Tu ne vois plus Simon, ces temps-ci ? demanda-t-elle d'un ton innocent.

— Il boude.

— Lui ?

— Parfaitement. Figure-toi qu'il est très capable de faire la gueule, et aussi de claquer les portes ! Vous le prenez tous pour un ange, mais il a son caractère.

— Encore heureux, sinon tu l'aurais mangé tout cru.

Emma éclata de rire mais, deux secondes plus tard, elle se remit à pleurer.

Au pied de l'escalier, immobile, Paul vit Marine descendre avec un gros sac de voyage. Quand elle était de garde à l'hôpital, elle n'emportait généralement qu'une trousse de toilette et des sous-vêtements de rechange.

S'écartant pour la laisser passer, il retint de justesse la question qui lui brûlait les lèvres. À quoi bon l'interroger ? Il n'avait aucune envie d'entendre la réponse. Elle fit quelques pas hésitants à travers le salon, puis pivota vers lui.

— Je vais m'installer chez Antoine pour quelques jours, annonça-t-elle à voix basse. En attendant...

— Quoi ? Son retour ? C'est ridicule !

L'imaginer seule dans l'atelier le hérissait.

— Tu vas jouer à la femme de détenu ? Lui préparer des colis, lui tricoter des chaussettes et lui porter des oranges ?

— C'est ton frère, Paul.

Un silence de plomb s'abattit entre eux. Oui, Antoine était son frère, son grand frère qui ne l'avait jamais beaucoup regardé, préférant faire le fou en compagnie de Vincent. À peine adulte, il avait voulu jouer au chef de famille pour remplacer leur père mais, au bout du compte, il s'était laissé entraîner par ses copains. La discothèque montée avec Labaume et Cantel n'était qu'un prétexte à faire la fête, à ne pas devenir grand, et finalement il y avait eu cette affaire de drogue. Coup monté ou pas, Antoine s'était retrouvé en prison. Ensuite...

Paul releva la tête et dévisagea Marine.

— Si tu veux partir, fais-le, mais explique-toi d'abord avec Baptiste parce qu'il va me poser des tas de questions.

Oserait-elle lui dire la vérité ? Qu'à son père elle préférait son oncle ? C'était absurde !

— Je lui ai déjà parlé. Il sait que les choses ne vont pas très bien entre toi et moi. Il n'est pas le premier enfant à qui ça arrive, dont les parents se…

— … séparent ? Tu me quittes, alors ?

Il butait sur les mots, soudain en perdition. L'angoisse de la voir partir reléguait sa jalousie au second plan.

— Laisse-toi du temps pour y réfléchir, Marine. S'il te plaît.

Allait-il la supplier ? Il en était là ? Au prix d'un gros effort, il parvint à se dominer. Antoine était en prison, elle ne dormirait pas dans ses bras, seulement dans son lit. De toute façon, ils ne pouvaient pas continuer à vivre comme deux étrangers sous le même toit, mieux valait qu'elle s'éloigne. Traversant la pièce, il alla lui-même lui ouvrir la porte.

— Appelle-moi, on s'organisera, pour Baptiste, ajouta-t-il d'une voix étranglée.

Elle s'arrêta devant lui et il eut l'impression stupide qu'elle allait se jeter à son cou, mais elle franchit le seuil, la tête basse.

Emma n'avait acheté qu'une petite boîte de calissons. Pour Vincent, elle aurait volontiers dévalisé toute la boutique du confiseur, seulement il ne devait pas grossir. Les kinés l'avaient bien prévenue, la dernière fois, lorsqu'elle avait apporté un plein panier d'oreillettes tièdes et croustillantes.

La chambre était vide et elle déposa la boîte sur la table de nuit. Vincent prenait sans doute le soleil, dehors, ou bien il terminait une séance de rééducation. Mais qu'avait-il à réapprendre, le malheureux, puisqu'il ne marcherait plus jamais ?

Avec un soupir, Emma regarda autour d'elle. Cette chambre évoquait à la fois l'hôpital et la maison de retraite. Combien de jours, de semaines, son fils y passerait-il encore ? Il ne parlait pas de rentrer chez lui, pourtant il faudrait bien qu'il s'y résigne. Et, d'ici là, qu'il fasse équiper sa maison de tout l'attirail nécessaire à un infirme... Quelle pitié !

Pour ne plus y penser, Emma entra dans la petite salle d'eau attenante et prit le linge sale qu'elle enfouit dans un sac. Une tâche qu'elle accomplissait discrètement, pour ne pas infantiliser Vincent – mais qui pouvait désormais s'occuper de ces détails pour lui, sinon sa mère ?

Alors qu'elle revenait dans la chambre, la porte s'ouvrit. Vincent apparut, et derrière lui se tenait Simon.

— Ah, maman ! Justement, on parlait de toi, tous les deux...

Figée, Emma se força à sourire. Évitant de regarder Simon, elle alla embrasser Vincent.

— Je t'ai apporté des calissons. Pas trop...

D'un coup d'œil rapide, elle le détailla et lui trouva bonne mine. Il parvenait à se dépenser physiquement, dans son fauteuil ou à la piscine, et il semblait nettement moins abattu que lors de son arrivée au centre. S'habituait-il à son état ? En ce qui la concernait, elle n'y arriverait probablement jamais.

Lorsqu'elle se redressa, elle surprit Simon en train de l'observer, mais il détourna les yeux aussitôt.

— Vous ne vous adressez plus la parole ? remarqua Vincent en s'esclaffant. Une querelle d'amoureux, à votre âge, c'est chouette ! Si je pouvais m'offrir ça, je serais le plus heureux des hommes.

Sa réflexion mit Emma mal à l'aise. Quoi qu'elle en pense et malgré tous ses soucis, elle était moins à plaindre que son fils.

— Je vais devoir vous laisser, ajouta-t-il, j'ai rendez-vous avec mon médecin. N'en profitez pas pour vous arracher les yeux.

Il manœuvra habilement son fauteuil et sortit en lançant :

— Merci pour les calissons, m'man !

Restée seule face à Simon, la gêne d'Emma augmenta d'un cran. Pour se donner une contenance, elle ramassa le sac de linge sale.

— Comment vas-tu ? demanda Simon d'une voix douce.

— Pas mal, pas mal...

— Tu sais que tu peux m'appeler quand tu veux, Emma ? Si tu as envie de parler, ou de te changer les idées... Il y a un restaurant qui vient d'ouvrir, à Bonnieux...

— À Bonnieux ?

La première fois qu'il avait osé l'embrasser, c'était dans ce village perché au-dessus de la vallée du Calavon. Ils avaient dîné au *Fournil*, dans la salle à manger troglodytique, et en sortant, surpris par la chaleur, ils avaient ri avant de se tomber dans les bras. À l'époque, Emma se sentait encore jeune.

— Eh bien, un de ces jours, pourquoi pas ?

Surpris d'avoir obtenu son accord, Simon tenta de dissimuler un sourire trop réjoui.

— Fais-moi signe ! lança-t-il en se sauvant.

La détermination d'Agathe et ses visites répétées finissaient par émouvoir Marie-Angèle. Une telle assiduité, à seize ans, dénotait une force de caractère peu commune, ou bien, mais le mot devait être prononcé avec prudence, une réelle vocation religieuse.

En tout cas, Agathe s'accrochait à l'idée de son baptême. Chaque jour, en sortant du lycée, elle enfourchait son VTT pour monter au couvent d'Aigues-Blanches où elle suivait des cours de catéchisme, et le mercredi elle venait déambuler dans le cloître au côté de Marie-Angèle, qui répondait le mieux possible à ses innombrables questions.

Un jeudi soir, alors qu'elle rentrait à la bastide un peu plus tard que de coutume, elle trouva son père qui l'attendait, très inquiet de la fréquence de ses absences.

— Bon sang, Agathe, qu'est-ce qui t'arrive ? Tu as vu l'heure ? Je suis mort de faim, crevé, et je me suis fait un sang d'encre !

Le couvert était mis, sur la terrasse, mais Romain n'était nulle part en vue.

— Ton frère est allé s'écrouler devant la télé, il en avait marre d'attendre. Vous n'avez donc jamais de travail à faire, ni l'un ni l'autre ? Et tu trouves normal d'arriver à neuf heures ? Où étais-tu ?

Jusque-là, elle avait préféré garder pour elle son secret. Même à Romain, elle n'avait pas révélé grand-chose de ses intentions, sachant d'avance qu'il n'y comprendrait rien. Mais sans doute le moment était-il venu de parler à son père, et elle avoua, du bout des lèvres :

— J'étais à Aigues-Blanches.

— Là-haut ? Quelle drôle d'idée !

Peu convaincu, il la toisa en haussant les épaules.

— Je crois que vous me prenez pour un vieil imbécile, ton frère et toi. Je devrais sûrement être plus présent, surtout en ce moment où Sophie n'est pas là, mais j'ai du travail par-dessus la tête ! Il faut bien que je gagne de l'argent pour entretenir tout ça…

D'un geste circulaire, il engloba le parc et la piscine.

— Vous n'êtes plus des enfants, vous avez l'âge de vous prendre en charge, et de vous rendre compte que, pour mener ce genre de vie, on doit se donner un peu de mal !

— Papa, protesta Agathe d'une voix douce, c'est toi qui aimes vivre comme ça… Et tu adores aussi te noyer dans le boulot. J'étais vraiment au couvent, j'y vais souvent.

— Quoi faire ? demanda Arnaud, étonné.

— Parler avec Marie-Angèle. Prier.

Éberlué par la bizarrerie de la réponse, il ouvrit de grands yeux, mais ne fit aucun commentaire.

— On va en faire une punaise de bénitier ! claironna Romain en déboulant sur la terrasse.

Il tenait à bout de bras un plat de macaronis trop gratinés.

— À force d'être réchauffés…, s'excusa-t-il.

— Garde tes réflexions pour toi ! lui lança Agathe, furieuse.

— Bon, l'incident est clos, décida Arnaud. À table.

Il s'installa face à Romain mais Agathe ne fit pas mine de les rejoindre. Elle avait autre chose à annoncer, qu'elle ne voulait plus différer.

— Je vais me faire baptiser.

Dans le silence qui suivit, elle vit son père se décomposer.

— Tu plaisantes ?

— Non.

— Qui t'a mis ça dans la tête ? Marie-Angèle ?

— Non. Au contraire, j'ai eu du mal à la convaincre. C'est mon idée, papa. Mon envie.

— Tu ne sais pas ce que tu dis ! Ah, l'adolescence, c'est vraiment l'âge bête !

— Tu as eu une vision ? railla Romain. Tu as entendu des voix ?

Elle les contempla l'un après l'autre, écœurée par leur attitude.

— Je ne te croyais pas si étroit d'esprit, dit-elle à son père.

— Je suis athée ! On l'est tous chez les Rouvier.

— Eh bien, pas moi ! Et si tu ne t'en es pas rendu compte, c'est parce que tu ne vois jamais rien. Même pour Sophie, tu n'as rien vu ! Tu n'es pas seulement athée, tu es absent !

Faisant volte-face, elle partit en courant vers le fond du parc et disparut dans l'obscurité. Stupéfaits, son père et son frère échangèrent un regard consterné.

Un peu avant onze heures, le soleil déjà brûlant achevait de dessécher toutes les plantations, dans le jardin de la clinique. Raphaël sortit du coffre de son Audi TT le superbe bouquet destiné à Sophie. Des fleurs bien fraîches, celles-là, payées une fortune chez le meilleur fleuriste d'Apt.

Il pénétra dans le hall, salua d'un sourire l'hôtesse d'accueil, en habitué, et se rendit jusqu'à la chambre de Sophie. Il lui avait rendu visite presque chaque jour, mais c'était la première fois qu'il osait lui apporter quelque chose.

Comme précédemment, elle parut ne pas le voir lorsqu'il s'arrêta au pied du lit. Le regard fixe, un vague sourire aux lèvres, elle était toujours aussi belle mais avait l'air désincarnée, et il en fut de nouveau déçu. Il installa le bouquet sur le rebord de la fenêtre, puis s'approcha de la jeune femme et déposa un baiser furtif sur sa tempe.

— Bonjour, jolie Sophie... Tu vas mieux ?

Elle sentait le savon, le shampooing, elle devait sortir de la douche. Se lavait-elle seule ? Y penser le fit frissonner et il s'écarta brusquement.

— Je reviendrai, chuchota-t-il.

Troublé, il retraversa la chambre et sortit sans bruit. Ce service de psychiatrie avait une excellente réputation, pourquoi Sophie ne faisait-elle aucun progrès ? Était-elle tellement malade ?

Sur le parking, tandis qu'il rejoignait sa voiture, il vit arriver Arnaud et, après une infime hésitation, il décida de l'attendre. Les deux hommes échangèrent une poignée de main, et Raphaël attaqua aussitôt :

— Tu as confiance dans le Dr Cassard, toi ? Parce que, franchement...

Arnaud avait les traits tirés, les yeux cernés, mais s'il y avait bien quelqu'un qui ne pouvait pas émouvoir Raphaël, c'était lui.

— Oui, entière confiance, répondit-il d'un ton agacé.

— Mais elle est toujours dans le même état.

— Cassard va essayer l'hypnose. C'est pour ça que je suis venu ce matin.

— L'hypnose ? Rien que ça ! Tu sais ce qu'il risque de provoquer, ton Cassard ? Une catastrophe ! Sophie est très fragile, très…

— Je suis en retard, Raphaël.

— Attends ! On parle de choses sérieuses, là ! Tu ne peux pas laisser ta femme subir n'importe quoi, tu…

— Lâche-moi, tu veux ?

Raphaël s'aperçut qu'il tenait le bras d'Arnaud et il le libéra. Dès qu'il était question de Sophie, il ne se contrôlait plus. Arnaud s'éloigna de quelques pas mais il s'arrêta, se retourna, le considérant d'un drôle d'air. Raphaël se contraignit à lui sourire alors qu'il avait envie de l'injurier.

Une heure plus tard, dans le bureau climatisé du Dr Yvan Cassard, Arnaud avait totalement oublié l'étrange comportement de Raphaël. Il se tenait dans un coin de la pièce, silencieux et immobile, fasciné par l'abandon absolu de Sophie. Les yeux fermés, elle gisait sur un confortable fauteuil de cuir, répondant aux questions d'une voix monocorde. En quelques mots apaisants, Cassard l'avait hypnotisée sans difficulté.

— Vous êtes calme, détendue… Dans vos souvenirs, quelque chose vous effraie. Quelque chose dont vous ne voulez pas vous rappeler mais que nous allons trouver ensemble, pour vous en débarrasser…

Vous n'êtes pas seule, Sophie, je suis avec vous, je vous guide…

Le médecin parlait si bas qu'Arnaud avait du mal à comprendre ses paroles. Mais le désirait-il ? Il avait confié à Cassard le peu de renseignements dont il disposait, à savoir que Sophie ne supportait plus d'entendre parler du meurtre de Laurent Labaume. Au début, elle avait réussi à garder son calme, à feindre l'indifférence, mais petit à petit, entre les articles des journaux et le juge d'instruction qui harcelait sa famille, elle avait pris peur. Par la suite, apprendre que sa mère était allée se dénoncer lui avait carrément fait perdre les pédales. À l'évidence, elle savait quelque chose à propos de ce crime mais n'en était certaine-ment pas l'auteur. Arnaud avait affirmé au médecin qu'il était prêt à affronter n'importe quelle vérité, de toute façon il répondait de sa femme.

— Cette nuit-là, c'est le bal du 14 Juillet…, chuchotait Cassard. Il y a de la musique, tout le monde danse…

En 1996, Arnaud se rappelait que, pour sa part, il avait passé l'été à installer son nouveau cabinet et à s'occuper de ses enfants. Il n'était toujours pas remis du départ subit de sa femme – qui s'était comportée avec une monstrueuse indifférence en lui abandon-nant les enfants –, et il avait quitté Montpellier pour Aix-en-Provence, afin de changer de vie. Agathe et Romain avaient tout de suite aimé la bastide, ils s'amusaient dans la piscine du matin au soir. Durant le mois d'août, Claire, sa nouvelle associée, était souvent venue dîner sur la terrasse avec eux, mais Arnaud n'éprouvait que de l'amitié pour elle, rien d'autre, et elle l'avait compris. Bonne joueuse, elle s'était alors cantonnée à son rôle professionnel, et Arnaud avait continué de se consacrer à son métier, à ses enfants. Ignorant, à l'époque, qu'il rencontrerait plus tard une toute jeune avocate dont il tomberait fou amoureux…

Sophie poussa un cri perçant et Arnaud sursauta.

— Vous ouvrez les yeux, vous êtes réveillée, tout va bien, Sophie ! Vous êtes avec votre médecin, votre mari est là…

Cassard répéta plusieurs fois les mêmes phrases tandis que Sophie émergeait, hagarde. Arnaud se précipita vers elle, le cœur battant. Perdu dans ses propres souvenirs, il n'avait pas entendu ce qu'elle avait dit juste avant de hurler de terreur. Spontanément, il lui prit la main, se pencha vers elle, et il eut la surprise de la voir ébaucher un sourire.

— Arnaud…, souffla-t-elle.

Depuis son hospitalisation, c'était la première fois qu'elle s'adressait directement à lui. Il en éprouva une bouffée de reconnaissance envers Yvan Cassard qui, pour sa part, conservait un air un peu soucieux.

— C'est un bon début, se borna-t-il à dire.

Arnaud sentit que sa femme appuyait sa tête contre lui, et il décida que le reste n'avait aucune espèce d'importance.

« C'est très dur de se retrouver ici, enfermé entre ces murs sales, avec cette chaleur moite qui rend les odeurs encore plus nauséabondes. Je pense à toi le jour et la nuit. Surtout la nuit. Si tu n'existais pas, je ne sais pas à quoi je pourrais me raccrocher pour supporter toutes ces heures immobiles. Je ne pensais

pas revivre jamais ce cauchemar, mais c'est bien réel
et sans doute loin d'être fini. »

Marine relut de nouveau la lettre d'Antoine puis la
replia et la rangea avec les deux autres. Elle devait
ces courriers à la complaisance de Claire, mais n'avait
pas la moindre possibilité de rendre visite à Antoine.
Emma finirait peut-être par obtenir l'autorisation de se
rendre au parloir de la prison, elle non.

Après la perquisition des gendarmes – qui n'avait
rien donné –, Marine avait remis l'atelier en ordre.
Puis, afin de s'occuper, elle avait effectué un grand
ménage, lavant les sols, la verrière, nettoyant les fours,
faisant la lessive. Antoine trouverait tout en ordre à
son retour. S'il revenait. D'après Claire, Herrero était
en train de réunir des preuves accablantes contre lui.
Était-ce possible ? Antoine serait-il réellement
l'assassin de Labaume ? Marine refusait d'y croire, il
existait sans nul doute une autre explication.

Prête à essuyer une rebuffade, Marine avait eu le
courage d'aller trouver Emma, qui détenait forcément
la clef du mystère et n'avait plus le droit de se taire.
Mais cette dernière lui avait opposé un silence hostile,
comme si elle jugeait sa bru indigne d'être mise dans
la confidence. Bien sûr, aujourd'hui, Marine était celle
qui dressait l'un contre l'autre deux de ses fils. Cependant Arnaud, gendre irréprochable, n'avait pas davantage obtenu de partager le secret des Soubeyrand.

L'atelier, l'hôpital, l'atelier... Marine avait
l'impression de vivre en marge de tout. Parfois même,
elle se demandait ce qu'elle faisait là, alors elle relisait
les lettres d'Antoine. Chacun de ses mots était un cri
du cœur, une déclaration d'amour, mais nulle part il

n'essayait de la rassurer ou de clamer son innocence. Pourquoi ?

Ce soir-là, elle s'était préparé une salade de tomates et poivrons au basilic, sur laquelle elle chipotait tout en regardant les céramiques d'Antoine, rangées par ses soins sur une étagère. Il y avait beaucoup d'invention, de fantaisie, de force créatrice dans les formes et les couleurs. Quelque chose de plus puissant que tout ce qu'on pouvait voir chez Richard Bresson. Antoine possédait un véritable talent d'artiste, mais quel serait son avenir s'il devait rester enfermé ? L'idée était insupportable à Marine, elle se consumait de ne plus pouvoir se lover dans ses bras, respirer sa peau, le toucher...

Son portable vibra, sur la table, produisant le bruit d'un gros insecte. Le numéro de Paul s'afficha sur l'écran, et aussitôt elle décrocha.

— Bonsoir, Marine. Je te dérange ? Écoute, Baptiste est dans tous ses états. Il a un rhume, rien de méchant, il n'a que 38° 2, mais il veut que ce soit toi qui t'occupes de lui, personne d'autre.

— J'arrive, décida-t-elle.

Parce que sa mère travaillait à l'hôpital, Baptiste croyait dur comme fer, depuis toujours, qu'elle était seule capable de le soigner. De plus, elle lui avait juré qu'il pouvait l'appeler à n'importe quelle heure, qu'elle serait toujours disponible pour lui, qu'elle ne l'abandonnait pas.

Elle ramassa son sac, sauta dans sa voiture et fila jusqu'au mas. Paul avait allumé les lumières extérieures qui éclairaient le sentier allant de la maison à l'ancienne étable. En se garant, Marine eut une pensée émue pour sa jument, Moïra, qu'elle avait complètement abandonnée ces derniers temps. Paul devait s'en occuper, bien sûr, mais n'était-ce pas très injuste de lui laisser toutes les responsabilités ? Leur fils, leur maison, leurs chevaux… tout ce qu'il avait construit, tout ce pour quoi il s'était battu jusqu'à présent. Et elle l'avait planté là, avait fui chez Antoine. Comment ne pas se sentir écrasée de culpabilité ? Être mère, être mariée, avoir juré : rien ne l'avait arrêtée. Bien des années plus tôt, elle avait choisi librement entre deux hommes, deux frères, mais cette fois c'était différent : elle avait trahi.

Elle entra chez elle, grimpa quatre à quatre jusqu'à la chambre de Baptiste. Paul était assis au pied du lit, un livre ouvert sur les genoux, et le petit garçon, les yeux larmoyants, subissait une crise d'éternuements. Il se suspendit à son cou, lui raconta ses malheurs en reniflant, et elle dut lui reprendre la température, lui faire avaler du sirop, dissoudre de l'aspirine dans de l'eau sucrée avant qu'il s'apaise. Une demi-heure plus tard, il s'endormit enfin, la bouche ouverte et son ours serré contre lui.

Marine demeura un long moment à le contempler. Son fils était ce qu'elle avait de plus précieux au monde, que faisait-elle à plusieurs kilomètres de là au lieu de s'occuper de lui ? Pour combien de temps encore serait-il son petit garçon, vulnérable et fragile dans son pyjama semé de dinosaures ? Un jour prochain, il allait devenir un adolescent, se détacher d'elle. Voulait-elle vraiment se priver de ces années d'enfance pour rester avec son amant ? Vivre loin de Baptiste était un déchirement quotidien, pourtant elle n'avait pas le droit de l'emmener avec elle, ni de le priver de son père.

Écœurée d'elle-même, elle éteignit la lampe de chevet, brancha la veilleuse et quitta la chambre. Au rez-de-chaussée, elle trouva Paul dans la cuisine.

— Je me fais réchauffer des pâtes, tu en veux ?

Il paraissait fatigué, tendu, mais il n'exprimait aucune agressivité à son égard. S'apercevant qu'elle avait faim, elle accepta l'invitation en sortant du placard deux assiettes et deux verres. Des gestes si familiers qu'elle se sentit toute bête en les accomplissant. Du coin de l'œil, elle vit que Paul débouchait une bouteille de tavel, le rosé qu'elle préférait.

— Baptiste s'est endormi. Tu aurais dû m'appeler plus tôt.

— Il faut bien que j'essaie de me débrouiller avec lui, tu ne seras pas toujours disponible, répondit-il doucement.

Faisait-il allusion à ses gardes de nuit, à l'hôpital, ou au fait qu'il ne lui téléphonerait certainement plus lorsque Antoine serait de retour ?

— Je te l'ai déjà dit, en ce qui concerne Baptiste, tu peux me joindre quand tu veux, où que je sois.

Il lui tendit un verre, trinqua avec elle.

— Tu as mauvaise mine, Marine. Tu te fais du souci pour Antoine ?

Aussi franc qu'à son habitude, il abordait le problème de front.

— D'après ce que je sais, répondit-elle avec prudence, son avocate n'est pas très optimiste.

Paul esquissa un geste d'impuissance, secoua la tête et marmonna :

— Oui, je suppose que ça devait finir ainsi...

La phrase était sibylline, étrange, mais Paul était le dernier que Marine pouvait interroger. Passant derrière elle, il déposa le plat de spaghettis carbonara sur la table. Il ne savait toujours pas cuisiner et Baptiste devait manger la même chose tous les soirs.

— Sers-toi, je t'en prie...

Il s'installa en face d'elle, ainsi qu'il l'avait fait durant des années, puis l'observa ouvertement tandis qu'elle mangeait de bon appétit. Lorsqu'elle fut rassasiée, il lui resservit un verre de tavel.

— Tu me manques affreusement, dit-il tout bas.

Mal à l'aise, elle s'obligea pourtant à croiser son regard. Il était si différent d'Antoine qu'elle ne les avait jamais comparés. La séduction de Paul était celle d'un homme authentiquement gentil, tendre, plutôt réservé, et possédant une grande force de caractère. N'avait-il été pour elle qu'un lot de consolation au moment où Antoine avait fui au Brésil ? Non, elle l'avait aimé et désiré pour de bon, elle n'était même pas certaine que ce ne soit pas encore le cas. Horrifiée d'avoir pensé une chose pareille, elle se leva précipitamment.

— Je vais m'en aller...

Elle ne pouvait pas dire « rentrer chez moi », elle n'était plus chez elle nulle part. Sans protester, il quitta la table à son tour et la raccompagna jusqu'à sa voiture.

— Fais attention à toi, murmura-t-il en la prenant dans ses bras.

Il ne la serra qu'une seconde contre lui, n'essaya pas de l'embrasser.

Sur le marché de Cucuron, Emma déambulait entre les étals lorsque quelqu'un toucha son bras.

— Veux-tu que je t'aide ?

213

Souriant, Simon n'attendit pas la réponse pour la décharger du lourd panier d'osier rempli de légumes et de fruits.

— Il y a des rougets fantastiques chez le poissonnier, ajouta-t-il. Tu y es passée ?

— Pas encore… Mais tiens, tu me donnes une idée, je préparerais bien une bouillabaisse !

— Ils en font, à Bonnieux, dans ce restaurant dont je t'ai parlé.

— Meilleure que la mienne ?

— Je ne sais pas, je n'ai pas goûté la leur. Tu ne m'as pas appelé…

Elle s'arrêta devant le stand du poissonnier et, au lieu de lui répondre, se mit à examiner la marchandise. Dix fois, elle avait failli décrocher son téléphone, pourtant elle ne l'avait pas fait. Connaissant Simon, elle savait qu'il ne ferait pas marche arrière, or elle ne souhaitait décidément pas se marier. De surcroît, le moment était trop mal choisi pour y penser.

— Je vais prendre une rascasse, un grondin, un morceau de congre… et puis un loup, six rougets… et aussi de la lotte, si vous me la garantissez.

— Vous avez vu mes soles ? Tiens, achetez-m'en une et je vous offre l'autre, les amoureux !

Hilare, le commerçant ne remarqua pas la gêne d'Emma. Elle faisait son marché avec Simon depuis tant d'années que tout un chacun les plaisantait gentiment. Jusque-là, elle n'y avait prêté qu'une attention distraite, mais peut-être Simon ne supportait-il plus, en effet, d'être l'éternel soupirant de la patronne du bistrot !

Elle régla ses achats et les déposa sur le dessus du panier.

— Il n'est pas trop lourd ?

— Bien moins qu'une batterie de voiture ou qu'une roue de camion, plaisanta Simon.

Sa gaieté sonnait tellement faux qu'Emma s'arrêta.

— Et si tu venais dîner, ce soir ?

Voyant son regard s'éclairer, elle se hâta de préciser :

— J'aimerais bien que tout redevienne comme avant, Simon.

— Comme avant ? répéta-t-il lentement. C'est-à-dire, de temps en temps, à la sauvette ? Je n'ai pas changé d'idée, Emma, je veux t'épouser.

— Tu es têtu, à la fin !

— Oh, oui ! Si têtu que je t'aurai à l'usure. Je ne renoncerai pas, tu es trop belle, même en colère...

Elle ouvrit la bouche, la referma, et au bout de quelques instants elle éclata de rire.

— Simon, je t'adore ! Tu...

— Madame Soubeyrand ?

Une femme venait de s'arrêter devant eux et la dévisageait avec une évidente hostilité.

— Emma Soubeyrand ? insista-t-elle.

— Oui.

— Vous avez bien de la chance de vous amuser ! Je suis Claude Labaume... La mère du garçon que votre fils a assassiné !

Clouée, Emma resta sans réaction. La femme se rapprocha encore et lui jeta au visage, d'une voix vibrante de haine :

— Je prie pour que cette ordure écope d'au moins vingt ans ! Moi, j'ai espéré pendant sept ans, et chaque jour je me suis forcée à croire que Laurent était parti

215

au bout du monde… En réalité, il croupissait dans un puits, comme un animal !

Elle pointa son doigt vers Emma et le lui appuya sur le sternum.

— C'était mon fils unique, vous entendez ? Mon seul enfant !

Des gens commençaient à s'arrêter autour d'eux, mais Emma ne bougeait pas, livide. Simon fut le premier à réagir. Il posa le panier par terre et prit délicatement Claude Labaume par le bras.

— Venez, madame, venez…

Il réussit à l'entraîner avec lui, pressé de l'éloigner d'Emma.

— Je vais vous raccompagner, venez.

Il la sentit se raidir, puis elle lui échappa et se mit à courir droit devant elle, martelant le trottoir de ses talons. Il attendit qu'elle ait disparu au coin de la rue pour retourner vers Emma qui semblait statufiée.

— Qu'est-ce… Qu'est-ce qu'on pouvait… faire d'autre ? lâcha-t-elle.

De grosses larmes roulaient sur son visage tordu par une expression de souffrance aiguë. Simon passa un bras autour de ses épaules et elle s'abattit contre lui, secouée de sanglots convulsifs.

9

Raphaël réussit enfin à plier le fauteuil roulant sans se pincer les doigts. Il le chargea dans le coffre de l'Audi puis alla se glisser au volant.

— Tu as mis le temps, ronchonna Vincent. Je ne suis décidément pas facile à déplacer, hein ?

— Tu es surtout de mauvais poil, aujourd'hui ! Qu'est-ce que tu as ? La trouille ?

Vincent leva les yeux au ciel, mais sans pouvoir retenir un sourire. Au moins, Raphaël ne le traitait jamais comme un infirme et ne cherchait pas à le ménager.

— Je ne sais pas si c'est une bonne idée d'aller au salon, soupira-t-il.

Pourtant, c'était lui qui l'avait voulu. Un jour ou l'autre, il faudrait bien qu'il pousse la porte de son magasin, qu'il se retrouve devant ses clientes.

— Avant ton accident, quand tu leur coupais les cheveux, tu étais assis sur un tabouret, non ? Alors, ça revient au même. Si tu veux, je serai ton premier cobaye, ma chevelure est un peu longue à mon goût...

Touché par sa gentillesse, Vincent esquissa un nouveau sourire. Deux jours plus tôt, il avait fait un premier essai, avec la complicité de Bertrand qui s'était prêté au jeu. Dans sa chambre, au centre, il avait manié ciseaux et rasoir sur les boucles blondes de celui qui avait fini par devenir son copain à force de séances de sport en commun. La coupe, finalement assez réussie, avait provoqué entre eux de grands rires. Mais Bertrand était handicapé, comme lui, et affronter d'anciennes clientes représentait un tout autre enjeu.

— As-tu des nouvelles d'Antoine ? s'enquit Raphaël.

— Ce qu'on veut bien me dire. D'après maman, il ne supporte pas trop mal sa détention...

Il avait répondu de mauvaise grâce, peu désireux de parler de son frère. Il imaginait très bien dans quel dilemme Antoine se débattait, y penser le rendait malade.

À l'entrée de Cucuron, il commença à s'agiter, regardant de tous côtés avec angoisse.

— Ne te gare pas sur la place ! Va dans une rue tranquille, je ne tiens pas à ce qu'on me voie descendre.

Sa dépendance physique, qu'il n'acceptait toujours pas, lui parut soudain insupportable. Derrière les persiennes, combien seraient-ils à le regarder s'accrocher au cou de Raphaël pour quitter la voiture ? À ricaner quand il s'affalerait dans son fauteuil roulant ? Combien d'anciens rivaux, de types qu'il avait faits cocus, mais aussi de filles ou de femmes qui avaient partagé son lit ?

Il sentit que Raphaël le soulevait et, une fois installé, il considéra avec dégoût ses jambes inertes.

— Allez, vieux, ne fais pas cette tête-là...

Déjà, Raphaël le poussait vers la place. Quand il aperçut la vitrine du salon, Vincent posa ses mains sur les roues pour les bloquer.

— Lâche ça ou tu vas te faire mal. C'est parti, on ne s'arrête pas !

Sur le pas de la porte, Liliane venait d'apparaître, radieuse, et leur adressait de grands signes.

— Tout le monde t'attend, annonça-t-elle en s'avançant vers eux.

Impuissant, les joues brûlantes, Vincent ne lui adressa qu'un signe de tête. Était-ce bien elle qui avait déclaré, quelques jours plus tôt : « Je suis amoureuse de toi » ? La plus ridicule déclaration qu'il ait jamais entendue ! À travers la vitrine du salon, il distinguait les silhouettes des clientes, enveloppées de peignoirs lavande, mais surtout il voyait son propre reflet, celui de Liliane et surtout celui de Raphaël. Lui était un beau mec dont n'importe quelle fille pouvait tomber amoureuse ! Beau, riche, gentil, et valide. En pleine possession des moyens de leur âge.

Avec une rage désespérée, Vincent se propulsa dans la boutique en claironnant :

— Bonjour tout le monde !

Les odeurs de laque, de shampooing et de teinture l'assaillirent aussitôt. Et, tandis qu'il s'efforçait de répondre aimablement aux paroles de bienvenue, il éprouva de nouveau la tentation du suicide.

La fille qui venait de pénétrer dans le bar était superbe. Une véritable couverture de magazine.

Grande, mince, bronzée, avec des jambes interminables, de longs cheveux bruns bouclés et d'immenses yeux noirs, elle avait une allure exotique qui devait rendre fous les hommes. Une lourde valise à la main, elle avait d'abord observé attentivement l'enseigne des *Tilleuls* avant d'y pénétrer d'un pas décidé.

Emma la regarda approcher du comptoir, très intriguée. En général, elle savait identifier les touristes, mais cette fille n'en était pas une, elle l'aurait juré.

— Vous devez être Emma ? lança la brune avec un accent portugais.

— Mme Soubeyrand, oui ! Que puis-je pour vous ?

— Vous êtes bien la mère d'Antoine ?

— Oui…

— Moi, je suis Gloria !

— Gloria, répéta Emma.

Le prénom ne lui disait rien du tout, mais elle commençait à deviner ce que voulait cette fille.

— J'ai fait un très long voyage, reprit Gloria en lâchant sa valise. Antoine vous a parlé de moi, je pense ?

— Non.

Les yeux de la fille s'agrandirent encore, puis soudain elle se mit à rire.

— Je comprends. Je crois qu'il a un peu peur de vous. Je suis ravie de vous rencontrer.

Elle tendit la main par-dessus le comptoir, et Emma la serra machinalement.

— Où est-il ? J'ai tellement hâte de le voir !

— Il n'est pas là.

— Où, alors ?

À l'évidence très déçue, Gloria regarda autour d'elle.

— C'est vraiment comme il avait raconté, ici…
Il vous adore, vous savez ? Et sa sœur, son frère…

— *Ses* frères, corrigea Emma.

La présence de cette magnifique Brésilienne n'avait plus rien de mystérieux, cependant elle se demandait comment lui annoncer qu'Antoine était en prison. D'ailleurs, devait-elle le faire ?

— Antoine est absent pour quelques jours, vous ne pouvez pas le rejoindre là où il est, affirma-t-elle.

— Pourquoi ? Il est… avec une autre femme ?

— Non, pas du tout. Enfin, disons que… Vous auriez dû prévenir de votre arrivée.

— Je voulais lui faire une surprise. Il avait l'air tellement triste, au téléphone ! Les hommes, il faut les bousculer un peu, non ? Les surprendre, aussi. Antoine est l'homme de ma vie, je ne veux pas qu'il m'oublie.

Son expression de gaieté avait fait place à une moue angoissée. Emma eut une brève hésitation puis se décida à avouer :

— Antoine a des soucis. Mettons même des ennuis. Et sa vie sentimentale n'est pas simple non plus. Vous avez eu tort de débarquer comme ça.

Gloria baissa la tête, silencieuse. Il n'y avait aucun client dans la salle, les rares consommateurs s'étant installés à la terrasse, mais d'ici à une heure tout Cucuron saurait qu'une créature de rêve était arrivée.

— Vous devez mourir de soif, ajouta Emma d'une voix plus douce.

— J'ai vraiment fait un très, très long voyage. Il n'y a pas de chambre à louer, chez vous ?

À une autre époque, le *Café des Tilleuls* avait été un hôtel, cependant depuis des années Emma n'hébergeait plus que quelques habitués, l'été.

— Je peux vous loger ce soir, Gloria. Mais d'abord, il faut que nous parlions, toutes les deux.

La conversation menaçait d'être houleuse. Avant de faire comprendre à cette trop belle fille que son Antoine avait un *second* frère, sans doute passé sous silence, que celui-ci avait une femme, et que cette femme, justement…

— Bon, suivez-moi, décida-t-elle.

Mieux valait mettre les choses au point maintenant. De toute façon, cette Brésilienne ne pouvait pas rester, elle allait devoir se mettre en quête d'un vol retour pour São Paulo dès le lendemain.

Marine avait longtemps pesé le pour et le contre. Depuis que Paul et Antoine s'étaient battus à cause d'elle, Emma lui adressait rarement la parole et ne se donnait pas la peine de répondre à ses questions. Mais à cause de Baptiste, qui adorait sa grand-mère, la jeune femme était bien obligée de faire bonne figure.

En arrêtant sa voiture devant les *Tilleuls*, elle prit une grande inspiration. S'enfermer seule dans l'atelier d'Antoine ne faisait qu'augmenter son angoisse, il était temps qu'elle affronte le reste de la famille la tête haute.

Elle trouva Emma dans la cuisine, attablée seule devant une infusion, l'air morne.

— Tu tombes bien, toi ! lui lança-t-elle.

— Je viens aux nouvelles, je voulais savoir si tu as vu Antoine, répondit doucement Marine.

Emma avait la chance de pouvoir se rendre au parloir de la prison, un privilège pour lequel elle-même aurait donné n'importe quoi.

— Oui, je l'ai vu, soupira Emma. Ne t'inquiète pas trop, il va bien. Aussi bien qu'on peut aller dans ces conditions… Il a un peu maigri, c'est tout.

Un petit silence les sépara quelques instants, puis Marine déclara, d'une voix qui manquait d'assurance :

— Je sais ce que tu penses de moi, Emma. Tout ce que tu as envie de me dire, je me le suis déjà reproché. J'aime Antoine, je l'ai toujours aimé, que veux-tu que j'y fasse ? C'est plus fort que moi ! Mais le plus terrible, vois-tu, c'est que j'aime également Paul. D'une autre manière… Et je n'arrive pas à trancher. Tu me trouves malhonnête ? Égoïste ? Moi aussi ! Je souffre pour eux deux, pour Baptiste, pour moi…

Elle sentit que son menton s'était mis à trembler, et elle dut avaler sa salive pour chasser la boule qu'elle avait dans la gorge. Emma la regardait sans répondre, attendant la suite.

— Ce qui est terrible, avec Antoine, c'est que notre histoire n'était pas finie. Quand il est parti au Brésil, il ne m'avait pas quittée, on ne s'était pas dit adieu, je n'avais pas fait mon deuil de lui. Alors, quand il est revenu… J'ai essayé de me tenir loin de lui, je te promets que j'ai essayé ! Mais tu le connais, je n'étais pas de taille à lui résister, il est tellement…

Le sourire attendri d'Emma la prit au dépourvu et elle se tut.

— Tu ferais mieux de t'asseoir, Marine. Je ne veux pas me mêler de tout ça, mais vous ne me laissez pas le choix, ni les uns ni les autres ! Ta place n'est plus avec Antoine. Pourtant, si curieux que ce soit, je te comprends. Antoine a quelque chose d'irrésistible, que Paul ne possède pas, c'est vrai. Je ne devrais pas le

dire, et je n'aurais jamais dû le penser. Malheureusement, j'ai préféré Antoine, et tout le monde l'a
toujours préféré à Paul qui était trop réservé, trop peu
démonstratif. Il cherchait à se faire oublier, et du coup
on ne le voyait plus ! En réalité, il voulait avoir la
paix. Il aimait la nature, le silence, et la joyeuse
pagaille d'Antoine et de Vincent ne l'intéressait pas.
Paul est le moins Soubeyrand de la famille, il ne
ressemble à personne. Et quand il a des problèmes, il
n'en parle à personne non plus... Il t'aime comme un
malade. Il est jaloux d'Antoine, il a peur de lui, mais
il n'a pas hésité à l'appeler au chevet de Vincent, tu
t'en souviens ?

Marine baissa la tête, incapable de soutenir le regard
d'Emma.

— La vie durant, on fait des choix, mais on ne peut
pas changer d'avis tous les huit jours ! Si c'est vraiment Antoine que tu aimes, s'il ne s'agit pas que de
braises sur lesquelles vous soufflez à plaisir, l'un et
l'autre... Pour l'instant, Antoine ne pense qu'à toi, ne
parle que de toi – c'est l'essentiel de ce qu'il me dit
quand je vais le voir. Il a trop besoin de toi pour que
je te rejette, même si je ne suis pas d'accord avec ce
que vous êtes en train d'infliger à Paul. Tu aurais pu
venir me trouver plus tôt. D'autant plus que,
aujourd'hui, il y a quelque chose de nouveau. Plus
exactement, quelqu'un...

Intriguée, Marine releva enfin les yeux et surprit
l'air embarrassé, presque compatissant, d'Emma.

— Quelqu'un ? Qui ?

— Une femme qui est arrivée du Brésil.

— Ici ?

— Ben oui, ici. À la recherche d'Antoine. Parce qu'il n'a pas mené une vie de moine, là-bas, tu dois t'en douter !

— Qu'est-ce qu'elle veut, cette femme ?

— Elle veut Antoine. Comme toi.

La curiosité de Marine fut aussitôt emportée par une vague de jalousie, puis de souffrance.

— Où est-elle ?

— Dans une chambre, là-haut.

— Je vais aller m'expliquer avec elle !

— Si tu y tiens… Elle parle très bien français, elle n'aura pas de mal à s'y retrouver si tu lui dis que tu es la maîtresse de ton beau-frère ! A priori, Antoine ne s'est pas donné la peine de lui raconter certaines choses, bien qu'ils se soient téléphoné régulièrement.

Cette fois, Marine se sentit effondrée. Était-elle en train de briser sa vie, celle de Paul et celle de leur fils, pour un homme qui lui mentait ? Antoine n'avait même pas mentionné cette femme, il ne faisait jamais référence aux années passées à Santos, comme s'il les avait oubliées.

Au bord des larmes, elle se leva précipitamment. Emma devait la juger pitoyable, naïve, ridicule !

— Marine, attends…

Sans rien écouter, elle traversa la cuisine en courant, puis la salle du bar et, quand elle émergea sur la place où le soir tombait, elle se précipita vers sa voiture, qui risquait d'être dorénavant son seul refuge.

— Nous y voilà ! claironna Herrero en désignant les résultats du laboratoire de la police. C'est ce que j'espérais depuis le début, mon intuition ne m'avait pas trompé, maître…

D'un geste triomphant, il poussa les feuillets dans la direction de Claire. Elle parcourut le rapport en quelques instants, pâlissant au fur et à mesure de sa lecture. Quand elle se tourna enfin vers Antoine, il vit qu'elle en restait sans voix.

— Antoine Soubeyrand, c'est bien dans votre véhicule que le corps de Laurent Labaume a séjourné, martela le juge. Si vous voulez demander une contre-expertise, ne vous gênez pas !

Après un bref silence, Antoine se contenta d'ébaucher un geste d'impuissance. Nier l'évidence ne lui servirait à rien, puisque la preuve était établie.

— Vous avez une explication à me fournir ? insista Herrero.

Un nouveau silence, menaçant, contraignit Claire à murmurer :

— Antoine ? Souhaitez-vous vous entretenir avec moi ?

— Vous aurez tout loisir de parler à votre client, maître, mais pour l'instant c'est moi qui aimerais l'entendre ! À toutes fins utiles, j'ai procédé à une vérification : il n'y a pas trace d'une plainte pour vol de voiture, à l'époque des faits. Ce 4 × 4 était le vôtre, Antoine Soubeyrand, et vous y avez transporté un cadavre !

S'en souvenir rendait Antoine malade et il serra les dents. De toute façon, il ne regrettait rien, sauf peut-être d'avoir écouté sa mère.

— Très bien, trancha Herrero, je vous inculpe donc du meurtre de Laurent Labaume, perpétré la nuit du 14 juillet 1996. Vous allez regagner votre cellule jusqu'au procès.

Apparemment très content de lui, il fit signe à son greffier d'appeler le gendarme qui attendait dehors. Résigné, Antoine ne réagit pas quand on lui remit les menottes. Qu'aurait-il pu faire d'autre, à présent ?

— Antoine, écoutez-moi ! lui jeta Claire d'un ton pressant. Je viendrai à la prison cet après-midi, il faut que vous me parliez. Je ne peux pas vous défendre si vous ne me dites pas la vérité !

Il se laissa entraîner par le gendarme mais, au bout du couloir, il regarda par-dessus son épaule. Claire se tenait très droite, frêle dans sa robe d'avocate, petite bonne femme obstinée qu'il commençait à connaître et à respecter. Elle était son seul vrai lien avec l'extérieur. Devait-il se confier à elle ?

Sophie toucha le bord de la piscine la première, à bout de souffle mais ravie.

— J'ai gagné ! lança-t-elle à Agathe d'une voix hachée.

— De peu, de peu…

Hors d'haleine, l'adolescente se mit à faire la planche. Les rayons obliques du soleil rendaient la surface de l'eau éblouissante.

— En tout cas, tu es en forme ! constata Romain qui avait contrôlé la course depuis son transat. Qui veut un cocktail de jus de fruits ?

Aussi heureux que sa sœur d'avoir retrouvé Sophie, ils ne la lâchaient pas d'un pouce depuis son retour à la bastide. Leur père n'avait pas eu besoin de donner des consignes : d'eux-mêmes ils veillaient sur la jeune femme avec un soin jaloux.

— Pamplemousse, orange, tomate et cerise ! annonça-t-il en se levant.

Sophie et Agathe, ruisselantes, allèrent s'allonger sur deux matelas pneumatiques.

— C'est la meilleure heure, constata Sophie.

Elle se sentait assez bien, mais le soulagement d'être rentrée chez elle ne suffisait pas à dissiper ses angoisses. Yvan Cassard lui avait promis une amélioration rapide de son état, à condition qu'elle accepte de regarder la vérité en face. Pas vraiment facile. Pour commencer, elle devait parler à Arnaud. « Faites-le quand vous vous estimerez prête », lui avait conseillé le médecin. Lui-même était lié par le secret professionnel, il ne révélerait rien de ce qu'il avait appris durant ces séances d'hypnose – c'était à elle de se libérer.

Baissant les yeux sur sa Swatch étanche, Sophie constata qu'il était sept heures. Arnaud ne tarderait plus à revenir d'Aix, il avait promis de rentrer tôt. Perdue dans ses pensées, elle n'écoutait Agathe que d'une oreille distraite, mais un mot retint soudain son attention.

— … religieuse. Évidemment, papa n'y comprend rien, il ne veut rien entendre. On dirait que ça lui fait peur. Moi, je suis sûre que c'est ma vocation.

Sophie se redressa sur un coude et dévisagea Agathe.

— Holà, pas si vite ! Tu as seize ans, Agathe, on n'est pas sûr de quoi que ce soit à ton âge.

— Je sais. Marie-Angèle me l'a déjà dit. C'est pour ça que je compte prendre mon temps. Le baptême d'abord, la communion ensuite, après on verra. Mais, même pour ça, papa se bute. Un baptême, il n'y a pas de quoi en faire un drame, non ?

— Non, bien sûr.

— Est-ce que tu pourrais… essayer de le convaincre ? Toi, il t'écoutera. Si tu lui demandais la lune, il s'arrangerait pour te la décrocher !

La réflexion, lancée en riant, rendit Sophie songeuse. Arnaud l'adorait et ne s'en cachait pas, c'était un mari idéal, un homme merveilleux, et pourtant elle n'arrivait pas à se sentir vraiment amoureuse de lui. Ni de personne, d'ailleurs. Un aveu qu'elle n'avait fait qu'à Raphaël, son confident depuis toujours. Était-elle incapable d'aimer ? Son passé ne lui permettrait sans doute jamais d'accéder au bonheur – ou du moins pas tant qu'elle l'occulterait, Cassard le lui avait affirmé. Elle avait encore un gros travail à effectuer sur elle-même, mais en aurait-elle le courage ?

— Je ferai ce que je peux, promis, murmura-t-elle.

Agathe parut se satisfaire de cette réponse et Sophie en fut émue. L'affection et la confiance que lui manifestait l'adolescente lui fit regretter, une fois de plus, de n'avoir pas d'enfant à elle. Mais elle s'était juré d'y arriver un jour – et aussi d'être une bonne épouse pour Arnaud, de devenir une grande avocate, de…

— Sophie ?

Elle ouvrit les yeux et découvrit son mari devant elle. Il faisait une drôle de tête, s'efforçant de sourire sans y parvenir.

— Comment vas-tu, ma chérie ?

— Mieux que toi, on dirait ! Qu'est-ce qui se passe ?

Malgré son costume beige impeccable, Arnaud s'assit à même les dalles de pierre pour être à côté d'elle.

— Je viens d'avoir une longue conversation avec Claire. Je préfère te le dire moi-même, car de toute façon tu l'apprendras : Antoine est officiellement inculpé du meurtre de Laurent Labaume.

— Oh, non ! Non !

— Le juge a des preuves. Les analyses du labo scientifique sont formelles. Les traces de sang séché retrouvées à l'arrière du 4 × 4 étaient infimes, mais bien incrustées dans la moquette. De nos jours, il suffit de presque rien...

— Je sais !

— Et apparemment, poursuivit Arnaud en cherchant ses mots, ton frère a avoué à Claire que c'est effectivement lui le meurtrier.

— Oui, c'est lui ! Bien sûr que c'est lui ! hurla Sophie.

Elle s'était levée d'un bond et tremblait des pieds à la tête. Ahuri, Arnaud la regardait sans comprendre.

— Mais comment peux-tu dire que...

— Parce que j'y étais ! Et Antoine n'est pas un meurtrier, je t'interdis de l'appeler comme ça ! Il n'a fait que me défendre, tu entends ?

Sa voix montait dans l'aigu, au bord de l'hystérie. Arnaud se redressa à son tour, tendit la main vers elle.

— Sophie...

— Je dois parler à Herrero, Arnaud... Je n'ai plus le choix. Vraiment plus !

D'un geste maladroit, elle ramassa sa serviette de bain et s'enveloppa dedans. Elle avait la chair de poule et son regard semblait s'être soudain creusé, laissant apparaître une immense fatigue.

— On va en finir avec cette histoire, murmura-t-elle.

Il était à peine neuf heures lorsque le greffier intro-duisit Sophie et Claire dans le bureau du juge.

— Maître Rouvier, vous vouliez me voir ? attaqua Herrero. Je constate que vous vous faites assister de votre consœur pour cette déposition de dernière minute…

— Je ne viens pas ici en tant qu'avocate, répondit Sophie, mais seulement comme témoin dans l'affaire Labaume.

— Ne vous ai-je pas déjà entendue à ce sujet ?

Manifestement peu disposé à la patience, le juge Herrero la toisait sans la moindre indulgence.

— Ce que j'ai à dire n'est pas facile, précisa Sophie, et sans l'aide de mon médecin je n'aurais pas pu m'y résoudre. Je sors d'une hospitalisation qui m'a aidée à prendre ma décision.

Sa curiosité éveillée, Herrero se carra dans son fauteuil, attentif.

— Je vous écoute, marmonna-t-il.

— La nuit du 14 juillet 1996, j'ai effectivement parlé à Laurent Labaume. Ou plutôt, c'est lui qui m'a abordée. Ne me demandez pas à quelle heure, je ne m'en souviens pas, mais le bal battait son plein… C'était juste avant le feu d'artifice.

Elle marqua une pause mais ni le juge ni Claire ne prononcèrent un seul mot.

— Labaume avait une sale réputation, reprit-elle avec effort. Dragueur, affabulateur, bagarreur, il pico-lait beaucoup et les filles l'évitaient. Antoine avait fait de la prison à cause de lui – croyez-le ou pas, c'est sans importance aujourd'hui… À l'époque, je fuyais Laurent comme la peste, seulement il est venu me chercher, là où j'étais... J'avais beaucoup dansé, j'étais en sueur et ma robe collait dans mon dos. Je m'étais éloignée de l'estrade avec une bouteille de Coca, histoire de reprendre mon souffle, de me recoiffer un peu. Je me demandais si je devais aller me changer, les *Tilleuls* étant juste de l'autre côté de la place... Laurent partait à ce moment-là, il était en train de manœuvrer avec sa voiture. J'ai cru qu'il trouvait le bal très « plouc », pas assez bien pour lui qui était plutôt branché techno, avec sa boîte... Il a baissé sa vitre, m'a fait signe d'approcher. Je n'avais pas envie de lui parler, je me méfiais bien trop de lui, mais comme je ne risquais rien sur la place, je l'ai rejoint. Il m'a dit qu'Antoine était en train de causer du bordel là-haut, dans sa discothèque, et qu'il valait mieux que quelqu'un le raisonne avant que ça tourne mal. « Viens avec moi, tu le calmeras, toi au moins il t'écoutera. » Antoine avait déjà un casier judiciaire, il ne pouvait pas se permettre le moindre incident, et je savais qu'il était capable de tout casser... Laurent avait l'air ennuyé, agacé, mais pas méchant. Il a continué dans ce registre, alors je me suis laissé convaincre : je suis montée avec lui.

Herrero se pencha un peu en avant, toujours silencieux. Claire gardait la tête baissée, impassible. Elle connaissait les faits et n'avait sans doute aucune envie de les entendre une seconde fois, néanmoins elle avait insisté pour être là, afin de soutenir Sophie par sa présence. Le greffier prenait des notes, sans le moindre bruit, et dans le silence lourd qui s'éternisait Sophie finit par enchaîner :

— Le *Stax* se trouve sur la route de Lourmarin. Laurent a d'abord pris cette direction mais, juste après

Vaugines, il a brusquement tourné à droite sur une vicinale qui monte vers le Mourre-Nègre et se termine en chemin de terre. Presque tout de suite, j'ai paniqué. Dès qu'il a arrêté sa voiture, je suis descendue et je me suis mise à courir. Je voyais le feu d'artifice qui avait commencé en bas dans la vallée... Laurent m'a rattrapée facilement, parce que je me tordais les pieds, avec mes talons... Tout près, il y avait une cabane en pierres sèches, une borie, où il m'a traînée de force. Je criais comme une folle, il m'a giflée deux ou trois fois mais je ne voulais pas me taire, c'est seulement quand il m'a jetée par terre que j'ai eu le souffle coupé.

Jusque-là, Sophie avait réussi à garder son calme, parlant exprès d'une voix monocorde, pourtant elle s'enroua et s'arrêta de nouveau. Cette fois, il lui fallut presque une minute avant de reprendre la parole.

— Je n'étais pas ce qu'on appelle une fille délurée, monsieur le juge. Pas stupide non plus – j'avais eu des flirts, et puis mes frères m'avaient assez rebattu les oreilles avec leurs histoires... Je savais des tas de choses, mais... mais j'étais vierge. La robe que je portais avait une jupe assez large, Labaume me l'a rabattue sur la figure. J'ai continué à crier, j'ai crié tout le temps que ça a duré, mais il s'en fichait, personne ne pouvait m'entendre. Lui, il parlait beau-coup... Des mots crus, des cochonneries qui l'exci-taient. Il sentait l'alcool et il me faisait très mal. J'ai crié longtemps, jusqu'à ce qu'Antoine lui tombe dessus.

Herrero faillit intervenir mais se ravisa. En tant qu'avocate, Sophie savait qu'il attendait la suite de ses explications et qu'elle ne pouvait pas s'arrêter là.

— Un copain m'avait vue partir dans la voiture de Labaume, il a trouvé plutôt curieux que je sois montée avec lui, alors il en a parlé au premier de mes frères qu'il a croisé, pendant le feu d'artifice. Antoine connaissait les petites habitudes de Labaume, ces parties qu'il organisait avec des filles qu'il saoulait d'abord au *Stax* et qu'il emmenait ensuite dans les collines. Antoine a compris, il a foncé. Quand il a surgi, Labaume se rhabillait. Moi j'étais sonnée, choquée... Je ne peux pas vous dire précisément ce qui s'est passé. Antoine avait l'air d'un fou, il a envoyé dinguer Labaume contre un des murs... Là, il s'est comme... empalé sur un gros morceau de métal qui dépassait, entre deux pierres, et il est tombé d'un bloc. J'ai dû m'évanouir parce que, après, tout est flou... Ma mère est arrivée, avec mes deux autres frères. Je ne parvenais pas à leur parler, j'avais l'impression d'être devenue folle, je continuais à crier dans ma tête. Ma mère a expliqué à mes frères que personne ne devait jamais apprendre ce qui s'était passé, que c'était le seul moyen pour que j'oublie un jour. Ils n'avaient pas l'air d'accord, mais je ne sais plus... Ils ont fini par faire ce qu'elle avait décidé et ils se sont occupés du... corps, tous les trois. Moi, ma mère m'avait déjà emmenée avec elle dans sa voiture. Après, on n'en a plus parlé, c'est vrai.

Du bout de la langue, Sophie se débarrassa d'une larme qui avait coulé jusqu'à sa lèvre.

— La borie existe toujours. Je suppose que, là aussi, vous pourrez faire des prélèvements, conclut-elle dans un souffle.

Herrero hocha la tête, puis attendit quelques secondes pour être certain que Sophie en avait terminé avec son récit.

— Je vous remercie, maître Rouvier, dit-il enfin d'une voix un peu rauque.

Il se tourna vers son greffier, qu'il observa comme pour s'assurer que tout avait bien été consigné.

— Allez nous chercher du café, lui demanda-t-il.

Durant son absence, il se contenta de pianoter sur les feuilles du dossier ouvert devant lui, laissant ainsi à Sophie le temps de se reprendre. Lorsque les gobelets furent posés devant eux, il s'adressa à Claire.

— Ce témoignage remet évidemment en cause les conclusions de l'instruction.

— Puis-je envisager la mise en liberté provisoire de mon client, Antoine Soubeyrand ?

Avec un mince sourire, Herrero approuva la présence d'esprit de l'avocate.

— Sans doute, maître… Faites votre demande et j'y donnerai probablement une suite favorable, le prévenu ne représentant pas de danger pour la société.

Il se décida enfin à regarder Sophie bien en face.

— Maître Rouvier, votre version des événements de la nuit du 14 juillet 1996 laisse un point important dans l'ombre…

— Lequel ?

— Qui est le corbeau ? Qui, depuis sept ans, aurait intérêt à envoyer ces lettres anonymes ? Qui a pu savoir, et comment ? Qui, en dehors des Soubeyrand, connaît les faits que vous venez de me révéler ?

— Je l'ignore, murmura-t-elle.

Les yeux du juge continuant de la vriller, elle baissa la tête, très mal à l'aise.

La nouvelle de la libération imminente d'Antoine rendit Emma folle de joie. Certes, au plus profond d'elle-même, elle souffrait à l'idée que le viol de Sophie soit bientôt connu de tous. Pis encore, sa fille avait dû revivre le drame en le racontant au juge, et à présent elle allait être livrée en pâture aux journalistes. Mais Sophie était beaucoup mieux armée pour subir leur curiosité que sept ans plus tôt, et son mari l'aiderait à franchir ce cap difficile, à garder la tête haute.

Convoquée par Herrero, Emma avait corroboré le récit de Sophie et endossé l'entière responsabilité de sa décision de l'époque. Oui, elle avait délibérément convaincu ses fils de cacher le corps de Labaume, maquillant ainsi en disparition ce qui était un *accident* et non pas un crime. Pour avoir défendu sa sœur, Antoine ne méritait pas la prison, et qu'il ait voulu flanquer une correction au violeur était somme toute légitime. Mais il n'avait pas souhaité sa mort et seule la malchance avait tué Labaume, cette nuit-là. Quant à porter l'affaire sur la place publique, non, Emma n'avait pas pu s'y résoudre ; devant Sophie en état de choc, elle n'avait songé qu'à la préserver.

Le juge ne s'était pas privé de commentaires plutôt aigres. Dissimulation de preuves, entrave à la justice, complicité d'un homicide involontaire, faux témoignage : Emma risquait d'être poursuivie. Imperturbable, elle lui avait lancé : « J'ai protégé ma fille, j'ai protégé mon fils, n'importe quelle mère en aurait fait autant, et j'en répondrai sans honte devant le tribunal ! »

Comme elle ne niait rien, Herrero l'avait laissée partir – et avait signé dans la foulée l'ordre de libération d'Antoine. Quelle que soit son opinion sur la famille Soubeyrand, il ne pouvait pas être du côté des violeurs.

Le soulagement d'Emma fut cependant de courte durée. À peine rentrée à Cucuron, lorsqu'elle voulut serrer Sophie dans ses bras, elle se heurta à une froideur inattendue. Sa fille, enfin libérée de son secret, ne lui pardonnait pas ces sept années de silence imposé qui, elle s'en rendait compte avec amertume, ne lui avaient jamais permis de guérir.

Emma ne tenait pas à se quereller avec Sophie, ni d'ailleurs à reparler de cette horrible histoire, aussi jugea-t-elle plus sage de ne pas réagir. Sophie ne tarderait pas à se sentir mieux, elle en était persuadée, et Antoine allait enfin revenir parmi eux.

La veille au soir, pour fêter l'événement, Emma avait attendu la fermeture des *Tilleuls* puis, avec Marie-Angèle, elles avaient vidé deux bouteilles d'un excellent bandol tout en se goinfrant d'aïoli. Une vieille habitude entre elles, qui les réjouissait autant l'une que l'autre. Seules dans la cuisine, elles avaient parlé jusqu'à l'aube. Bien sûr, l'énigme du corbeau subsistait, mais aucune des hypothèses qu'elles avaient successivement échafaudées n'était plausible. Dans la cabane de pierres sèches, ce 14 Juillet de sinistre mémoire, il n'y avait eu aucun témoin. Plus tard, quelqu'un avait-il aperçu le 4×4 d'Antoine montant vers Garbaud ? Surpris les frères Soubeyrand penchés au-dessus du puits ? Mais alors, pourquoi ne pas les avoir dénoncés sur-le-champ ? Ou, plus logique, pourquoi ne pas se livrer au chantage ? L'auteur des lettres anonymes savait tout et ne perdait pas la mémoire, pourtant il n'avait strictement rien exigé durant sept ans, ce qui demeurait inexplicable.

Le lendemain de sa petite fête avec Marie-Angèle, Emma se réveilla en pleine forme et décida de rendre visite à Simon. Elle ne l'avait pas revu depuis cette horrible rencontre au marché avec la mère de Laurent Labaume. Que devait penser la pauvre femme, à présent ? Avoir cru son fils disparu, puis le savoir mort, et enfin découvrir qu'il était un monstre…

Emma trouva le garage fermé, bien qu'il soit déjà neuf heures, mais elle savait comment accéder à l'appartement au-dessus, et elle emprunta l'escalier extérieur. Matinal, Simon ouvrait toujours très tôt, cependant il pouvait avoir eu besoin de pièces détachées et être parti pour Aix ou Cavaillon. Si c'était le cas, Emma décida qu'elle lui laisserait un petit mot sur la table de la cuisine. Un mot gentil, pour une fois. Par exemple un rendez-vous ferme à Bonnieux, dans ce fameux restaurant, et pourquoi pas le soir même ? Elle avait acheté une nouvelle robe quelques jours plus tôt et mourait d'envie de l'étrenner, ce serait l'occasion idéale.

Alors qu'elle sortait de son sac la clef qu'elle avait conservée, la porte s'ouvrit sur Simon et sur une femme inconnue. La surprise cloua Emma sur place, tandis que Simon, apparemment très embarrassé, bredouillait d'inintelligibles présentations.

— Je vous laisse, décida la femme. À bientôt, Simon, j'ai été ravie…

Elle dévala l'escalier, sous le regard courroucé d'Emma.

— Ce n'est pas ce que tu crois, murmura Simon.

— Ah, non ? Quoi d'autre ?

En bas, dans l'impasse, l'inconnue était en train de monter dans une petite voiture rouge. La quarantaine, une jolie silhouette, des vêtements à la mode. Ravalant sa rage, Emma reporta son attention sur Simon, qu'elle détailla. Il portait une chemise blanche largement ouverte, un pantalon beige, il était pieds nus dans ses mocassins et sentait l'eau de toilette.

— Qui est-ce ? Un représentant Michelin ? railla Emma.

— Je ne la connaissais pas il y a deux heures.

— Tu te fous de moi ?

— Non, bien sûr que non… Écoute-moi, Emma. Je n'en pouvais plus de toutes ces soirées à rester seul devant ma télé, je…

— Parfait ! On sait bien qu'un bonhomme, ça ne peut pas rester seul deux minutes ! Nous sommes toutes interchangeables, c'est si pratique ! Allez, je ne te demande pas de comptes, je te souhaite même bonne chance !

Elle fit demi-tour, mais il lui attrapa le bras pour l'empêcher de descendre.

— Attends ! Laisse-moi t'expliquer, s'il te plaît. Je m'ennuyais de toi, je pensais à toi, alors pour passer le temps je me suis promené sur Internet. Il y a un site de rencontres, c'était juste par curiosité, par…

— Internet ? répéta-t-elle, éberluée.

Deux ans plus tôt, Vincent, fou d'informatique, avait initié Simon aux joies de l'ordinateur. Depuis, Simon y faisait toute la comptabilité du garage, passait des commandes et recevait même des messages de ses clients. De là à aller y chercher l'âme sœur…

— La version moderne des petites annonces ou du courrier du cœur ? ironisa-t-elle. Eh bien, tu sembles avoir trouvé une femme pour te marier, mon vieux Simon, tous mes vœux !

Saisissant fermement la rampe métallique, Emma descendit le plus vite possible. Elle se sentait soudain pitoyable dans sa jupe à fleurs et son tee-shirt d'un bleu fané. Derrière elle, Simon la rappela en vain.

Marine attendait depuis plus d'une heure. La rue de la prison était quasi déserte, le bitume fondant sous le soleil de plomb. Pour ne pas suffoquer dans sa voiture, la jeune femme arpentait le trottoir, à l'ombre. De l'autre côté du haut mur d'enceinte, Antoine devait accomplir les formalités de sortie, et sans doute bouillait-il d'impatience.

Mille fois, depuis qu'elle connaissait enfin la vérité, Marine s'était reproché de n'avoir rien deviné, rien compris. Le départ précipité d'Antoine pour le Brésil ne lui apparaissait plus comme une fuite inexplicable mais plutôt comme un sacrifice. Il ne l'avait pas quittée sur un coup de tête, il avait été contraint de le faire et dans l'impossibilité de lui fournir une explication. Mais après ? Labaume avait été considéré comme disparu, l'affaire classée sans suite, oubliée. Antoine aurait pu rentrer plus tôt s'il l'avait voulu, or il était resté à Santos. Pourquoi ? Parce qu'il avait appris qu'elle venait d'avoir un enfant ? Non, apparemment Baptiste ne constituait pas un obstacle à leurs retrouvailles : Antoine n'avait pas tenu compte de lui lorsqu'il avait voulu reconquérir sa mère.

Assaillie de questions pour l'instant sans réponse, Marine s'en voulait de l'avoir mal jugé, de l'avoir cru lâche alors qu'il possédait tous les courages. Celui de défendre sa sœur, de respecter ses serments, de se sacrifier pour sa famille. Et si Sophie ne s'était pas résolue à parler au juge, Antoine se serait probablement laissé condamner. Il avait payé très cher la promesse faite à Emma mais ne s'en était jamais plaint. Aujourd'hui, il allait enfin pouvoir tirer un trait sur le passé, revivre normalement. Parviendraient-ils pour autant à être heureux ensemble ? Au sentiment de culpabilité qui la rongeait depuis qu'elle avait quitté Paul s'ajoutaient désormais l'angoisse et la jalousie provoquées par l'arrivée de cette Brésilienne. Délibérément, Marine avait évité les *Tilleuls*, refusant de rencontrer celle qui se prenait pour sa rivale. Elle avait d'ailleurs fui toute la famille Soubeyrand ces jours derniers, multipliant les gardes à l'hôpital et se terrant à l'atelier dans l'attente de la libération d'Antoine.

Elle entendit la lourde porte de la maison d'arrêt s'ouvrir dans son dos et elle pivota d'un bloc. Antoine apparut seul, en plein soleil, clignant des yeux. Au premier regard, elle constata qu'il avait maigri, pâli, que ses cheveux étaient un peu longs et ses vêtements tout froissés. Gêné par la lumière éblouissante, il mit une seconde à découvrir Marine, la main en visière, et durant cet instant il sembla tellement perdu qu'elle en fut bouleversée.

— Antoine !

Elle courut vers lui et se jeta dans ses bras, le faisant chanceler.

— Tu es venue…, chuchota-t-il. J'avais si peur que tu retournes chez ton mari, que tu ne veuilles pas m'attendre…

— À cause de la Brésilienne qui s'est installée aux *Tilleuls* ?

Cette question-là devait être réglée avant tout. Emma avait forcément averti Antoine de l'arrivée de Gloria, comment allait-il la justifier ?

— C'est une folle ! Je t'expliquerai. Je ne sais pas ce qu'elle a pu s'imaginer mais elle s'est trompée. Elle aurait dû repartir, je ne veux pas la voir.

Il prit Marine par les épaules, l'obligea à s'écarter de lui pour pouvoir la regarder bien en face.

— Je t'aime, Marine. Je me fous de cette fille, j'ai pensé à toi tout le temps.

Du bout des doigts, il suivit les contours de son visage, lui caressant les tempes, les pommettes, les lèvres.

— J'ai envie de toi, avoua-t-il à voix basse. On rentre ?

Ils gagnèrent la voiture en se tenant par la taille, serrés l'un contre l'autre. À l'intérieur, la chaleur était étouffante et ils roulèrent toutes vitres ouvertes. Lorsqu'ils arrivèrent en vue de l'atelier, Marine se sentit gagnée à son tour par l'impatience, pressée de se retrouver dans l'intimité de leur chambre, à l'ombre des persiennes. Avant de partir, quelques heures plus tôt, elle avait mis des draps propres, de la lavande dans un vase, une carafe de café dans le réfrigérateur.

— Oh, non ! s'écria Antoine d'une voix exaspérée.

Devant l'atelier, le vélo d'Emma était appuyé au muret, bien en vue, et ils aperçurent ensemble Gloria qui s'était installée non loin de là, à l'ombre d'un figuier. Dès qu'Antoine descendit de voiture, elle se précipita à sa rencontre avec un sourire éblouissant.

— Tonio ! Ils t'ont libéré pour de vrai ! hurla-t-elle.

Exubérante, elle lui mit les bras autour du cou et essaya de l'embrasser sur la bouche, sans tenir aucun compte de la présence de Marine qui lança :

— Ne vous gênez surtout pas pour moi !

— Tu es Marine ? dit Gloria d'un air réjoui. La femme de Paul, c'est ça ? Emma m'a tout raconté. Tu sais, Tonio, ta mère est géniale !

Antoine se dégagea brutalement de son étreinte et fit deux pas en arrière.

— Qu'est-ce que tu fous ici ? Je ne t'ai jamais demandé de venir !

— Mais, au téléphone, tu as dit... que je te manquais !

Balayant l'argument d'un geste impatient, Antoine s'écarta encore, comme s'il voulait mettre une distance entre Gloria et lui.

— Rentre au Brésil, je ne veux pas de toi.

L'expression était si crue que même Marine en fut choquée, mais à cet instant Gloria se tourna vers elle et la toisa.

— Cette femme n'est pas pour toi, Tonio. Tu le sais, tu l'as toujours su.

Son assurance n'avait rien d'artificiel, elle semblait énoncer une telle évidence qu'Antoine ne trouva rien à répondre. Gloria se dirigea alors tranquillement vers le vélo d'Emma, qu'elle enfourcha. Lorsqu'elle passa devant Antoine, elle lui envoya un baiser assorti d'un clin d'œil.

— La garce, gronda-t-il à voix basse.

Il rejoignit aussitôt Marine, sans parvenir à dissimuler son embarras.

— Désolé... Je ne lui ai rien demandé, je te jure. Et surtout pas de faire le voyage !

— Pourtant, si j'ai bien compris, tu ne l'en as pas dissuadée ?

— Elle raconte n'importe quoi. Les filles de là-bas sont de vraies tigresses, elles se croient tout permis.

Il tendit la main vers elle mais elle lui saisit le poignet au vol.

— Quand tu as quitté Santos, où en étais-tu avec elle ? Si tu n'as pas rompu, c'est normal qu'elle te poursuive ! Tu ne savais pas si tu resterais en France, et tu as voulu ménager la chèvre et le chou, n'est-ce pas ? Depuis combien de temps étiez-vous amants ? Quelques jours ou quelques années ? Ce n'est pas tout à fait pareil !

La colère la faisait trembler. Elle se sentait humiliée, déçue, frustrée.

— Marine, soupira-t-il, mon amour…

Il réussit à l'attirer contre lui malgré sa résistance.

— Tu es jalouse ?

— Oui !

— Alors, tu m'aimes ? Dis ?

Ses mains s'étaient glissées sous le débardeur, dans une caresse si douce qu'elle tressaillit.

— Je me moque de cette fille, chuchota-t-il, elle n'a aucune importance pour moi. Tu es la seule…

Il la tenait serrée et il était beaucoup plus fort qu'elle. De toute façon, elle n'avait pas vraiment envie de lui échapper, il y avait trop longtemps qu'elle attendait ce moment. Quand il fit glisser sa jupe le long de ses hanches, elle s'abandonna.

Sophie se réveilla en sursaut, le cœur battant à tout rompre, et elle alluma aussitôt sa lampe de chevet. À côté d'elle, Arnaud dormait paisiblement, un bras replié sous sa tête. Le cauchemar était encore trop présent, presque trop réel, pour qu'elle puisse se rendormir immédiatement. Elle se redressa avec précaution, ramena ses genoux contre elle et les entoura de ses bras. Combien de fois devrait-elle revivre cette nuit de juillet avant d'en être délivrée pour de bon ? Sa longue confidence au juge Herrero ne l'avait soulagée que partiellement, alors elle s'en était ouverte au Dr Cassard. « Il subsiste des zones d'ombre auxquelles votre mémoire refuse d'accéder pour l'instant », avait-il constaté. Il lui avait proposé de poursuivre les séances d'hypnose et elle avait accepté.

Réprimant un frisson, elle essaya de se concentrer. Quelque chose manquait, comme la dernière pièce d'un puzzle. Mais quoi ? Elle s'était obligée à revivre en pensée cette atroce scène de viol, pour mieux l'exorciser, toutefois elle n'en conservait que des images floues, éparses, qui se télescopaient dans ses souvenirs. À cause du tissu de la robe sur son visage, sans doute. Quant aux sons, aux bruits… rien que ses propres cris et les obscénités débitées par Labaume. « Quels mots ? » avait insisté Cassard. Elle ne voulait pas se les rappeler, elle les rejetait en bloc. À tel point que, lorsqu'elle avait fait l'amour avec Arnaud pour la première fois, elle lui avait demandé de ne rien dire, absolument rien. Elle voulait le silence et la lumière pour pouvoir supporter une étreinte. Il avait fait preuve d'une patience extraordinaire avec elle, surtout au début, ne la brusquant jamais et ne posant aucune question. Peu à peu, il l'avait ainsi apprivoisée, elle était parvenue à dominer sa répulsion, sa terreur, sans pour autant atteindre le plaisir. Était-ce la raison de son incapacité à tomber enceinte ?

Instinctivement, elle se rapprocha encore un peu de son mari, qui dormait toujours. Il grogna dans son sommeil, la chercha à tâtons, puis se rejeta sur son oreiller.

Elle *devait* retrouver chaque détail. L'oubli, comme le silence, avait failli la rendre folle, il était temps que sa mémoire ouvre les derniers verrous. Quels étaient donc ces mots si terribles, si sales, utilisés par Laurent Labaume ? Ceux d'un type capable de violer une femme pour assouvir ses pulsions. Sûr de sa force physique, de son pouvoir de mâle, il l'avait tenue par les poignets pour l'empêcher de se défendre, s'était servi de ses genoux pour lui ouvrir les cuisses. Mais l'avoir à sa merci n'avait pas suffi, il l'avait humiliée avec des paroles, comme pour se donner raison à lui-même et s'absoudre. « Tu aimes ça, hein ? Tu en redemandes, ma salope ? Arrête de crier, arrête ! Mais tiens-la, bordel ! »

Tiens-la... Tiens-la ? Un goût de sang, sur sa langue, lui fit desserrer les dents. Labaume était mort, et Arnaud était là, à côté d'elle, prêt à la défendre et à l'aimer pour le reste de sa vie. Elle ne craignait plus rien.

Tiens-la... Soudain, elle en fut certaine, eut même l'impression d'entendre distinctement les deux mots, et un voile se déchira quelque part dans sa tête.

Mais tiens-la, bordel ! Les mains de Labaume enserraient ses poignets, elle en avait conservé la marque plusieurs jours... Elle se revit, remuant la tête de droite à gauche, impuissante et terrifiée. Elle n'avait pas cessé de hurler, de se débattre, et à un moment le tissu de la jupe avait glissé, elle avait entraperçu le rictus hideux de Labaume, au-dessus d'elle, puis deux mains avaient prestement remis la jupe sur son visage. Deux *autres* mains, appartenant à quelqu'un qui se trouvait derrière elle, hors de son champ de vision.

Cette fois, elle se leva d'un bond, si oppressée qu'elle eut l'impression d'étouffer. Elle se précipita vers la fenêtre, qu'elle ouvrit en grand, à bout de souffle.

— Sophie ?

Derrière elle, la voix inquiète d'Arnaud lui sembla très lointaine.

— Ils étaient deux…, articula-t-elle de façon inintelligible.

Deux ? Il y avait donc eu un autre homme ? Témoin ou complice ? Un qui n'avait pas eu le temps de profiter d'elle, sans doute dérangé par l'arrivée du 4 × 4 d'Antoine, et qui s'était enfui. Labaume, lui, avait entendu trop tard le bruit du moteur, à cause des cris de Sophie et de ses propres grognements. Antoine lui était tombé dessus avant qu'il ait pu remonter son jean…

Sophie éclata en sanglots et se réfugia sur l'épaule d'Arnaud qui venait de se précipiter à côté d'elle.

10

La lettre anonyme fut cette fois adressée à Sophie et glissée dans la boîte aux lettres des Rouvier, à la bastide. Ce fut malheureusement Romain qui releva le courrier, ce matin-là, et il ne prit pas garde à l'enveloppe qu'il déposa, parmi d'autres, dans le tas destiné à sa belle-mère. Quand Sophie l'ouvrit, elle devint livide. Arnaud, qui prenait son petit déjeuner en hâte avant de partir pour Aix où il plaidait, arracha la feuille des mains de sa femme dès qu'il aperçut les mots grossièrement découpés et collés. « *Il y a sept ans, j'y ai pris goût, bientôt notre second rendez-vous.* »

Ivre de rage, Arnaud téléphona aussitôt au juge Herrero, qui promit de prévenir la gendarmerie. Les hommes de Lucien Sorgue effectueraient de discrètes patrouilles autour de la bastide dans les jours à venir, afin d'assurer la sécurité de Sophie.

— Notre corbeau s'énerve, c'est plutôt bon signe, décréta Herrero. Il finira par se trahir et nous lui mettrons la main dessus. Mais tranquillisez-vous, je ne le crois pas dangereux : s'il avait dû agir, depuis sept ans il l'aurait déjà fait.

Arnaud était trop en colère et trop inquiet pour se laisser rassurer par ce genre de propos. L'idée qu'un inconnu, tapi dans l'ombre, veuille s'en prendre à sa femme le rendait fou. Pour la première fois depuis qu'il avait épousé Sophie, il décida de demander de l'aide à ses frères. Pas Vincent, bien sûr, eu égard à son état, mais Paul qui avait su se taire durant des années, et Antoine qui avait donné la preuve de ce qu'il était prêt à faire pour défendre sa sœur. Il les appela l'un après l'autre et leur expliqua la situation, les mettant ainsi au pied du mur. La menace à peine voilée du corbeau n'était qu'une ultime conséquence de la nuit du 14 juillet 1996, un drame dans lequel Arnaud n'avait aucune part. Alors, même s'il se sentait de taille à veiller sur Sophie lorsqu'il était avec elle, il n'avait aucun moyen de la protéger pendant qu'il travaillait, ce serait donc aux frères Soubeyrand d'assumer leurs responsabilités.

Aux *Tilleuls*, Gloria n'avait toujours pas bouclé sa valise malgré les rebuffades successives d'Antoine. Elle ne se résignait pas à sa défaite, certaine qu'il lui suffirait d'un tête-à-tête pour le reconquérir. Hélas ! il la fuyait, refusait de la recevoir à l'atelier et ne mettait jamais les pieds au café. Depuis sa libération, il vivait la nuit dans les bras de Marine et le jour devant la porte de ses fours.

Emma, de son côté, ne faisait rien pour décourager Gloria. L'exubérance naturelle de la jeune femme l'amusait tellement qu'elle avait fini par lui louer la chambre pour un mois. Cette superbe Brésilienne lui apparaissait, depuis le jour de son arrivée, comme une solution possible au problème Antoine-Marine. Car, tant que ces deux-là poursuivraient leur idylle, s'aveuglant sur les simples restes d'un amour de jeunesse, la famille ne pourrait pas trouver la paix. Paul dépérissait, incapable de surmonter le départ de sa femme et la trahison de son frère. Quant à Antoine, le jour où il accepterait de regarder la vérité en face, il se verrait comme celui qui avait tout détruit autour de lui. Même Vincent, pourtant si indulgent dès qu'il s'agissait de son aîné, ne lui donnait pas raison. De plus, Marine semblait si mal dans sa peau, si culpabilisée…

Pour se gagner les bonnes grâces d'Emma – ou peut-être parce qu'elle s'ennuyait –, Gloria donnait un coup de main aux *Tilleuls*. Emma la laissait agir d'autant plus volontiers que les clients affluaient, curieux ou séduits par cette grande fille bronzée à l'allure exotique, dont le rire communicatif résonnait dès le matin dans la salle du café. Elle forçait la sympathie de tout le monde, jusqu'à Rosine pourtant peu liante, et même Baptiste, qui la suivait partout, subjugué. Le petit garçon, souvent confié à sa grand-mère, semblait avoir perdu tout espoir de voir ses parents se réconcilier, alors il se consolait en apprenant à danser sur des rythmes sud-américains, ce qui épatait ses copains de classe.

Dans la cuisine des *Tilleuls*, ce jour-là, Gloria défendait énergiquement sa dernière idée, à savoir organiser une soirée « brésilienne » pour les clients.

— Tu aurais un monde fou, Emma ! Je te prépare un plat typique, par exemple le feijoada, on décore un peu la terrasse et on met de la musique en fond sonore... Tu verras, tous les habitants de Cucuron se bousculeront pour venir !

— Je ne fais pas restaurant, protesta Emma, peu convaincue.

— Non, mais tu as la licence pour l'alcool, et c'est le plus important. Parce qu'ils ne feront pas que manger, ils boiront beaucoup : j'aime les sauces relevées !

— C'est bien joli, tout ça, mais pour te trouver les ingrédients de ton... comment, déjà ?

— Feijoada. Langue de bœuf, haricots noirs... vous avez ça ici, non ?

— Haricots *noirs* ?

— Haricots, quoi ! Et puis des oignons, des carottes, des poivrons, de l'ail, des grains de poivre, des tomates, du chou...

— Et quoi encore ?

— Du saindoux.

— Quelle horreur !

— Mais non, tu verras, c'est délicieux. En deux heures de cuisson, ça sentira bon jusqu'à l'église !

Son enthousiasme fit sourire Emma. À plusieurs reprises, Gloria avait révélé ses talents de cuisinière, elle adorait se lancer dans des préparations compliquées qui se révélaient toujours savoureuses.

— Après tout, si ça t'amuse, pourquoi pas ?

— Oui, ça m'amuse ! Et puis, tu n'as pas envie de gagner plus d'argent ? D'augmenter tes recettes ? On peut installer quarante couverts facilement. On mettra des guirlandes, des bougies... Tous ceux qui n'auront pas pu venir s'inscriront pour la fois d'après !

— Ah, parce qu'il y en aura une autre ? s'esclaffa Emma.

L'idée finissait par la tenter, après tout elle n'avait rien à y perdre.

— Mais il faudra demander à un de tes fils d'installer une sono, précisa Gloria d'un air innocent.

— Là, tu n'as pas de chance : Paul est meilleur bricoleur qu'Antoine. C'est lui que tu voudrais voir, hein ?

Le sourire disparut du visage de Gloria qui hocha lentement la tête.

— Oui, admit-elle d'une voix douce. Ton fils, c'est terrible, je l'ai dans la peau.

— Pour ces trucs-là, il faut être deux.

— Et alors ? Je ne vais pas te raconter, à toi sa mère, comment il était quand nous étions chez moi, à Santos ! On est faits l'un pour l'autre, je te le garantis, et avec cette femme il se trompe. Il rêve ! Je le connais, Antoine… Il a eu le temps de me parler, de se confier. Les hommes ne sont pas compliqués, mais lui, oui.

Perplexe, Emma la regarda un long moment avant d'acquiescer. Antoine avait toujours été un garçon secret. À la fois dur et tendre, spontané mais buté, souvent difficile à comprendre. Et, sur un point précis, Gloria avait raison : Marine n'était pas pour lui. Quand il allait enfin s'en apercevoir, il serait trop tard, le mal serait fait.

— On va essayer ta formule, d'accord, céda Emma. De toute façon, à Cucuron, on manque de distractions.

— Si tu voulais, tu ne t'ennuierais pas. J'en connais un qui ne demande qu'à te distraire…

— Simon ? Il a bien autre chose à faire qu'à s'occuper de moi !

— Dans ce cas, pourquoi passe-t-il vingt fois par jour devant le café avec un air de chien battu ? Mais toi, tu ne lui adresses même pas un sourire. On dirait que tu ne le vois pas.

— Faudrait être aveugle ! explosa Emma. Écoute, Gloria, je ne veux pas parler de ça avec toi. Les sentiments, à mon âge, c'est plus difficile qu'au tien. On se remet moins bien des échecs, alors on essaie de limiter les bêtises.

— Dommage. Très dommage…

Gloria lui souriait d'un air attendri, et la mauvaise humeur d'Emma se dilua aussitôt. Cette fille avait quelque chose d'irrésistiblement gai, elle transformait tout en fête. Le jour où elle déciderait de repartir dans son pays, elle laisserait un vide derrière elle.

— Simon cherche des consolations sur Internet, tu te rends compte ? avoua soudain Emma.

— Ben oui, quoi ? C'est courant, plein de gens font ça. Si tu le repousses, il va voir ailleurs, normal.

— Tu trouves ? Dis-moi donc pourquoi tu ne vas pas voir ailleurs, toi ? Pourquoi attends-tu après Antoine ?

— Moi, j'ai tout mon temps. La vie devant moi ! Ton Simon, peut-être pas…

Touchée par la pertinence de la réponse, Emma fronça les sourcils et se tut. Combien d'années Simon avait-il patienté sans obtenir d'elle ce qu'il désirait vraiment ? Ils seraient bientôt vieux tous les deux, s'ils ne l'étaient pas déjà.

— Peut-être pas, en effet, répéta-t-elle à mi-voix, songeuse.

Antoine se gara en catastrophe sur le parking du centre de rééducation. À peine descendu du 4 × 4, il aperçut Vincent qui fonçait vers lui, poussant comme un fou sur les roues de son fauteuil.

— Ah, quand même ! J'ai cru que tu ne rebrancherais jamais ton portable !

— Je n'ai rien compris à tes messages, Vincent ! Où est Paul ?

— Il a foncé là-bas, je n'ai pas réussi à lui faire entendre raison.

— Mais il est complètement cinglé ! Qu'est-ce qu'il espère ?

— Il dit que seul Régis Cantel peut être le corbeau.

— Oui, je sais, il m'en a parlé au téléphone.

Après l'appel au secours d'Arnaud, Paul avait joint Antoine, fou de rage à l'idée que leur sœur soit de nouveau menacée. L'homme qui cherchait à la terroriser ne pouvait pas être un inconnu, ses lettres étaient trop précises. Et si Cantel, en tant qu'associé de Labaume, avait eu les mêmes vices que lui ? D'ailleurs, qui d'autre aurait pu être présent, cette nuit-là ?

— Je n'ai aucune considération pour Régis, déclara Antoine, mais je ne l'imagine pas violant les filles. Il a beau rouler des mécaniques, c'est un trouillard.

— Il s'est peut-être laissé entraîner par Labaume.

— Non, je ne crois pas. À l'époque, si je me souviens bien, il était déjà très amoureux de cette brune, Cécile…

— Il l'a épousée, depuis.

— Alors, tu vois, ça ne colle pas.

Soucieux, Antoine enfouit ses mains dans les poches de son jean et fit quelques pas sur le parking.

Il aurait voulu réfléchir mais Vincent le rejoignit, impatient.

— Paul est monté au *Stax* en partant d'ici, j'en mettrais ma main à couper !

L'expression était si stupide qu'il esquissa une grimace en poursuivant :

— Comme tous les grands calmes, Paul est capable de sortir de ses gonds, et là, tu le connais, plus rien ne l'arrête.

— Il va se faire casser la gueule par les videurs du *Stax*, prédit Antoine.

— Allons le chercher avant que ça tourne au drame. Je crois qu'une plainte contre un Soubeyrand serait très mal venue en ce moment…

Antoine lui jeta un coup d'œil un peu embarrassé. Que savait exactement Vincent de la tempête traversée par la famille ? Leur mère avait tenté de l'épargner, de lui en dire le moins possible, mais il devait lire les journaux et avoir compris tout seul l'essentiel.

— Ne t'en fais pas pour moi, lui lança Vincent comme s'il devinait ses pensées, Liliane ou Simon finissent toujours par me donner les détails qui me manquent ! Je suis infirme, pas sénile, et le juge Herrero s'est déplacé en personne jusqu'ici pour m'entendre.

Résigné, Antoine hocha la tête.

— Très bien. Je vais monter au *Stax* voir ce qui se passe.

— Pas tout seul ! Tu m'emmènes, Antoine.

— Tu es cinglé ? À quoi veux-tu donc me…

Il s'interrompit net, mais Vincent acheva pour lui.

— Te servir ? À appeler les flics en cas de besoin.

— Non, protesta Antoine. Tout ira bien, je te le promets.

— Sauf que Paul a pris un fusil avec lui. Alors, au lieu de discuter, on devrait y aller vite fait !

Antoine n'eut besoin que d'une seconde pour se décider. Laisser Vincent derrière lui était le meilleur moyen de le désespérer : s'il ne devait plus jamais être utile à rien ni personne, il finirait par se flanquer une balle dans la tête.

— Dépêche-toi, bougonna-t-il en ouvrant la portière côté passager.

Il souleva son frère dans ses bras, le déposa sur le siège et replia le fauteuil roulant. Puis il s'installa au volant et démarra en trombe.

— Quel fusil ? Il n'en possède pas. Ce n'est pas son genre, il aime trop la nature pour ça !

— Le vieux 12 de papa, soupira Vincent. Rappelle-toi, c'est lui qui l'avait récupéré, en souvenir…

Antoine leva les yeux au ciel. Cette histoire n'aurait donc jamais de fin ? Il n'avait pas remis les pieds au *Stax* depuis plus de huit ans mais il aurait pu s'y rendre les yeux fermés. Ouvrir une discothèque sur la route de Lourmarin avait été son idée, une excellente idée ainsi que l'avenir l'avait prouvé. Malheureusement, à l'époque, les deux seuls copains prêts à investir leurs économies dans ce projet n'étaient pas très recommandables. Pas vraiment des copains, d'ailleurs, plutôt de vagues relations de boîtes de nuit. Laurent Labaume était un requin, Régis Cantel un lâche, néanmoins ils s'étaient démenés tous les trois, retapant la grange eux-mêmes, coulant du ciment pour le parking, rivalisant d'ingéniosité pour installer des éclairages stroboscopiques sur les trois pistes de danse. Au début, ils se relayaient au poste de disc-jockey, puis, le succès venant, ils avaient embauché. Très vite, Antoine s'était senti mal à l'aise entre la cupidité de Régis et l'amoralité de Laurent. Il ne tenait pas à jouer au caïd, il l'avait dit trop fort, alors ses ennuis avaient commencé.

— Tiens, regarde ! s'exclama Vincent.

La voiture de Paul était garée de travers, juste devant l'entrée de la boîte. Vue à la lumière du soleil couchant, la grange n'avait rien d'extraordinaire. Pourtant, à minuit, le parking serait sans doute plein, comme chaque soir.

Sur le côté du bâtiment, deux autres voitures étaient rangées, dont un superbe coupé Mercedes.

— Si c'est la bagnole de Régis, il ne se refuse rien ! constata Antoine entre ses dents.

— Et il n'est pas seul…

Ils échangèrent un regard inquiet. Aucun bruit ne leur parvenait en provenance du *Stax*, mais Antoine savait à quel point l'insonorisation était bonne.

— J'y vais, décida-t-il.

Vincent sortit son portable de la poche de sa chemise et le posa sur ses genoux.

— Enferme-toi, à tout hasard, lui conseilla Antoine. Et appelle la gendarmerie si je ne suis pas revenu, disons, dans… dix minutes.

— Cinq.

— Non, laisse-moi le temps de gérer la situation, de parlementer.

Il descendit du 4 × 4, prit une grande inspiration et se dirigea vers l'entrée. Voler au secours de Paul était la dernière chose qu'il se serait imaginé faire, cependant, il ne pouvait pas le laisser tomber. Vincent avait raison : malgré toute sa douceur, Paul était capable de devenir violent.

La lourde porte n'étant pas verrouillée, Antoine entra discrètement. Toute la salle, immense, était plongée dans le noir, hormis les veilleuses obligatoires sur les issues de secours, mais il n'eut aucun mal à se repérer. Il contourna le bar et poussa une petite porte, à peine visible, qui conduisait aux bureaux de la direction. Le couloir, capitonné de liège, étouffait les bruits, toutefois il perçut des éclats de voix, sur sa gauche, et il s'immobilisa. L'altercation devait se produire dans la plus grande des trois pièces, celle en principe réservée au comptable, où se trouvait le coffre. Cantel en avait-il fait son bureau ? Résolument, Antoine ouvrit à la volée et se rua à l'intérieur. En une fraction de seconde, il enregistra la scène : Paul tenait en joue Cantel et ses deux videurs, mais il eut la mauvaise idée de se retourner pour voir qui arrivait. L'un des hommes en profita pour lui sauter dessus et il y eut une détonation assourdissante, accompagnée d'un bruit de verre brisé. Dans la confusion qui suivit, Antoine fut le plus rapide pour ramasser le fusil.

— Plus personne ne bouge ! hurla-t-il.

À côté de lui, Paul se releva en titubant, le visage en sang, tandis que les trois autres reculaient de nouveau vers le fond de la pièce. D'un geste sûr, Antoine ouvrit et referma le fusil, trop vite pour qu'une intervention soit possible. Il restait une cartouche, Paul n'avait donc tiré sur personne avant son arrivée.

— Vous êtes des branques ! Des fondus ! glapit Cantel.

— Ferme-la, lui enjoignit Antoine en le mettant en joue.

— J'ai déjà dit à ton connard de frangin que je n'y suis pour rien ! Ce n'est pas moi, je n'étais pas là ce soir-là : j'étais à Paris, en virée ! Bon sang, Antoine, j'ai des témoins, j'avais été interrogé par les flics après la disparition de Laurent !

D'un rapide coup d'œil, Antoine s'assura que Paul allait bien. Il saignait du nez, toujours sonné par le violent coup de tête qu'il venait de recevoir. Ça l'avait calmé.

— Sors le premier, Paul, murmura Antoine. Ma voiture est dehors, quelqu'un nous attend.

Sans baisser son arme, il toisa Cantel et ses deux acolytes. Sur le mur du fond, un miroir avait volé en éclats et un gros morceau de plâtre était tombé.

— Il y a un salaud qui nous fait chier, dit-il entre ses dents.

— Eh bien, cherche-le ailleurs ! protesta Cantel. Je suis marié, Antoine, je ne suis pas un violeur et je n'écris pas de lettres anonymes. Laurent était une ordure, tu l'as buté. Je m'en fous éperdument, c'est votre histoire, pas la mienne.

— Pourquoi m'as-tu accusé, si tu n'avais rien vu ?

— Tu l'as fait le premier, je t'ai renvoyé la balle !

Indécis, Antoine hésitait. Régis ne lui inspirait qu'un profond mépris, pas une réelle inquiétude.

— Va-t'en, Antoine, je ne porterai pas plainte. Je ne cherche pas les ennuis, ni que le *Stax* soit catalogué par les gendarmes comme un truc à problèmes. Mais ton frère est un malade, j'ai vraiment cru qu'il allait faire un carton… Vous finirez mal, les Soubeyrand !

Haussant les épaules, Antoine désigna les deux videurs.

— Tiens tes chiens en laisse, Régis. Je me casse, mais je veux partir tranquille.

Il sortit à reculons, retraversa la grande salle posément et émergea enfin à la lumière du jour. Paul était assis au volant de sa voiture, tenant un mouchoir plaqué sur son nez. Antoine déchargea le fusil qu'il déposa sur la banquette arrière.

— Suis-moi jusqu'à l'atelier, il faut qu'on parle, tous les deux.

— Tous les trois, non ?

Paul désignait le 4 × 4 où Vincent attendait toujours.

— Tu l'avais emmené en renfort ? Tu es cinglé ?

— Moins que toi : il aurait appelé les gendarmes si on avait eu le dessous.

Mais l'arrivée de Sorgue et de ses hommes au beau milieu d'une rixe armée aurait sans aucun doute signifié le retour d'Antoine en prison. Il rejoignit Vincent et démarra aussitôt, suivi de près par Paul.

— Tu n'as pas entendu de coup de feu ? demanda-t-il à son frère.

— Si...

En tournant la tête vers lui, Antoine surprit son expression réjouie, très inattendue.

— Et alors ?

— Je me suis dit que j'allais compter lentement jusqu'à soixante avant de faire le numéro de la gendarmerie, et à cinquante-six j'ai vu sortir Paul.

— Bien raisonné.

Ils roulèrent quelques instants en silence puis Antoine demanda :

— Qu'est-ce qui t'amuse, Vincent ? D'avoir participé au rodéo ?

— Oh, « participé », n'exagère pas ! Même comme spectateur, je n'étais pas aux premières loges. Non, c'est plutôt que...

Vincent s'interrompit, cherchant ses mots, et finalement il secoua la tête sans achever. Pour échapper au regard inquisiteur d'Antoine, il fit semblant de s'absorber dans la contemplation du paysage. Il y avait bien longtemps qu'il ne s'était pas offert une balade aussi loin du centre, qu'il n'avait pas revu ces routes. Il s'imagina lancé à fond sur sa moto, s'inclinant dangereusement dans les virages, jouant avec la vitesse, testant de vertigineuses accélérations, jouissant des vibrations de la machine entre ses jambes. Des sensations désormais interdites, inaccessibles, qui appartenaient à une autre vie. Aujourd'hui, toute son ambition se limitait à des choses dérisoires telles que guetter le moindre signe d'amélioration de son état. Et, quelques minutes plus tôt, quand il avait perçu la détonation assourdie du fusil, alors qu'il était sur le point de paniquer en pensant à ses frères, il avait eu le réflexe machinal de vouloir descendre de voiture. À peine la portière ouverte, il avait réalisé sa stupidité, mais, juste au moment où il manquait de basculer sur le ciment du parking, il avait réussi à se rétablir en faisant porter son poids sur sa jambe droite. L'avait-il rêvé ? Le cœur tapant à cent à l'heure, sa main gauche toujours crispée sur son portable, un espoir dément l'avait submergé, balayant toute autre pensée consciente. Cette minute qu'il prétendait avoir comptée, il l'avait en réalité passée à recouvrer son souffle, à se calmer, jusqu'à ce que Paul émerge de la discothèque.

Très discrètement, afin qu'Antoine ne surprenne pas son geste, il posa sa main sur sa jambe. Était-ce de l'autosuggestion ? Ressentait-il vraiment un vague, très vague engourdissement dans la cuisse ? À peine un fourmillement, peut-être…

— Vincent, ça va ?

Antoine l'observait avec curiosité et il essaya de prendre l'air indifférent.

— Oui, oui ! J'ai eu la trouille pour vous deux, c'est tout.

Comme ils arrivaient en vue de l'atelier, son frère n'insista pas. D'autant plus que Marine se tenait sur le seuil, apparemment très étonnée de voir la voiture de son mari derrière le 4 × 4. Néanmoins, dès que Paul en descendit et qu'elle constata dans quel état il était, elle se précipita vers lui. Coupant court à ses explications embarrassées, elle l'entraîna à l'intérieur.

— Je vais nettoyer et désinfecter, ensuite je pense que tu devras passer une radio, annonça-t-elle en fermant la porte de la salle de bains.

Elle le fit asseoir sur un tabouret puis, penchée au-dessus de lui, se mit à enlever délicatement les traces de sang séché.

— À mon avis, ton nez est cassé, mais c'est une fracture sans déplacement, il n'y a rien de particulier à faire. Tu auras probablement les deux yeux au beurre noir…

Elle remarqua qu'il regardait autour de lui. Sur la patère, derrière la porte, son peignoir de soie bleue était pendu, et ses produits de maquillage se trouvaient alignés sur la tablette du lavabo. Le peignoir, il le lui avait offert à Noël, et elle éprouva un sentiment désagréable de honte et de regret.

— Tu es vraiment allé au *Stax* ?

— Oui…

— Qu'est-ce que tu voulais faire ?

— Nous débarrasser de Cantel.

— Tu es fou à lier, Paul !

— Pourquoi ? Parce que je n'ai pas l'habitude de me battre ? Parce que je ne sais pas me servir d'un fusil ? Antoine fait ça très bien, il est arrivé à pic. Mais lui, c'est un aventurier, un héros, pas moi !

Son amertume atteignit Marine comme une gifle. Sans doute se sentait-il un peu ridicule, maintenant que sa colère était tombée.

— Même si tu t'es trompé au sujet de Cantel, tu as été très courageux d'y aller, déclara-t-elle doucement.

La chemise de Paul était tachée de sang, et elle commença à la déboutonner ainsi qu'elle aurait procédé avec n'importe quel patient arrivé en urgence à l'hôpital. Il était bronzé, comme toujours en été puisqu'il passait tout son temps dehors. Lorsqu'elle frôla sa peau, par inadvertance, il tressaillit.

— Marine…, murmura-t-il.

Seulement son prénom, avec une intonation d'une insupportable tristesse. Elle retira sa main et resta immobile devant lui, sans savoir quoi dire, tout à fait consciente d'être troublée par la proximité de cet homme qu'elle avait aimé.

— Tu me manques, ajouta-t-il tout bas. Je ne crois pas que j'arriverai à m'en remettre.

Il se contentait de la regarder, ne tentant pas un seul geste vers elle, et elle eut envie de le toucher, de le prendre dans ses bras. Au même instant, Antoine ouvrit la porte de la salle de bains.

— Alors, tout va bien ?

Marine perçut un peu d'agressivité dans la question. Antoine entra carrément et elle eut soudain l'impression d'étouffer, coincée entre eux deux.

— Prête-lui un tee-shirt ou une chemise, la sienne est bonne à jeter.

La pièce était trop petite, il fallait qu'ils sortent de là tous les trois. Antoine fut le premier à réagir, sautant sur l'occasion de les séparer.

— Viens avec moi, lança-t-il à son frère.

Emma avait beau en rire, elle ne réussissait pas à dissimuler son émotion.

— Tu te rends compte ? Avec le vieux fusil de Jean ! Oh, j'aurais tellement voulu voir la tête de Cantel ! Sûrement moins fier que lorsqu'il est venu me menacer aux *Tilleuls*…

— C'est un minable, pourtant je ne le crois pas méchant, répondit Simon.

— Tu dis ça parce qu'il aime les voitures.

Assis à une table isolée, des bougies posées entre eux sur la nappe de dentelle, et des loups grillés parfumés aux herbes dans leurs assiettes, ils étaient heureux de se retrouver. À l'initiative d'Emma, ce dîner sempiternellement différé avait enfin lieu, et elle s'en félicitait.

— De toute façon, si Paul a été pris d'une colère pareille, ce n'est pas seulement à cause de Sophie, fit remarquer Simon. Il est tellement mal dans sa peau, en ce moment, que la moindre étincelle peut le faire exploser. Quand je le vois passer au volant de son camion, j'ai de la peine pour lui.

Brusquement attristée, Emma hocha la tête et but deux gorgées de vin.

— Moi aussi, avoua-t-elle d'une voix tendue. Pour eux quatre. Vincent m'a demandé de lui trouver un appartement de plain-pied, il va bientôt quitter le centre et il est mort de peur à l'idée de ce qui l'attend. Le regard des gens, une vie radicalement différente de celle qu'il menait avant... Il n'est pas certain d'en avoir le cran. Quant à Paul, tu as raison : il est malheureux comme les pierres, même s'il essaie de tenir le coup pour Baptiste. Mais le plus dur, pour moi, c'est Sophie. Elle me bat froid, elle refuse de me parler, elle ne vient plus jamais me voir.

— Elle t'en veut ?

— Elle ne me laisse pas m'expliquer. À l'époque, j'ai fait ce que je croyais être le mieux pour elle, et elle était d'accord. Tu imagines de quelle manière ses copains l'auraient regardée, à la fac, si son nom et sa photo avaient fait la une des journaux ? Si elle avait été interrogée, obligée de témoigner dans un procès, contrainte de revivre sans cesse ce... cette abomination ! Elle était trop jeune, trop fragile, je ne pouvais pas supporter l'idée !

Luttant contre son émotion, elle reprit son souffle. Simon se taisait, attentif, sans la quitter des yeux.

— Arnaud prétend que ça lui passera... à condition que ce corbeau de malheur la laisse en paix ! Pourquoi ne peut-on pas trouver ce cinglé et en finir ?

Pour dissimuler sa peine, elle baissa la tête, regarda son assiette sans la voir. Si elle se mettait à penser à ses enfants, elle allait se couper l'appétit. Chaque fois qu'un problème se réglait, un autre surgissait, tout aussi désespérant.

— Tu ne dis rien d'Antoine ? murmura Simon.

— Oh, Antoine ! Au moins, il n'est plus à croupir dans une cellule, ça me rendait folle.

Relevant la tête, elle croisa le regard de Simon.

— Tu te rends compte de tout ce qu'on a traversé, depuis le début de l'été ? Très exactement depuis le mariage de Paul avec Marine. Leur noce n'était pas placée sous une bonne étoile…

— Laisse tes superstitions de côté, ça n'a aucun rapport.

Les yeux dans les yeux, ils se turent durant quelques instants et le patron du restaurant en profita pour s'approcher de leur table, inquiet de ne pas les voir manger. Emma lui décrocha son plus beau sourire, le rassura, empoigna sa fourchette. À peine se fut-il éloigné qu'elle chuchota :

— Je n'ai pas toujours été gentille, Simon, et je le regrette.

— Toi ? Des regrets ?

— Parfaitement ! Je sais que je me suis montrée injuste, intransigeante, tout ce que tu veux, mais je me suis tellement rongé les sangs pour les enfants que…

— … que tu m'as oublié.

— Non, pas du tout. C'est toi qui as voulu me trouver une remplaçante, pas le contraire.

— J'étais malheureux, je croyais que tu m'avais rayé de ta vie. Au revoir et merci, après presque vingt ans à s'aimer, tout ça parce que je t'avais demandée en mariage ! Mais, sois tranquille, s'il y a bien un sujet que je ne remettrai plus sur le tapis…

« Vingt ans à s'aimer », l'expression surprit Emma. Déjà vingt ans ? Elle n'en avait pas vécu autant, loin de là, avec Jean Soubeyrand. Vingt ans que Simon s'effaçait, se faisait discret... Quoi d'étonnant à ce qu'il soit lassé d'être en touche ?

— Je vais prendre du fromage, décida Emma.

Elle ne souhaitait pas écourter la soirée, ils avaient trop de choses à se dire. Après un dessert, ils pourraient prendre le temps de flâner un peu dans les rues escarpées de Bonnieux en continuant à bavarder. Et ensuite...

— À quoi penses-tu, ma belle ?

Il était le seul à l'appeler ainsi, le seul à la regarder avec autant de tendresse.

— Je me disais que tu m'as manqué, avoua-t-elle sincèrement.

— Tu as eu beaucoup de soucis, et personne pour te soutenir.

— Non, non, pas que ça, Simon. Tu m'as manqué la nuit aussi. Dans mon lit.

Elle le vit accuser le coup, d'abord embarrassé puis soudain très fier, et elle éclata de rire.

Lorsque Régis Cantel gara son coupé Mercedes à côté de l'Audi TT, Raphaël l'attendait depuis un quart d'heure, de très mauvaise humeur. Il avait passé le temps à contempler la vallée de l'Aigue-Brun, en contrebas de la route qui menait au fort de Buoux, remuant de sombres pensées.

— Tu pourrais m'expliquer pourquoi tu donnes tes rendez-vous dans ce coin paumé ? attaqua-t-il dès que Régis l'eut rejoint.

— Pour être certain que personne ne nous écoutera.

— Tiens donc ! Aurions-nous des secrets à partager, toi et moi ?

— Ce n'est pas impossible. Figure-toi que j'ai reçu la visite des frères Soubeyrand, au *Stax*...

— Et alors ?

— L'entrevue a failli mal finir, je n'ai pas besoin de te dire à quel point ces types sont dangereux.

— « Dangereux » ? À ma connaissance, ils ne sont que deux, Vincent ne compte plus, répliqua Raphaël en ricanant.

— Oui, mais ce crétin de Paul est arrivé avec un fusil chargé. Rien que ça ! Et lui, sorti de ses arbres... Tout juste s'il ne le tenait pas à l'envers.

— Donc, tu n'en as fait qu'une bouchée ?

— Antoine a débarqué à son tour, et celui-là, c'est autre chose. Pas besoin de te faire un dessin, on sait qu'en colère il peut tuer.

— Une seule fois, pour défendre sa sœur, rappela sèchement Raphaël.

Il se sentait nerveux et se demandait ce qu'il faisait là. Il ne fréquentait plus le *Stax* depuis longtemps, très exactement depuis sept ans, ayant renoncé à la drogue.

— C'est de ça que je veux te parler, enchaîna Cantel. D'homme à homme.

— Pourquoi moi ? Nous ne sommes pas des amis, Régis. Si les Soubeyrand s'en prennent à toi, je m'en fous.

— Vraiment ? Moi, je crois que ça t'arrange.

Carrément inquiet, Raphaël se rapprocha de sa voiture pour mettre un peu de distance entre Cantel et lui.

— Je ne suis pas le corbeau, poursuivit Cantel. J'étais à huit cents kilomètres d'ici quand toute cette...

merde est arrivée. Mais toi, tu avais souvent rendez-vous avec Laurent à la borie, parce qu'il te fournissait en coke.

— Pas que moi ! rétorqua Raphaël en ricanant de nouveau. Et pas tous les soirs. Qu'est-ce que tu insinues, mon vieux ?

— Tu étais peut-être là, tu as peut-être vu ou entendu quelque chose, et c'est peut-être toi qui t'amuses à envoyer des lettres anonymes. Voilà, tu es fixé.

Raphaël resta abasourdi quelques instants, puis il explosa.

— Pauvre con ! hurla-t-il. Tu m'as dérangé pour me servir ce tas d'insanités ?

Son angoisse s'était envolée, il n'éprouvait plus que de la colère.

— Sophie Soubeyrand te branchait, je m'en souviens très bien. D'ailleurs, elle faisait fantasmer tout le monde avec son air de sainte-nitouche. Laurent a fini par péter un câble, et qui sait si tu n'attendais pas ton tour…

— Moi, je sais ! rugit Raphaël. Oui, j'étais fou de Sophie et je le suis toujours ! Elle et moi, nous sommes comme les deux doigts de la main et je t'interdis de parler d'elle. Je vais même te dire mieux : si Antoine n'avait pas réglé son compte à Laurent, c'est moi qui l'aurais fait. C'est clair ? Alors ne viens plus me sortir tes élucubrations de minable. Et ne me dérange plus jamais pour rien !

Furieux, il ouvrit sa portière à la volée, mais Régis le rattrapa et s'accrocha à lui.

— Je ne porterai pas le chapeau, tu es forcément mêlé à l'histoire. Si je veux, je te ferai chanter. Tu paries avec moi ? Je vais appeler Sophie et...

D'un geste brutal, Raphaël saisit Cantel par le col de sa chemise et le plaqua contre la carrosserie.

— Tu ne prononces plus son prénom, compris ? À partir de maintenant, tu ne sais même pas qu'elle existe...

Il lui tordit violemment la tête vers la vallée de l'Aigue-Brun en achevant :

— ... sinon, je te balance là-dedans.

Sa détermination devait être assez évidente car Régis était devenu livide. Raphaël le lâcha et le repoussa, le faisant trébucher.

11

Vincent parvint à sourire alors qu'il avait l'estomac au bord des lèvres. Tout, dans ce nouvel appartement arrangé avec amour par sa mère, lui faisait horreur. Un univers de nain, voilà ce qu'il voyait : la hauteur de toutes les poignées de porte avait été baissée, comme celle du lavabo dans la salle de bains ou de l'évier dans la cuisine. Sa vie en serait peut-être facilitée, mais ceux qui viendraient lui rendre visite risquaient d'être surpris !

Emma et Simon attendaient sa réaction avec tant d'inquiétude qu'il se sentit injuste, aigri.

— Super, m'man ! dit-il d'un ton presque enthousiaste. Je crois que je vais pouvoir me débrouiller sans problème, tu as pensé à tout.

— Pour la place des meubles, tu verras avec Simon, ou avec tes frères… J'ai fait au mieux mais tu peux tout changer si tu veux.

Elle avait reconstitué le décor de son ancien appartement, situé au-dessus du salon de coiffure, poussant le souci du détail jusqu'à raccrocher ses gravures et ses photos à peu près de la même manière. Et il n'avait pas besoin d'ouvrir les placards pour savoir que tout serait rangé dans le même ordre... mais plus bas. Devant les fenêtres, de plain-pied sur la place, Emma avait mis des voilages jaune pâle et des doubles rideaux d'un imprimé provençal très chaleureux, comme il les aimait.

Simon lui proposa de boire une coupe de champagne, pour arroser son retour, et Vincent dut poursuivre ses efforts de fausse gaieté durant près d'une heure avant de se retrouver enfin seul. Il refit lentement le tour du living, de la chambre, de la cuisine, et constata que le passage du fauteuil roulant avait été largement prévu. Comment sa mère n'avait-elle pas pleuré en arrangeant tout ce bazar pour infirme ? Avant son accident, elle ne mettait jamais les pieds chez lui, respectant son indépendance de célibataire endurci, mais sans doute se croirait-elle obligée, désormais, de veiller sur lui quotidiennement ?

L'idée de ce qui l'attendait le désespéra soudain de façon aiguë. La seule chose à laquelle il pouvait encore se raccrocher était cet espoir minuscule et fou qui le hantait depuis l'expédition avec Antoine au *Stax*. Sitôt rentré au centre, il en avait parlé aux médecins, plutôt dubitatifs, et seul le kiné s'était montré intéressé : « Dans les histoires neurologiques, tout est possible, vu que personne ne sait rien. » Un jugement abrupt, mais émanant d'un homme d'expérience qui, au moins, ne s'était pas moqué de lui.

Dix fois par jour, Vincent guettait le moindre signe, traquait les impressions les plus furtives. Parfois, il croyait sentir une petite douleur, trop fugace pour être prise en considération, et une nuit il s'était même imaginé avoir des fourmis dans un mollet. Deviendrait-il fou à force d'épier son corps ?

Il fit rouler son fauteuil jusqu'à l'une des fenêtres et observa la place. Il ne pouvait pas voir les *Tilleuls* mais, en se penchant, il apercevait la vitrine du salon de coiffure. Inutile de retarder le moment, il devait se remettre à travailler, à gagner de l'argent, ne plus s'apitoyer sur lui-même. Mais les clientes voudraient-elles de lui autrement que par compassion ou curiosité malsaine ? Possédait-il un réel talent de coiffeur ? S'il faisait son métier correctement, il avait toujours mis plus d'enthousiasme à séduire les femmes qu'à leur couper les cheveux !

— Il va falloir que ça change, déclara-t-il à voix haute pour rompre le silence pesant de l'appartement.

La bouteille de champagne, restée dans son seau sur la table basse, était encore à moitié pleine. Il eut la tentation de la finir d'un coup, peut-être avec un ou deux tranquillisants, afin de s'endormir comme une masse dans son fauteuil et de ne plus penser à son avenir. Au moment où il tendait la main vers une coupe, la sonnette retentit.

— C'est ouvert ! cria-t-il sans se déplacer, persuadé qu'il s'agissait de l'un de ses frères.

— Je ne te dérange pas, j'espère ? lança joyeusement Liliane en entrant.

Elle était resplendissante, moulée dans un bustier de coton blanc et une minijupe en jean.

— Eh ! Tu travailles dans cette tenue ? On aura vite davantage de clients que de clientes !

— Merci du compliment. Alors, tu es bien installé ?

— Regarde toi-même...

275

Il lui fit signe de s'asseoir mais, négligeant son offre, elle vint vers lui et se pencha pour l'embrasser. Sur la joue d'abord, puis elle glissa vers les lèvres.

— Je suis heureuse de te voir, chuchota-t-elle.

Un peu gêné, il ne chercha pas à résister au baiser très sensuel qui les mit tous les deux à bout de souffle.

— Cadeau de bienvenue ? plaisanta-t-il lorsqu'elle se redressa.

— Il y a des mois que j'en rêve, le cadeau est pour moi, répliqua-t-elle.

Son assurance acheva de déconcerter Vincent qui bredouilla :

— Tu veux boire quelque chose ? Il reste du champagne.

— Avec plaisir, mais…

Elle s'empara de la bouteille, d'une coupe, puis elle pivota sur ses hauts talons et s'éloigna en direction de la chambre dont la porte était ouverte.

— Où vas-tu ? protesta-t-il.

— M'allonger sur ton lit. Tu viens ?

Contrarié, il la rejoignit tandis qu'elle enlevait ses chaussures.

— Écoute, Lily, arrête ça tout de suite, c'est très embarrassant pour moi et ça ne nous conduira nulle part, je te l'ai déjà dit.

Sans l'écouter, elle s'assit en tailleur, cala un oreiller dans son dos puis versa du champagne dans la coupe.

— Viens, répéta-t-elle d'une voix très douce. De quoi as-tu peur ? On sera beaucoup mieux là, tous les deux.

— Je n'ai pas peur, j'ai honte, lâcha-t-il tout bas. Tu peux comprendre ?

— Honte de quoi ? Je meurs d'envie que tu m'embrasses, que tu me caresses, et tu en as honte ? Je ne sais pas comment faire quand tu es coincé dans ce fauteuil, je veux juste que tu me câlines un peu…

En disant ces mots, elle s'était mise à rougir, et il comprit qu'elle était beaucoup moins sûre d'elle que ce qu'elle affichait. En silence, il manœuvra son fauteuil pour venir au bord du lit et réussit à s'y asseoir avec la force de ses bras. Il installa ses jambes inertes puis s'adossa à l'autre oreiller, toujours muet. Sa confusion était si intense qu'il ferma les yeux. Pourquoi avait-il accepté et pourquoi le provoquait-elle ? Il se sentait malheureux, humilié, angoissé.

— Vincent…

Elle se glissa contre lui, posa sa tête sur son épaule. Au bout d'une ou deux minutes, presque timidement, il l'entoura de son bras.

Le plaisir de signer sa première commande ferme avait rendu Antoine très gai. Même si, indirectement, Gloria était à l'origine de l'engouement du client. Les soirées « exotiques » organisées aux *Tilleuls* attiraient du monde et, trônant sur la terrasse, six des plus belles céramiques d'Antoine avaient fini par être remarquées.

Pour fêter l'événement, Antoine était allé chercher Marine à l'hôpital et l'avait emmenée dîner à l'*Auberge du Presbytère*, à Saignon. Ensuite, ils étaient rentrés par de petites routes contournant la montagne du Lubéron. Arrivé à l'atelier, Antoine avait échafaudé mille projets, ses derniers croquis à la main, prêt à croire que la chance lui souriait enfin. Ensuite, ils avaient fait l'amour passionnément, et Antoine s'était endormi vers une heure du matin, anéanti par la fatigue.

Marine, que le sommeil fuyait, s'était relevée sans bruit. Pour tromper son insomnie, elle se mit à ranger l'atelier, agacée par le sempiternel désordre qui y régnait. Antoine passait là presque toutes ses journées et ne rangeait jamais rien.

Regardant autour d'elle, elle fut bien obligée de constater que la maison d'Antoine ressemblait au joyeux capharnaüm d'un artiste célibataire. Les traces de sa présence à elle étaient invisibles, hormis dans la salle de douche. Ils vivaient toujours comme des amoureux, pas comme un couple, et elle semblait n'être que de passage. Avait-elle envie de rester, de construire quelque chose avec Antoine ?

Étonnée d'avoir pu se poser la question, elle alla s'asseoir sur le radassié et examina les lieux. Si elle devait vivre ici, comment héberger Baptiste, même occasionnellement ? Il n'y avait qu'une chambre, la pièce à vivre et l'atelier. D'ailleurs, Baptiste accepterait-il un jour la situation, et de quelle façon la lui présenter ? Le petit garçon savait que sa mère et son père avaient choisi de se séparer *momentanément*, mais connaissait-il le rôle de son oncle Antoine ? Paul ne lui avait rien dit à ce sujet, Marine en avait la certitude.

Elle abandonna l'inconfortable banc de paille et regagna l'atelier. Les dernières créations d'Antoine étaient encore plus réussies que les précédentes, il semblait avoir trouvé une inspiration nouvelle, qu'il explorait avec talent. Peut-être se sentait-il enfin délivré de son terrible secret ? Cette nuit atroce où il avait accidentellement tué Laurent Labaume, puis charrié son corps jusqu'au puits, avait dû le hanter durant des années. En acceptant de parler, sa sœur l'avait plus sûrement libéré que le juge Herrero. Aujourd'hui, il pouvait enfin regarder l'avenir avec sérénité, décider de son sort et faire des projets. Mais quelle place lui réservait-il, à elle ?

Mal à l'aise, Marine décida de sortir pour marcher un peu dans la fraîcheur de la nuit. Elle n'avait pas envie de penser au lendemain, à tout ce chemin qui lui restait à parcourir pour se détacher de Paul. Et comment pourrait-elle l'oublier, ou même l'ignorer, alors qu'elle le désirait toujours ? En le soignant, quelques jours plus tôt, elle avait eu envie de se blottir dans ses bras, de retrouver sa douceur et sa tendresse, d'effacer les derniers mois. Était-il possible d'aimer deux hommes à la fois ? Et pourquoi se sentait-elle tellement insatisfaite ?

Autour d'elle, le silence de la nuit avait quelque chose d'angoissant. Pas un souffle d'air, aucun bruit d'insecte ou d'animal dans le lointain. Au mas, il suffisait de prêter l'oreille pour entendre les crapauds de la mare, un cheval s'ébrouant dans l'ancienne étable, le sifflement aigu des moustiques, ou même le frôlement d'un lézard sur une pierre. Elle s'était vraiment sentie chez elle dans cette demeure restaurée avec tant d'amour par Paul. Un vrai foyer, construit pour elle.

Elle s'arrêta de marcher de long en large et regarda l'atelier dont la verrière luisait sous la lune. Une irrésistible envie de s'enfuir la saisit par surprise. Elle était en tee-shirt, short et sandales, la clef de sa voiture se trouvait sur le contact, rien ne l'empêchait d'aller faire un tour. Rouler dans la seule lumière de ses phares sur les routes désertes et mettre de l'ordre dans sa tête à défaut d'en mettre dans sa vie.

Elle se glissa au volant, referma doucement la portière et lâcha le frein à main, ne démarrant son moteur qu'une fois en bas de la pente. Sans l'avoir décidé, elle prit tout naturellement la direction du mas, comme si elle avait besoin d'observer l'endroit. Elle voulait seulement passer au ralenti sur le chemin d'où on l'apercevait, au pied de la colline, mais lorsqu'elle y parvint elle eut la surprise de voir que la maison était éclairée, ainsi que l'écurie et la cour. À trois heures du matin ? Brusquement folle d'inquiétude, elle accéléra. Baptiste était peut-être malade, ou Paul lui-même, et bien sûr, la sachant dans les bras d'Antoine, personne ne l'en avait avertie ! Elle se gara à côté d'un gros break qu'elle ne connaissait pas, descendit en catastrophe et se précipita vers le mas dont la porte était ouverte. Il ne lui fallut que quelques instants pour constater que ni son mari ni son fils n'étaient dans leurs lits. Elle ressortit en courant et faillit se heurter à Paul qui arrivait.

— Qu'est-ce que tu fais là ? demanda-t-il d'un air ébahi.

— Et toi ? Dis-moi ce qui se passe ! C'est Baptiste ?

— Non, non… Tu as eu peur ? Mais pourquoi es-tu venue ? Il t'a prévenue ?

— Qui ?

— Baptiste.

Paul avait l'air triste, fatigué, et Marine s'affola pour de bon.

— Explique-toi, merde !

Il l'attrapa par l'épaule, d'un geste familier, et l'entraîna vers l'ancienne étable.

— J'ai appelé le vétérinaire, c'est sa voiture. Moïra était couchée dans son box, elle se débattait... Il s'agit d'une crise de colique, assez grave d'après le véto. Elle a eu une piqûre de calmants et on l'a fait marcher pendant des heures mais ça ne va pas mieux. Il est en train de la sonder.

— Baptiste est avec lui ?

— Je n'ai pas pu l'en empêcher, je suis désolé. Toi, il t'écoutera peut-être...

La première chose que vit Marine en pénétrant dans l'écurie fut son fils, assis par terre et la tête dans les mains, secoué de sanglots silencieux. La jument était couchée de tout son long sur la paille, le vétérinaire derrière elle. Marine se précipita vers Baptiste, qu'elle prit dans ses bras, puis, du regard, elle interrogea le vétérinaire qui esquissa un sourire las.

— Je crois que ça va aller, déclara-t-il. Le pire est passé et il n'y a pas de torsion de l'intestin. Le gamin peut sécher ses larmes, la jument devrait s'en sortir...

Avec un gros soupir de soulagement, Baptiste enfouit sa tête dans le cou de sa mère, sans doute vexé qu'on l'ait vu pleurer.

— Je veux rester avec Moïra, chuchota-t-il.

Marine se laissa glisser sur un coin de paille propre, tenant toujours son fils contre elle.

— D'accord, encore un moment. Endors-toi, je veille sur elle.

Tandis que Paul raccompagnait le vétérinaire à sa voiture, elle se contenta de bercer Baptiste en lui murmurant des mots d'amour. Pourquoi n'était-elle plus là lorsque son fils ou son mari avaient besoin

d'elle ? Pourquoi les abandonnait-elle à eux-mêmes ?
Et si le vétérinaire avait été contraint d'abattre Moïra ?
Paul aurait-il réussi à éloigner leur petit garçon, à le
consoler ?

La jument, toujours couchée sur le flanc, soufflait
doucement, les naseaux dilatés. Marine tendit la main
vers elle et la caressa sur le chanfrein, sur la joue.
Moïra l'avait emmenée dans des promenades fantastiques à travers les collines. Elle était le plus merveilleux cadeau que Marine ait jamais reçu, un cadeau de
fiançailles tellement plus extraordinaire qu'une
bague !

— Il s'est endormi, constata Paul à voix basse.

Revenu sans bruit, il regardait sa femme et son fils
avec une évidente nostalgie.

— Assieds-toi un peu, répondit-elle sur le même
ton. On ira le coucher tout à l'heure…

Il s'installa en silence à côté d'eux. Son tee-shirt
était sale, une barbe naissante ombrait ses joues. De
nouveau, Marine eut envie de le toucher, de le voir
sourire.

— J'ai pensé à quelque chose, déclara-t-il en
appuyant sa tête contre le mur, derrière lui.

La jument s'agita un peu, replia un antérieur et
commença à se relever. Une fois debout, elle s'ébroua.

— Tu reviens de loin, toi…

La voix de Paul exprimait une telle tendresse que
Marine faillit lui prendre la main, mais elle s'en
abstint. Ils observèrent Moïra un moment, aussi émus
l'un que l'autre.

— À quoi as-tu pensé ? demanda enfin Marine.

— Je crois que nous devrions… divorcer.

Elle s'y attendait si peu qu'elle eut l'impression de recevoir une claque.

— Nous sommes dans une situation vraiment ridicule, pour nous et pour toute la famille. Mieux vaut que les choses soient claires, au moins vis-à-vis de Baptiste. Et je suppose que tu aspires à la liberté… En tout cas, ce sera moins pénible pour moi.

Atterrée par le désastre qu'elle avait provoqué, Marine ne sut que hocher la tête sans dire un mot.

— Si, affirma Raphaël, mon père était fou de rage en apprenant que ce type, qui devait signer une grosse commande chez nous, a finalement préféré les vasques de ton frère ! plus originales, d'après lui !

Il se mit à rire, comme s'il se réjouissait de la déconvenue de son père.

— Antoine a un bel avenir devant lui, ajouta-t-il. D'abord parce qu'il a du talent, ensuite parce que certains clients préféreront toujours avoir affaire à un artisan plutôt qu'à une entreprise industrielle. Haute couture et prêt-à-porter !

De son transat, Sophie lui adressa un sourire reconnaissant. Non seulement il ne prenait pas le parti de la société Bresson – dont il hériterait pourtant un jour –, mais il reconnaissait les qualités d'Antoine et prédisait sa réussite.

— Ton père doit le voir d'un mauvais œil, non ? s'enquit Arnaud.

— Et alors ? Il n'a pas le monopole de la céramique en Provence, il finira par se faire une raison !

Même sous le parasol, la chaleur était étouffante pour sept heures du soir. Rentré d'Aix cinq minutes plus tôt, Arnaud avait trouvé sa femme lancée dans une grande discussion avec Raphaël qui la pressait de retravailler. Un excellent conseil, qu'il n'aurait pas osé donner lui-même, mais Sophie avait besoin de se changer les idées, d'oublier son obsession du corbeau, dont elle redoutait chaque matin de recevoir une nouvelle lettre. Les dossiers contentieux de Bresson constitueraient un premier pas facile, franchi d'autant plus aisément qu'elle appréciait la compagnie de Raphaël.

— Je vais mettre un maillot et je vous rejoins ! leur lança Arnaud pour les laisser bavarder tranquillement.

Dans la bastide, il croisa Romain qui sortait de la cuisine et qui l'apostropha :

— Emma nous a apporté de la vraie bouffe, on va enfin se régaler ce soir ! Depuis le temps qu'on se tape des surgelés…

— Emma ? Ici ?

— Oui, mais Sophie n'a pas voulu la voir et je crois qu'elle en a eu de la peine… Bon, je vais faire mes devoirs.

Traînant les pieds, il se dirigea vers l'escalier et Arnaud eut pitié de lui.

— Tu ne veux pas d'abord piquer une tête dans l'eau avec moi ?

— Il est toujours là, Bresson ? Alors, c'est non. Ce mec me sort par les yeux. Il vient squatter un jour sur deux, j'en ai marre.

— C'est le meilleur ami de Sophie, protesta Arnaud, et tu sais qu'elle a besoin d'être entourée, de…

— Il ne l'entoure pas, il la dévore des yeux ! T'es aveugle ou quoi, papa ?

Amusé, Arnaud haussa les épaules. Il ne s'était jamais senti jaloux de Raphaël, sachant exactement ce que sa femme pensait de ce genre de play-boy. Du palier du premier étage, Romain lui cria encore :

— Agathe ne rentrera pas avant huit heures et demie, elle est avec Marie-Angèle !

— Encore ?

— Elle prépare son baptême, tu sais bien.

Romain n'avait mis aucune ironie dans sa phrase, et Arnaud espéra qu'il ne serait pas gagné à son tour par cette extravagance qui précipitait sa fille dans la foi chrétienne. Peut-être avait-il eu tort de les élever sans rien leur expliquer de la religion, un domaine négligé parce qu'il ne possédait lui-même aucune croyance. Devait-il s'intéresser de près à cette histoire de baptême ? Avoir une vraie conversation avec Agathe ? Peut-être s'occupait-il trop de sa femme, de ses plaidoiries, et pas assez de ses enfants.

Songeur, il entra dans sa chambre et, tout en se déshabillant, jeta un coup d'œil par la fenêtre. En bas, Sophie et Raphaël s'étaient mis à l'eau sans l'attendre et chahutaient comme des gamins. Il entendit le rire de sa femme qui se mêlait à la voix grave du jeune homme. Car Raphaël était beaucoup plus jeune que lui, et sans doute infiniment plus séduisant. Un regard machinal vers la glace en pied lui fit prendre conscience qu'il se laissait un peu aller. À force de vivre en costume-cravate, sa peau était vraiment trop blanche, et les plats surgelés tout prêts évoqués par Romain l'avaient fait légèrement grossir. Mais, même s'il perdait cinq kilos et s'obligeait à cuire au soleil pour bronzer, il ne retrouverait pas sa jeunesse. Sophie prétendait être rassurée par son âge, son expérience, et elle répétait qu'il lui plaisait tel qu'il était. Devait-il la croire ?

« T'es aveugle ou quoi, papa ? » La phrase de son fils lui revint en mémoire et il se rapprocha de la fenêtre. Raphaël était probablement amoureux de Sophie, la meilleure preuve en était qu'on ne lui connaissait pas de petite amie. Cependant, cette attirance n'impliquait pas la réciproque. Arnaud le vit soulever sa femme par la taille, la jeter dans l'eau, et de nouveau il les entendit rire. Que Sophie retrouve sa joie de vivre était ce qu'il souhaitait par-dessus tout, alors si Raphaël y contribuait, tant mieux. Il aimait trop sa femme pour la priver de ses amis en faisant le vide autour d'elle.

— Ces soirées ont un succès fou, mon chiffre d'affaires a grimpé en flèche, où est donc le problème ? demanda Emma d'un air faussement innocent.

Agacé par sa mauvaise foi, Antoine haussa les épaules.

— Et tu vas garder Gloria jusqu'à quand ?

— Je n'en sais rien. Tant qu'elle voudra… Elle paie sa chambre, elle m'aide à tenir le bar, elle a redonné un coup de jeune aux *Tilleuls*, je ne suis pas pressée de la voir partir !

— C'est insupportable de la savoir ici, grogna-t-il.

— Pourquoi donc ? Si tu t'étais montré plus honnête avec elle, peut-être serait-elle restée au Brésil ! Mais tu es parti de là-bas sans rien lui dire de précis, et quand elle t'a téléphoné tu n'as pas pris la peine de la décourager.

— Maman !

— Regarde les choses en face, Antoine. Tu as trente-cinq ans, et tout ce que tu trouves à faire, c'est prendre la femme de ton frère.

— Nous y voilà…

— Il faut bien que quelqu'un te le dise !

Lui tournant le dos, Antoine acheva d'installer les jarres qu'il avait apportées. Tout ce qu'il mettait en exposition aux *Tilleuls* était immanquablement acheté par l'un des clients de ces soirées « exotiques » qui attiraient de plus en plus de monde. L'ambiance bon enfant, la personnalité de Gloria et sa cuisine pimentée, ainsi qu'une musique très bien choisie en justifiaient le succès.

— Sophie m'a suggéré de porter plainte contre Richard Bresson, annonça-t-il pour changer de sujet.

— C'est une très mauvaise idée : ce sera le pot de terre contre le pot de fer. Sophie veut toujours tout régler avec le code pénal, et elle a oublié ce qu'était la vie d'un village… Je te rappelle que Richard est maire.

— Tu as peur qu'il te retire ta licence ? Qu'il décrète un couvre-feu ? Tu devrais être scandalisée qu'il ait piqué les idées de papa !

Au lieu de répondre, Emma désigna l'une des jarres.

— Celle-là est de toi ? Pas de ton père ? Eh bien, même si je n'y connais rien, je la trouve fantastique. Tu n'as pas besoin de remuer encore et toujours le passé, Antoine.

— Vous parlez du passé ? interrogea Gloria.

Elle venait d'apparaître sur la terrasse, superbe dans une robe courte et moulante, au décolleté plongeant.

— Je comprends mieux pourquoi les gens se bousculent, ironisa Antoine.

— Tu me trouves bien comme ça ? Tu aimes ?

Elle esquissa deux pas de danse, et il s'aperçut qu'il avait du mal à détacher d'elle son regard. Avec autant de naturel que d'aplomb, elle pouvait se montrer d'une affolante sensualité.

— Tu sais, Tonio, ça fait plaisir de te voir, tu ne passes jamais…

Avant qu'il ait le temps de réagir, elle lui mit les bras autour du cou et l'embrassa au coin des lèvres.

— S'il te plaît, Gloria.

Il l'écarta sans conviction, et elle éclata de rire.

— Je sais à quoi tu penses, ne me dis pas le contraire !

— Je pense que j'aimerais te savoir loin d'ici, articula-t-il en se forçant.

— Pourquoi ? Tu as peur de craquer ?

Discrètement, Emma s'éloigna, comme pour les laisser seuls, ce qui fit réagir Antoine. Il rafla les clefs de son 4 × 4, qu'il avait posées sur une table, et quitta la terrasse à grandes enjambées. Les efforts de Gloria pour le reconquérir l'énervaient d'autant plus qu'il n'y était pas insensible. Comment résister sereinement à une fille pareille ? Il avait d'elle des souvenirs précis, intimes, auxquels il préférait ne pas penser. À Santos, il s'était presque cru amoureux d'elle, de son corps parfait, de sa tendresse, mais là-bas il était trop obnubilé par son désir de rentrer en France pour parvenir à s'attacher.

Il se glissa au volant de sa voiture et démarra en évitant de regarder vers la terrasse des *Tilleuls*. Qu'espérait donc sa mère ? Croyait-elle vraiment qu'il renoncerait à Marine ? Il en était incapable !

Sans même s'en apercevoir, il avait pris la route d'Apt. Songer à Marine le rendait nerveux. Depuis quelques jours, il la trouvait distante et distraite, silencieuse, triste. Elle répondait à ses questions de manière évasive et il avait fini par renoncer à l'interroger. Même lorsqu'elle était rentrée à l'aube, quelques jours plus tôt, en lui racontant une histoire de cheval malade. Leur liaison adultère devait lui peser, ce n'était pas le genre de femme à pouvoir supporter longtemps une situation pareille.

Quand il se gara sur le parking de l'hôpital, la chaleur était accablante. Depuis plusieurs semaines il n'y avait pas eu une seule goutte d'eau, même pas un de ces orages d'été qui éclatent sur la montagne du Lubéron et rafraîchissent un peu la terre. Paul devait connaître de gros soucis d'arrosage dans sa pépinière. Était-ce pour lui que Marine s'angoissait ?

Antoine grimpa directement à l'étage de médecine générale et alla frapper au poste des infirmières, mais Marine était partie déjeuner. Une aide-soignante lui indiqua le chemin de la cafétéria réservée au personnel, où il découvrit la jeune femme attablée seule, à l'écart, chipotant devant une salade de crudités.

— J'avais envie de te voir, je ne pouvais pas attendre ce soir, déclara-t-il en s'installant face à elle.

Le sourire qu'elle lui adressa n'était pas très convaincu, et brusquement il éprouva un sentiment de peur. Était-elle en train de s'éloigner de lui ? De regretter ? Elle l'avait attendu pendant qu'il croupissait en prison, elle criait de plaisir dans ses bras chaque nuit, et pourtant, en la regardant, il était bien obligé de constater qu'elle n'avait pas l'air d'une femme heureuse. Loin de là.

— Marine, je voulais te dire quelque chose d'important. J'aimerais qu'on se marie, toi et moi.

Comme elle le considérait, les yeux ronds, il s'empressa d'ajouter :

— Oui, je sais, il faut d'abord que tu divorces, mais ça peut aller très vite si Paul accepte.

— Il acceptera…

— Alors c'est parfait, épouse-moi.

— Parfait ? répéta-t-elle lentement. Tu trouves ?

Sa manière de le dévisager avec insistance le mit un peu mal à l'aise.

— Si tu désires prendre Baptiste avec toi, je n'y verrai aucun inconvénient.

— Non, Paul aime trop son fils, je ne lui ferai jamais ça.

— Et à moi, tu me ferais des enfants ?

Il prit sa main et la serra, sans la quitter des yeux.

— Dis-moi oui, Marine, je t'en supplie… Tu es la femme de ma vie, je ne veux pas te perdre une seconde fois.

Il avait réussi à la toucher, il la vit se décomposer.

— Antoine, je… je ne sais plus où j'en suis, avoua-t-elle d'une voix étranglée.

Elle retira sa main, croisa les bras et baissa la tête pour fuir son regard. Un silence insupportable s'installa entre eux et se prolongea, jusqu'à ce qu'Antoine se décide à se lever. Durant une ou deux minutes, il patienta encore, debout à côté de la table, espérant un geste ou un mot. Lorsqu'il s'éloigna enfin, elle ne fit rien pour le retenir.

Tout l'après-midi et toute la soirée, Antoine travailla rageusement. Il s'acharna sur sa planche à dessin, puis sur son tour de potier, recommençant les mêmes choses dix fois sans arriver à rien. Ruisselant de sueur au milieu des fours, il essayait en vain d'oublier la scène qu'il avait eu la bêtise de provoquer. Dans la poche de sa chemise, son téléphone portable restait désespérément muet.

À onze heures, n'y tenant plus, il quitta l'atelier et descendit à Cucuron. Marine pouvait avoir une bonne raison de ne pas être rentrée, mais pourquoi ne l'appelait-elle pas ? Si Baptiste était malade, ou si elle avait décidé au dernier moment de prendre une garde de nuit à la place d'une collègue, ou n'importe quoi d'autre, il voulait le savoir. La seule chose qu'il n'envisageait pas était qu'elle soit allée se réconcilier avec Paul. Il ne souhaitait pas de mal à son frère, néanmoins il le voyait toujours comme son rival et se sentait prêt à se battre de nouveau si nécessaire.

Il faillit pousser jusqu'au mas, mais il fit demi-tour à moins d'un kilomètre. Harceler Marine ne servirait à rien, et si elle avait un problème avec son fils, elle risquait de très mal prendre son intrusion.

Finalement, il s'arrêta sur la place, devant les *Tilleuls*. Le café était fermé, toutefois, en passant par-derrière, il vit de la lumière dans la cuisine. Sa mère se couchait assez tard et elle serait sûrement ravie de lui offrir quelque chose à manger. Il n'avait rien avalé depuis son petit déjeuner et il s'aperçut qu'il était mort de faim.

Lorsqu'il entra, ce ne fut pas Emma qu'il trouva mais Gloria. Le bruit de la porte avait dû l'effrayer car elle se retourna d'un bloc, brandissant un long couteau de cuisine.

— Du calme ! dit-il avec un petit sourire ironique.

— Tu es fou d'arriver comme ça ?

Elle était en nage d'être restée devant les fourneaux, son tee-shirt plaqué sur elle et ses longs cheveux relevés par une grosse pince dorée.

— J'aurais pu te tuer ! Je devrais, d'ailleurs...

— Où est maman ?

— Oh, tu es trop craquant quand tu dis ce mot ! *Maman.* Tu parles d'un grand gosse ! Ta mère est dans sa chambre, mais je ne te conseille pas d'aller la déranger, Simon est avec elle.

D'un air gourmand, elle lui adressa un clin d'œil appuyé qu'il ignora.

— Et toi ? insista-t-elle. Marine travaille et tu t'embêtes ? Tu cherches de la distraction ?

— J'avais faim, c'est tout.

— Alors tu tombes bien, j'essaie une recette. Viens sentir.

Il la rejoignit tandis qu'elle soulevait le couvercle d'une cocotte. Une délicieuse odeur de tomate, de basilic et d'oignons rissolés le fit saliver.

— Je peux goûter ?

Elle se tourna vers lui et ils se retrouvèrent l'un contre l'autre.

— Goûter à quoi, chéri ?

Délicatement, elle lui présenta une cuillère en bois, le laissa avaler une bouchée, puis elle l'embrassa.

— Non, Gloria, protesta-t-il d'une voix mal assurée.

Collée à lui, elle passa une main sous sa chemise et il tressaillit.

— Ne sois pas si bête, laisse-toi faire...

Elle chuchotait, la bouche près de son oreille, et lorsqu'elle toucha la ceinture du jean il cessa de lutter.

L'accident avait été signalé par un automobiliste et les pompiers arrivèrent sur les lieux en même temps que les gendarmes. La Mercedes gisait en contrebas de la route, renversée sur le toit. À l'intérieur, Régis Cantel n'avait pas survécu au choc malgré l'airbag car il ne portait pas sa ceinture de sécurité.

Pour Lucien Sorgue, ce décès présentait fatalement quelque chose de louche, et il devinait que le juge Herrero allait sauter au plafond. Des trois anciens associés du *Stax*, seul survivait Antoine Soubeyrand après deux morts violentes. Qu'en déduire ?

Interrogé en premier par Lucien, Antoine ne put fournir aucun alibi, et au bout du compte ce fut la Brésilienne récemment installée aux *Tilleuls* qui débarqua à la gendarmerie pour témoigner. Elle affirma qu'Antoine, à l'heure de l'accident, était avec elle, dans sa chambre. La sincérité de sa déposition semblait si évidente que Lucien la crut, même s'il ne comprenait plus rien aux agissements des Soubeyrand. La liaison adultère de Marine avec Antoine alimentait les conversations des habitants de Cucuron depuis des semaines, or voilà qu'une autre femme se mêlait soudain à l'histoire pour l'embrouiller davantage ! Entendue à son tour, Marine prétendit ignorer les frasques de son amant, et Sorgue, exaspéré, décida qu'il aurait tout le monde à l'œil en attendant les ordres du juge ainsi que l'expertise de la Mercedes. Mais, d'ores et déjà, il avait pu remarquer, lorsqu'on avait treuillé l'épave hors du ravin, que le pare-chocs arrière, enfoncé, portait des traces de peinture.

Quant aux employés de Régis Cantel, questionnés l'un après l'autre, ils livrèrent une information surprenante en déclarant que Paul Soubeyrand était venu menacer leur patron armé d'un fusil.

Sorgue était assez avisé pour savoir que le dossier Labaume n'avait été fermé qu'à contrecœur par le juge Herrero et que celui-ci s'empresserait de le rouvrir. Le mystère du corbeau demeurait, Cantel n'était sans doute pas sorti de la route tout seul, et curieusement, une nouvelle fois, toutes les pistes conduisaient aux Soubeyrand.

Avec un peu de nostalgie, et aussi une certaine dose d'humour noir, le capitaine de gendarmerie finissait par penser qu'il avait peut-être eu de la chance. S'il avait regretté, à une certaine époque, que Simon le devance en faisant la cour à Emma, il se sentait plus tranquille aujourd'hui de ne pas partager la vie de cette maîtresse femme. Certes, il la trouvait toujours belle et l'admirait, mais elle se débattait à la tête d'un clan vraiment impossible à gérer.

— Il s'est tué cette nuit ? répéta Sophie, hébétée.

— Ou on l'a tué, les gendarmes ont l'air de le croire et l'enquête le précisera.

Elle planta son regard dans celui de Raphaël pour s'assurer qu'il ne s'agissait pas de l'une de ces plaisanteries dont il avait le secret.

— Bon, soupira-t-il, on ne va pas le pleurer, ce n'était pas un ange.

— Mais tu te rends compte ? articula-t-elle d'une voix blanche.

L'idée d'un nouveau meurtre la soulevait de dégoût. Elle regarda les dossiers étalés devant elle sans les voir. Le cauchemar ne cesserait donc jamais ? Depuis le début de la semaine, elle avait recommencé à travailler, finalement assez heureuse de retrouver son bureau, au cabinet, ou même les couloirs du palais de justice. Son métier était pour elle un refuge, le moyen d'oublier qu'un fou la guettait peut-être quelque part, et dans son rôle d'avocate elle se sentait plus forte.

— Tu devrais te réjouir, poursuivit Raphaël. Si c'était bien Cantel le corbeau, tu auras enfin la paix…

Il affichait un sourire rassurant mais elle se leva d'un bond, renversant son fauteuil.

— Si quelqu'un l'a tué, je sais qui c'est !

Son angoisse dut se transmettre à Raphaël car elle le vit blêmir et changer d'expression.

— Calme-toi, dit-il en se dressant lui aussi. Tu ne sais absolument rien…

— Si ! Ma mère est capable de tout, surtout du pire ! Elle a toujours fait faire n'importe quoi à mes frères, elle les tient à sa botte et les manipule. Elle est folle, Raphaël, complètement folle !

— Ta mère ? répéta-t-il d'un air stupéfait.

Puis soudain, de façon incongrue, il se mit à rire. Il contourna le bureau et vint la prendre par les épaules, d'un geste très doux.

— Arrête de crier, tu vas faire peur à ta secrétaire… Je ne crois pas qu'Emma soit mêlée à ce meurtre…

Elle se laissa aller une seconde contre son épaule tandis qu'il lui caressait les cheveux. En l'absence d'Arnaud, parti plaider à Marseille, Raphaël était le seul capable de la rassurer.

— On va aller déjeuner tous les deux, dit-il. Je t'invite au *Clos de la Violette*, on mangera des sablés de langoustines. Tu as besoin de te détendre, ma Sophie. Pourquoi ton mari s'occupe-t-il si mal de toi ?

Elle ne l'écoutait pas, toujours affolée à l'idée qu'un de ses frères soit responsable de la mort de Cantel. Durant des années, chaque fois qu'elle avait pensé à Antoine, exilé au Brésil par sa faute, elle s'était sentie écrasée par la culpabilité. Mais à présent c'était fini : elle ne laisserait plus personne gâcher sa vie et ne se voilerait plus la face. Si dure que puisse être la vérité, elle voulait la connaître. Et tout de suite, pas dans quelques mois sur le fauteuil d'un psychiatre.

— Je rentre à Cucuron, décida-t-elle.

— Non, reste avec moi !

— Lâche-moi, Raphaël.

De toute façon, elle ne pouvait pas continuer à fuir sa mère, elle devait l'affronter. Elle se dégagea de l'étreinte trop affectueuse de Raphaël et le poussa vers la porte, raflant son sac au passage.

— On déjeunera ensemble demain si tu veux, promit-elle avant de l'abandonner sur le trottoir.

Elle courut jusqu'à sa voiture et démarra en trombe. Plus déterminée qu'elle ne l'avait jamais été ces derniers mois, elle se sentait revivre malgré son angoisse. Pourquoi s'abritait-elle toujours derrière Arnaud ou Raphaël ? Dans son enfance, déjà, ses frères étaient comme un rempart autour d'elle. N'était-il pas temps qu'elle cesse d'être la *petite* Sophie ?

Aux *Tilleuls*, elle fonça jusqu'à la chambre de sa mère, qu'elle découvrit en pleine discussion avec Marie-Angèle.

— Vous parlez de quoi ? leur lança-t-elle en entrant. De la mort de Régis, je suppose ?

Emma, saisie de la voir là, resta d'abord sans réaction, et ce fut Marie-Angèle qui répondit, d'un ton conciliant :

— Non, pas du tout. Ta mère pense à louer des chambres, alors on fait des projets. Il y a celle de Mamette, celle qu'occupe Gloria pour l'instant, et puis deux autres qu'on pourrait rénover mais...

— Je m'en fous ! hurla Sophie.

Elle fit deux pas pour se planter devant sa mère.

— Ce que je veux savoir, c'est si tu as mis mes frères dans le coup... Si c'est encore une de tes idées tordues !

— Quoi ?

— Auquel des deux t'es-tu adressée pour finir le travail ?

— De quoi parles-tu ? intervint Marie-Angèle.

Sophie se tourna alors vers sa tante, qu'elle dévisagea froidement.

— Tu es toujours au courant de tout, c'est vrai... Comment justifies-tu ces horreurs vis-à-vis de Dieu ? Le mensonge, le meurtre... Et tout ça pour me protéger, moi ? Mais ça me rend encore plus coupable ! Même si Régis était le corbeau, même si c'était lui le second homme, le complice de Laurent, personne n'avait le droit de le tuer ! Il y a une justice, vous n'avez qu'à vous en servir au lieu de vous croire au-dessus des lois !

Sortant de sa stupeur, Emma s'exclama :

— Tu m'accuses ? Pourquoi ?

— Parce que tu ne peux pas t'empêcher de décider pour les autres. Il y a sept ans, plutôt que d'appeler les gendarmes, tu as voulu qu'on se taise. Tu avais peur du scandale, peur d'être montrée du doigt, ou même peur qu'on ferme ton bistrot !

Malgré sa colère, elle regretta ses derniers mots mais c'était trop tard. Livide, sa mère recula jusqu'au mur où elle s'adossa.

— Le café ? Oh, non, il ne m'importait guère ! Enfin, si… Après tout, nous en vivions, et tu avais tes études à finir, ça coûtait très cher. Mais la question n'est pas là. Je n'avais pas envie que ce soit toi qu'on montre du doigt. Être victime d'un viol, pour certains, c'est comme si on l'avait provoqué. Les gens sont ignobles, je sais de quoi je parle, je les entends à longueur de journée. On t'aurait reproché d'avoir porté une robe trop courte, ou bien soupçonnée d'avoir suivi Labaume avec une idée en tête… Les filles sont des allumeuses, c'est bien connu…

Les yeux pleins de larmes, Emma semblait plus âgée, et soudain presque vulnérable. Elle fit un effort visible pour se reprendre.

— Contrairement à ce que tu crois, Sophie, ce n'est pas uniquement pour toi que j'ai eu peur de prévenir les flics. D'accord, je ne voulais pas qu'on t'interroge, je ne voulais pas qu'on t'examine, tu n'as pas idée de ce qu'on te fait subir dans ces cas-là…

— Qu'est-ce que tu en sais ? coupa Sophie d'une voix cinglante.

Sa mère la toisa avec une expression indéchiffrable avant de lâcher :

— Je suis passée par là avant toi, je l'ai vécu.

Saisie, Sophie resta d'abord la bouche ouverte, puis elle se tourna de nouveau vers Marie-Angèle pour la prendre à témoin de cette énormité.

— Comment ça, « vécu » ? marmonna-t-elle.

D'un simple signe de tête, sa tante acquiesça, confirmant les paroles d'Emma.

— Mais enfin, maman… Tu n'as jamais…

Elle vit sa mère se redresser, serrant ses bras autour d'elle.

— J'aurais dû vous le raconter ?

Avec un sourire amer, Emma balaya cette éventualité.

— S'il y a bien une chose dont je ne veux pas me souvenir… J'avais seize ans, Sophie !

Un brusque silence s'abattit dans la chambre tandis qu'Emma fermait les yeux une seconde, le temps de surmonter l'émotion qui la faisait soudain trembler.

— Je ne souhaite à personne de subir toutes les questions qu'on m'a posées à l'époque. L'air soupçonneux des policiers, du médecin… Même mon père n'y croyait qu'à moitié ! J'étais une fille salie, suspecte, perdue. Pendant des semaines, tout le monde m'a regardée comme une bête curieuse, les gens bien intentionnés chuchotaient, d'autres ricanaient. Finalement, ma famille a préféré déménager. On est venus ici, où nul ne nous connaissait. Deux ans plus tard, quand j'ai rencontré ton père, Mamette m'a conseillé de ne rien lui raconter, mais ce n'était pas la peine, j'avais compris la leçon. De toute façon, je ne voulais plus en parler. Jamais ! À mes enfants moins qu'à quiconque…

Sophie se mordit les lèvres, trop désemparée pour dire quoi que ce soit.

— Alors tu comprends, ma Sophie, en te voyant dans cette cabane, j'ai… j'ai perdu les pédales. L'idée de ce que tu aurais à affronter si on appelait les flics m'était intolérable. J'ai choisi de te protéger comme je ne l'avais pas été, c'est vrai… Sans compter qu'Antoine risquait de passer une partie de sa vie en prison ! Il en sortait, il avait une bonne raison de se venger de Labaume… Qui aurait pu croire à l'homicide involontaire ? J'ai pensé à tout ça, mais est-ce que j'arrivais encore à penser à quelque chose ? J'ai décidé, oui… En cinq minutes, j'ai décidé pour vous parce que tu étais en état de choc, et Antoine aussi. J'ai fait un mauvais choix ? Peut-être. J'espère que tu ne te trouveras jamais devant ce genre de dilemme.

Le visage fermé, elle se dirigea vers la porte, hésita, pivota sur elle-même.

— Je n'ai commandité aucun meurtre, Sophie. Pour répondre à tes questions, non, je n'ai rien demandé d'aussi monstrueux à mes fils. Rien du tout.

Elle sortit en titubant, comme si elle était ivre.

— Maman !

Sophie s'élança à sa suite, mais Marie-Angèle l'arrêta.

— Tout à l'heure. Laisse-lui un peu de temps.

Pendant près d'une minute, elles se dévisagèrent, puis Sophie s'effondra sur le pied du lit.

— Je suis désolée, murmura-t-elle.

— Ne le sois pas. Il fallait crever l'abcès.

— Si seulement j'avais su ! Il y a des années que je la juge mal, que je lui en veux !

La tête dans les mains, Sophie refoula ses larmes. Comment aurait-elle pu deviner que l'horreur vécue entre les mains de Labaume représentait pour sa mère une ignoble répétition de ce qu'elle-même avait subi dans sa jeunesse ?

— Et moi, je croyais que c'était à cause du qu'en-dira-t-on…

Égoïste, injuste, elle n'avait pensé qu'à elle, à sa propre souffrance, sans se poser la moindre question. La peur, la honte, le dégoût, sa mère les avait connus avant elle. Et ce qu'elle avait pris pour de l'autoritarisme n'était en réalité que la conséquence d'une blessure impossible à guérir. À présent, l'affrontement qu'elle venait de provoquer la laissait complètement désemparée. Marie-Angèle s'approcha de sa nièce, lui posa les mains sur les épaules d'un geste tendre et rassurant.

— Ta mère est quelqu'un de bien. Elle a toujours désiré le meilleur pour vous, et elle a tenté de vous le donner. En ce qui concerne Labaume, elle a sûrement eu tort, mais tu comprends à présent pourquoi personne n'est parvenu à la faire changer d'avis… Je suis contente qu'elle t'ait enfin parlé.

Taraudée par le besoin de rejoindre sa mère pour la prendre dans ses bras et se réconcilier avec elle, Sophie essaya de rassembler ses idées. Il faisait très chaud dans la chambre, malgré les persiennes tirées, et elle se sentit soudain au bord du malaise.

— Marie, articula-t-elle lentement, si Cantel a vraiment été poussé dans ce ravin, ce n'était donc pas lui le corbeau ?

— Sans doute pas.

— Alors… qui est-ce ? Qui nous en veut à ce point ?

Le danger était toujours là, plus inquiétant que jamais. L'histoire, qui se répétait, n'aurait-elle jamais de fin ? Existait-il une sorte de malédiction sur la famille Soubeyrand ?

301

— Va-t'en, Gloria, répéta Antoine. Je ne veux pas que tu mettes les pieds ici.

Marine pouvait arriver d'un instant à l'autre et la présence de Gloria ne ferait que compliquer les choses. Déjà, ils n'arrivaient plus à se comprendre, Marine lui échappait chaque jour un peu plus.

— Je suis juste passée t'inviter à la soirée de samedi, plaida la jeune femme. Il y aura le président du club de foot, qui désire absolument te rencontrer : il bave devant tes céramiques chaque fois qu'il vient aux *Tilleuls* !

Indifférente à sa mauvaise humeur, elle ne pouvait s'empêcher de le provoquer, de le poursuivre où qu'il aille, et même jusque chez lui. Il s'en voulait beaucoup de lui avoir cédé, c'était exactement ce qu'il n'aurait pas dû faire avec une femme aussi têtue qu'elle – il s'était mis tout seul dans les ennuis.

— Amène Marine si tu y tiens, ajouta-t-elle d'un ton câlin. Je n'ai plus peur d'elle puisque je te plais toujours…

— Arrête.

— Je ne te plais pas ? C'était bien imité !

Que pouvait-il répondre pour se défendre ? Que le désir n'avait rien à voir avec l'amour ? Elle lui rirait au nez !

— S'il te plaît, Gloria, laisse-moi tranquille.

Parce qu'il l'avait dit sans hargne, d'un ton presque résigné, elle accepta de réenfourcher son vélo.

— Ciao, Tonio ! lança-t-elle gaiement.

Mais c'était trop tard : la voiture de Marine remontait le chemin dans un nuage de poussière et les deux femmes allaient forcément se croiser. Antoine enfouit ses mains dans les poches de son jean et resta où il était, en plein soleil, attendant que Marine l'ait rejoint. À sa façon de claquer la portière, il sut qu'elle était en colère. Elle vint droit sur lui et le toisa des pieds à la tête avant de lâcher :

— Tu pourrais lui donner rendez-vous ailleurs qu'ici !

— Elle est passée pour nous inviter à...

— *Nous* inviter ? Je rêve ! Ne me traite pas comme une idiote, c'est très vexant. Et avant que tu me serves un ramassis de mensonges, je préfère te prévenir : Sorgue a gaffé.

À un moment ou à un autre, elle l'aurait su, de toute façon. Peut-être aurait-il été mieux avisé de le lui dire lui-même, mais il n'en avait pas eu le courage.

— Tu as vraiment couché avec elle ou elle t'a juste servi d'alibi ?

Incapable de soutenir son regard étincelant de fureur, il baissa la tête.

— Je veux une réponse, Antoine. Je veux l'entendre !

Avait-il encore le choix ? Raconter n'importe quoi n'était pas digne d'eux, elle ne le lui pardonnerait pas.

— C'est vrai, admit-il à voix basse.

Relevant les yeux, il fut bouleversé par l'expression de mépris qu'elle ne cherchait pas à dissimuler.

— Tout ça pour en arriver là..., laissa-t-elle tomber.

Elle fit demi-tour, repartit vers sa voiture, et il se précipita derrière elle.

— Attends ! Je ne sais pas ce qui m'a pris. Je suis con, comme tous les mecs, d'accord. Mais ça ne compte pas, c'est toi que j'aime.

— Tu appelles ça de l'amour ? Pas moi. On a fait fausse route, Antoine, on est en train de tout bousiller pour rien. Entre nous deux, c'était juste de l'histoire ancienne, un truc de gamins qu'on aurait dû conserver au rayon des souvenirs.

Les mots de Marine l'atteignirent avec autant de violence que si elle l'avait frappé.

— Non, non ! cria-t-il.

Il tendit la main mais renonça à la toucher. Pourtant, s'il la laissait partir maintenant, il la perdrait, il en avait l'absolue certitude.

— On ne peut pas faire autrement que s'aimer, tu le sais très bien ! J'ai eu tort, je te demande pardon. J'étais complètement déboussolé, tu ne rentrais pas, j'avais peur que tu sois retournée avec Paul et j'en... crevais de jalousie... Je...

Il s'était mis à bafouiller, se sentant impuissant à la convaincre. Il la vit ouvrir sa portière, s'installer résolument au volant. Quand elle leva la tête vers lui, elle affichait un air calme qui acheva de l'anéantir.

— Il fallait que nous écrivions le mot « fin », Antoine. C'est fait.

Même s'il la méritait, la condamnation était pire que prévu.

12

Appuyé sur un coude, Vincent regardait la nuque de Liliane, son dos, le creux de ses reins.

— Tu m'as complètement... tuée ! marmonna-t-elle, le nez dans l'oreiller.

— Tu es sûre ?

Elle se retourna pour le regarder, souriante, les yeux brillants.

— J'avais l'air de simuler ?

— Non...

Il se sentait bien, beaucoup moins amer qu'il ne l'avait craint, et pas vraiment frustré, même s'il ne s'était occupé que de son plaisir à elle. L'excitation qu'il éprouvait, dans sa tête, se transmettait parfois à son corps de manière étrange, intermittente, comme un circuit défaillant, mais ces étincelles recelaient un tel espoir qu'il ne voulait même pas y penser.

— Tu vas être en retard, constata-t-elle d'un ton de regret.

La pendule indiquait déjà neuf heures et il soupira. Pas question d'arriver le dernier au baptême d'Agathe : avec son fauteuil roulant, il ne pouvait pas espérer faire une entrée discrète dans la chapelle.

— Bon, je me dépêche de prendre une douche.

Grâce à l'aménagement de l'appartement, il arrivait à se débrouiller pour mener une vie quasiment normale. Et, pour l'instant, ce « quasiment » lui apparaissait déjà comme un miracle. Il n'avait rien oublié de son réveil à l'hôpital, de son premier jour au centre de rééducation, de ses velléités de suicide, mais ce calvaire était derrière lui : aujourd'hui, il était en train de tomber amoureux et il débordait de projets.

Une heure plus tard, il avait réussi à se laver, se raser, s'habiller seul. Liliane lui avait laissé un mot sur l'oreiller, rappelant qu'elle passerait la journée au salon de coiffure mais qu'elle comptait sur lui pour l'inviter à dîner. Lorsqu'il sortit sur le trottoir, le long duquel Antoine venait de ranger son 4 × 4, Vincent était radieux.

— Je n'ai pas mis les pieds dans une église depuis des lustres, dit-il tandis que son frère l'installait sur le siège passager. Il faut vraiment que ce soit pour faire plaisir à Marie-Angèle ! Et à la petite Agathe, évidemment, même si je trouve un peu dommage qu'elle envisage d'être religieuse… Pas toi ?

— Je m'en fous, répondit Antoine, laconique.

Il avait sa tête des mauvais jours, et Vincent l'observa avec curiosité tandis qu'il s'engageait sur la route du couvent d'Aigues-Blanches.

— Tu as un problème ?

— Un sacré problème, oui ! Marine m'a quitté.

— Oh…

Éberlué, Vincent se garda de tout commentaire. Son affection pour Antoine l'avait empêché de prendre position entre ses deux frères, mais il lui était arrivé de plaindre sincèrement Paul.

— Elle est rentrée chez elle ? se borna-t-il à demander.

— Je ne sais pas.

Antoine conduisait trop vite, les mâchoires crispées, le regard dur.

— Ralentis, lui intima Vincent, j'ai peur.

— Toi ? Tu ne... Oui, bien sûr, excuse-moi.

Il reprit aussitôt une allure normale, parut se détendre un peu.

— Je vais devenir fou si elle retourne avec Paul, avoua-t-il du bout des lèvres.

— Pourquoi ? C'est sa place, Antoine.

Jamais, quelques années plus tôt, Vincent n'aurait émis un tel jugement. Mais, à présent, il voyait les choses différemment.

— Sa place ? répéta son frère, indigné. Parce qu'elle s'est mariée ? Alors elle doit faire son devoir, c'est ça ?

— Non... Juste parce que je crois qu'elle aime Paul pour de bon.

Antoine parut se tasser sur son siège, pourtant il n'essaya pas de prétendre le contraire. Jusqu'à ce qu'ils atteignent le couvent, il resta muré dans un silence hostile.

Emma s'était mise sur son trente et un. Elle voulait faire honneur à sa fille, à ses fils, et surtout à Simon. Depuis qu'ils étaient réconciliés, Simon ne parlait plus de mariage mais l'entourait de sa tendresse, et elle se

307

reposait la question toute seule. À défaut d'une noce en bonne et due forme, pourquoi ne vivraient-ils pas ensemble ? N'était-ce pas un peu ridicule, à la fin, qu'ils dorment chacun de leur côté, lui au-dessus de son garage et elle au-dessus de son café ? Avait-elle vraiment envie de continuer à le voir se relever en pleine nuit ou disparaître à l'aube comme un conspirateur ? Jean Soubeyrand n'était plus qu'une ombre dans ses souvenirs, que voulait-elle donc préserver en maintenant Simon à distance ?

Dans la chapelle du couvent, Emma avait pris place au deuxième rang, juste derrière Sophie, Arnaud et Romain. Simon était à sa gauche, et Marie-Angèle vint s'installer à sa droite. De l'autre côté de l'allée, Paul, Baptiste, Vincent et Antoine étaient là, comme promis, mais l'absence de Marine se remarquait dans cette cérémonie intime et familiale. Se sentait-elle trop coupable pour figurer parmi eux ?

Le prêtre parlait d'une voix monocorde, s'adressant davantage à Agathe qu'à l'assistance. La jeune fille, très recueillie, l'écoutait avec un visage serein, et en la regardant Emma ne pouvait s'empêcher de songer à Marie-Angèle à son âge : la même foi paisible l'avait poussée à prononcer ses vœux, à consacrer sa vie à Dieu et à son prochain. Un chemin dont elle ne s'était jamais écartée, contrairement à elle-même dont l'existence avait été beaucoup plus mouvementée. Des deux sœurs, laquelle avait eu la meilleure part ?

— Agathe, je te baptise au nom du père, du fils et du Saint-Esprit.

À présent, le prêtre faisait couler un peu d'eau bénite sur le front de l'adolescente. Emma se demanda ce qu'Arnaud, complètement athée, pouvait bien éprouver. Curiosité ? Indifférence ? Colère ? Au moins, il n'avait pas cherché à dissuader sa fille de suivre sa voie. Il savait se montrer libéral en ne souhaitant que le bonheur de ceux qu'il aimait, Emma était bien obligée de le reconnaître. Pourquoi donc avait-elle tant de mal à accepter son gendre ? Parce qu'il lui avait « pris » Sophie ? Sa fille, sa petite dernière, celle qu'elle n'avait laissée partir qu'à regret... Sophie décrétée fragile et surprotégée par sa mère, par ses frères... aujourd'hui par son mari lui-même.

Songeuse, Emma laissa errer son regard sur les épaules délicates de la jeune femme, sa taille fine, ses hanches étroites. Qui pouvait bien être celui qui la guettait dans l'ombre, cet inconnu témoin du drame survenu sept ans plus tôt ? La réponse se trouvait forcément dans leur entourage. À Cucuron même ? À Aix ? Tant que cet homme n'aurait pas été identifié, toute la famille continuerait à trembler pour Sophie et à veiller sur elle, l'empêchant de voler de ses propres ailes.

Agathe, en train de se relever, allait quitter son prie-Dieu, et Emma se secoua. Une collation était prévue aux *Tilleuls*, elle devait se dépêcher de partir.

— Laisse-moi passer, il faut que je sorte la première, chuchota-t-elle à Marie-Angèle.

Celle-ci se tourna vers elle, souriante.

— Tu t'es tellement bien tenue que je finissais par me demander si tu n'avais pas une... révélation mystique !

L'humour de sa sœur la prit au dépourvu et faillit la faire éclater de rire dans le silence de la chapelle.

À peu près à la même heure, Nicole Bresson revenait du cimetière. Comme d'habitude, elle était allée déposer des fleurs sur la tombe de son fils aîné, un rituel dont elle ne pourrait jamais se passer. Tant qu'elle penserait à Thibaut, et tant qu'elle se reprocherait sa mort, il ne disparaîtrait pas tout à fait.

La chaleur, toujours aussi accablante, l'avait mise en nage, puis la climatisation de sa voiture l'avait glacée. Arrivée dans son garage, elle se rangea à côté de l'Audi TT de Raphaël, un peu étonnée que son fils soit là à cette heure. Moins il passait de temps à la maison, plus il était content, semblait-il. Et pourtant, il ne faisait pas d'heures supplémentaires dans l'entreprise de son père ! S'il devait un jour se retrouver à la tête de l'affaire, ce serait la faillite garantie. Raphaël était parfois charmant, parfois odieux, mais à coup sûr incapable de diriger quoi que ce fût.

En passant devant l'Audi, Nicole remarqua distraitement le pare-chocs avant, enfoncé sur tout un côté. À force de conduire à tombeau ouvert, Raphaël finirait par détruire cette superbe voiture et par en réclamer une autre.

Sur le point de sortir, elle s'arrêta net. Puis elle se retourna et observa le pare-chocs avec plus d'attention. N'était-il pas question de peinture rouge dans l'article concernant l'accident mortel de Régis Cantel ? Perplexe, elle hésita un moment. Pourquoi Raphaël aurait-il eu un différend avec le patron du *Stax* ? Et pourquoi ne pouvait-elle s'empêcher de le soupçonner, systématiquement, des pires méfaits ?

Elle quitta le garage et gagna la maison, toujours préoccupée. Une fois à l'intérieur, elle appela Raphaël sur tous les tons, sans obtenir de réponse, et finalement elle monta jusqu'à sa chambre. En principe, elle n'y entrait pas, considérant qu'à presque trente ans son fils avait droit à un minimum d'intimité. Elle aurait préféré le voir s'installer ailleurs, mais il n'était apparemment pas pressé de quitter le toit de ses parents. Entre la piscine, le court de tennis, et l'employée qui faisait le ménage tous les jours, pourquoi se serait-il privé d'un tel confort ?

La chambre, immense, était plongée dans la pénombre, mais Raphaël ne s'y trouvait pas. Nicole décida d'ouvrir les volets pour y voir plus clair, puis elle regarda autour d'elle avec intérêt. Un univers typiquement masculin, où des revues automobiles côtoyaient une collection d'armes anciennes, un ordinateur portable dernier cri, un appareil photo numérique. Sur le lit, un livre oublié éveilla sa curiosité parce qu'une photo en dépassait. S'approchant, elle tira sur le coin corné et examina le cliché. Tout de suite, elle reconnut Sophie Rouvier, en train de marcher sur ce qui semblait être le cours Mirabeau, à Aix. Mais la photo avait sans doute été prise à son insu car la jeune femme ne regardait pas l'objectif, la tête penchée, perdue dans ses pensées.

Intriguée, Nicole feuilleta le livre et découvrit une deuxième photo. Sur celle-là, Sophie descendait de sa voiture, sa jupe remontée sur ses cuisses bronzées, l'air pressé.

Une véritable bouffée d'angoisse la submergea, faisant battre son cœur à grands coups affolés. Non, elle ne devait pas, une fois de plus, accabler Raphaël. Même s'il était secrètement amoureux de Sophie, ça ne signifiait rien, après tout ils étaient amis d'enfance. D'ailleurs, ils se voyaient tout le temps !

Justement. Quel besoin avait-il de photographier Sophie sans qu'elle le sache ? D'un pas décidé, Nicole se dirigea vers le bureau de Raphaël dont elle ouvrit les tiroirs l'un après l'autre. Dans l'avant-dernier, sous une pile de documentation informatique, elle trouva d'autres photos, peut-être prises au téléobjectif car Sophie était au bord de sa piscine, chez elle, endormie dans un transat.

Sur le point de refermer le tiroir, Nicole tendit la main vers des journaux qui tapissaient le fond. Du premier quotidien qu'elle déplia s'échappèrent des morceaux à moitié déchirés qu'elle contempla un long moment. Puis, les doigts tremblants, elle extirpa tout le paquet et découvrit, encore incrédule, des brouillons de lettres, des mots découpés et collés sur des feuilles blanches.

— Raphaël, non…

À genoux devant le bureau, elle eut l'impression de s'enfoncer dans la moquette. Elle ne parvenait pas à réaliser pleinement, mais elle avait compris l'essentiel. Que pouvait-elle faire, doux Jésus ? Appeler Richard au bureau ? Il ne lui serait d'aucun secours ! Il n'aimait pas Raphaël, il le tolérait seulement. Comme elle, comme tout le monde, Richard avait lui aussi adoré leur fils aîné, Thibaut, et ne s'était jamais remis de son décès. Raphaël le sentait, le savait, le leur faisait payer chaque jour. Mais ça… Pourquoi en était-il arrivé là ?

Là ? Où donc ? Indéniablement, c'était lui le fameux corbeau dont la presse avait parlé, celui qui envoyait des lettres anonymes, cependant dans quelle mesure était-il mêlé au reste de l'histoire ? Labaume avait été tué de façon involontaire par Antoine Soubeyrand. Quant à l'accident de Régis Cantel…

Bien. Avant tout, il fallait qu'elle sache ce qui était arrivé à l'Audi. Raphaël n'avait mentionné aucun accrochage, mais il ne disait jamais rien. Il croisait ses parents sans les voir, leur rendant leur indifférence au centuple. Sa passion de l'informatique l'avait fait vivre longtemps dans un monde virtuel, et sa passion cachée pour Sophie avait dû l'enfermer dans un univers secret de fantasmes. Hélas ! il semblait être passé à des choses plus concrètes…

Nicole se releva d'un bond, se demandant avec angoisse où il était et ce qu'il faisait à ce moment précis. Pouvait-il vraiment représenter un danger pour Sophie ?

— Bien sûr que oui ! Dépêche-toi, espèce d'idiote !

Fébrile, elle se jeta sur le téléphone et composa le numéro de la bastide des Rouvier. Au bout de huit sonneries, elle obtint le répondeur et raccrocha. Le plus simple était de prévenir Emma. Dans n'importe quelle circonstance, Emma Soubeyrand savait quoi faire, et là il s'agissait de sa fille.

Après une dernière hésitation, Nicole décida de descendre à Cucuron elle-même. Emma était forcément aux *Tilleuls*, elle allait la prendre à part pour lui parler, la situation était trop grave pour être expliquée par téléphone.

— Qu'est-ce que tu fais ici ?

La voix cinglante de Raphaël la fit sursauter et elle faillit crier. Il était entré dans sa chambre sans qu'elle l'entende, sans que rien ne l'avertisse de cette présence silencieuse derrière elle. Il se tenait devant la fenêtre dont elle avait ouvert les volets, à contre-jour, et elle ne distinguait pas son expression.

— Tu fouilles, maman ? Tu as tort !

— Peux-tu m'expliquer ce que tout ça signifie ? parvint-elle à demander. Et d'abord, qu'est-il arrivé à ta voiture ?

— Rien de grave.

Il fit deux pas vers elle et, d'instinct, elle recula, mit le bureau entre eux.

— Je te fais peur ? railla-t-il.

— Écoute-moi, Raphaël... Je crois que tu débloques complètement... Ces photos de Sophie, ces lettres...

— Et alors ? Je l'aime, je n'en ai pas fait un mystère !

— Enfin, ça ne s'appelle pas aimer ! Tu deviens fou ou quoi ?

L'énoncer à voix haute avait quelque chose de si effrayant qu'elle recula encore.

— Dis-moi que tu n'es pour rien dans l'accident de Cantel, chuchota-t-elle.

Elle avait besoin d'en avoir la certitude, ou elle allait se mettre à hurler de terreur.

— Mais on s'en fout ! explosa-t-il. C'était quoi, Régis ? Un petit maître chanteur de rien du tout ! Tu vas le plaindre ? Évidemment ! Tu peux t'apitoyer sur n'importe qui, sauf sur moi. Déjà, quand j'étais petit, tu ne me regardais pas, tu vivais les yeux fixés sur Thibaut !

— Ne parle pas de ton frère, tu mélanges tout...

— Oh, je n'ai même plus le droit de prononcer son prénom ? Bientôt, ce sera saint Thibaut !

314

Il avança encore, poussa du bout du pied les journaux éparpillés sur la moquette.

— Qu'est-ce que tu vas faire, maintenant, ma pauvre maman ?

Était-il en train de la menacer ? Elle chassa cette idée et parvint à raffermir sa voix pour déclarer :

— Il faut que tu te fasses soigner.

— Ben voyons ! Tu vas m'envoyer chez ce bon Dr Cassard ? Il me mettra sous hypnose et je lui dirai tout ce que je rêve de faire à Sophie ! Là, tu seras déçue, parce que je ne lui veux aucun mal… Je l'aime, simplement. Et je l'aurai, même s'il faut que je détruise cet abruti d'Arnaud, même s'il faut que je te détruise, toi. C'est clair ?

Sa voix était devenue métallique, Nicole eut l'impression d'avoir affaire à un étranger. Elle devait absolument surmonter la peur qu'il lui inspirait, sinon elle serait en danger pour de bon. Avait-il vraiment prétendu qu'il pourrait la *détruire* ? Elle rassembla son courage, contourna le bureau et vint s'arrêter devant lui.

— Tu vas jeter toutes ces saloperies de journaux, et les photos aussi. Peut-être devrais-tu t'éloigner d'ici un moment. Faire un voyage… Tu pourrais nous démarcher des clients à l'étranger ? Il faut que tu oublies Sophie, que tu cesses de la voir…

Comme il ne répondait rien, elle s'enhardit et ramassa deux des photos qu'elle se mit à déchirer. Elle s'aperçut trop tard de ce que ce geste pouvait signifier pour lui.

Sophie haussa les épaules, agacée.

— Non, Arnaud, ce ne serait pas gentil. Il a toujours été là pour moi, chaque fois que j'ai eu besoin de lui !

— Il est quand même un peu collant ! protesta Arnaud. C'est le baptême d'Agathe, tu ne le lui as pas dit ?

— Si, mais il n'avait pas l'air bien du tout, et si je peux l'aider, je dois le faire.

Ils s'étaient mis à l'écart de la famille pour discuter à mi-voix. De l'autre côté du petit jardin des *Tilleuls*, Emma était en train de raconter, entre autres souvenirs de jeunesse, la communion de Marie-Angèle. Vincent riait de bon cœur, donnant de grandes tapes dans le dos de Simon qui était assis à côté de lui. Marie-Angèle feignait d'être scandalisée par les propos de sa sœur, mais elle ne pouvait s'empêcher de sourire.

— Bon, vas-y, soupira Arnaud. Va voir ce qu'il veut, je reste ici.

Sophie se mit sur la pointe des pieds pour lui déposer un baiser au coin des lèvres.

— Je ne serai pas longue. C'est mon meilleur ami, tu sais…

— Je ne risque pas de l'oublier !

Elle se faufila discrètement hors du jardin afin de ne pas troubler la fête. Résigné, Arnaud se rapprocha des autres et s'assit près de Romain. Il finissait par apprécier les Soubeyrand, malgré tous leurs défauts. Au début de son mariage, il avait bien cru qu'il ne parviendrait jamais à supporter sa belle-famille, mais il s'y était habitué. Les réflexions aigres-douces d'Emma, le côté protecteur des trois frères, la bonhomie de Simon, ou même, en son temps, les folies de Mamette : tout cela formait un ensemble indissoluble et chaleureux auquel il appartenait désormais.

Prenant la bouteille de rosé qui se trouvait devant lui, Arnaud se servit un verre, puis se coupa un morceau de gâteau à la nougatine.

— Eh bien, mon gendre, lui lança Emma, on se décontracte un peu ?

Malgré lui, il ébaucha un sourire qu'elle lui rendit aussitôt.

— À la vôtre, dit-elle en levant son verre. Où est passée Sophie ?

— Elle va revenir.

Emma allait ajouter quelque chose, mais son attention fut attirée par Marine qui se tenait à l'entrée du jardin, hésitant à avancer. D'un geste impérieux, elle lui fit signe d'approcher.

— On t'attendait plus tôt !

— J'étais à l'hôpital…

— Viens trinquer avec nous.

En passant près d'Agathe, Marine lui glissa quelque chose dans la main.

— Un petit cadeau de baptême, murmura-t-elle à l'oreille de la jeune fille.

Arnaud surprit le regard hostile qu'échangeaient Paul et Antoine. Vaguement inquiet, il espéra que les deux frères n'allaient pas, une fois encore, s'affronter à cause de Marine.

— Regarde, papa…

Émue, Agathe dépliait entre ses doigts un fin chapelet de nacre. Arnaud adressa un sourire à Marine, tout en se reprochant de ne pas y avoir pensé lui-même. Qu'avait-il offert à sa fille, aujourd'hui ? Une montre ! Le fait d'être athée le rendait-il idiot ?

Timidement, Marine s'arrêta à côté de son mari. Pour se donner une contenance, elle mit ses mains sur les épaules de Baptiste. Paul s'écarta un peu, sur le banc, afin de lui faire une place, et la jeune femme s'assit aussitôt près de lui. Ils avaient l'air un peu crispés, tous les deux, mais ils étaient si touchants qu'Arnaud, par discrétion, cessa de les observer. Il évita aussi de regarder dans la direction d'Antoine, qui venait de se lever.

— On va tous porter un toast à Agathe, décréta Emma fermement.

Essayait-elle d'empêcher Antoine de partir ? Arnaud réprima un sourire, amusé par l'autoritarisme d'Emma. Même si elle commettait beaucoup d'erreurs, cette femme avait une sacrée personnalité.

— Emma ? Emma !

La voix stridente de Nicole Bresson fit cesser les conversations. Avec un bel ensemble, toute la famille se tourna vers la pauvre femme qui traversait le jardin en titubant. Échevelée, un œil à moitié fermé par un énorme hématome qui s'étendait sur la moitié du visage, elle fonça sur Emma.

— Où est ta fille ? Dis-moi où elle est ! hurla-t-elle.

— Sophie n'est pas là, Nicole…

— Oh, mon Dieu !

S'abattant sur l'épaule d'Emma, Nicole éclata en sanglots.

— Monte, je t'expliquerai.

Sophie se glissa sur le siège passager et n'eut que le temps de claquer la portière, déjà Raphaël démarrait sur les chapeaux de roue.

— Tu as des ennuis ? demanda-t-elle en bouclant sa ceinture.

Il ne répondit pas, continuant à conduire extrêmement vite, et il s'engagea sur la route de Lourmarin.

— Où allons-nous ? Tu devrais ralentir un peu, on va se tuer.

— Sûrement ! lâcha-t-il en ricanant.

À la hauteur de Vaugines, il vira brutalement à droite sur un chemin de grande randonnée où l'Audi TT se mit à cahoter. Sophie regarda le paysage, soudain mal à l'aise.

— Je n'aime pas cet endroit et tu le sais très bien ! Fais demi-tour, tu veux ?

— Non. Pour ce que j'ai à te dire, on doit être là, pas ailleurs.

Il semblait dans un tel état de nerfs que Sophie posa une main sur son genou.

— Qu'est-ce que tu as, Raphaël ?

Une seconde, il baissa les yeux, regarda la main de Sophie.

— C'est ma conne de mère, articula-t-il. Si seulement elle ne fourrait pas son nez partout ! Maintenant, foutu pour foutu…

Sa manière de s'exprimer, autant que ses paroles, était de plus en plus étrange. Anxieuse, Sophie voulut retirer sa main mais il la saisit avec brusquerie et la reposa à la même place.

— Écoute, protesta-t-elle, on m'attend aux *Tilleuls*. Je ne veux pas qu'Arnaud s'inquiète, il…

— Arnaud ! Quand vas-tu te décider à plaquer cet abruti ?

Un peu plus loin devant eux, le chemin s'interrompait et Raphaël pila net. Dans un hoquet, le moteur s'éteignit.

— Ne me dis pas que tu l'aimes ! ajouta-t-il d'une voix rageuse.

— Si, d'une certaine manière, je…

— Alors ce n'est pas la bonne. Tu ne préférerais pas que je te montre comment c'est, quand on aime vraiment ?

Sophie ne l'écoutait pas avec assez d'attention, car elle observait les alentours à travers le pare-brise. Elle haïssait ce qu'elle voyait, à flanc de colline : cette cabane de pierres sèches où elle avait cru devenir folle sept ans plus tôt. Raphaël la prit par l'épaule, l'obligeant à se tourner vers lui.

— Sophie, je t'aime à la folie, depuis toujours…

La bouche de Raphaël s'écrasa sur la sienne et elle commença à se débattre. Il lui prit les poignets, les serra trop fort.

— Ne m'oblige pas à te tenir. Même pour Laurent, je ne l'ai pas fait.

— Quoi ?

Incrédule, elle cessa de résister, le scrutant avec horreur.

— Ce n'était pas toi qu'il devait ramener, il avait dit « une fille », et toi, tu étais tout sauf ça ! Je suis arrivé en retard, il avait déjà commencé…

— Arrête ! hurla-t-elle, soudain terrorisée. Pas toi, non !

— Mais tu le savais, tu l'as toujours su !

— Non !

— Je ne t'aurais touchée pour rien au monde. Et si ton frère n'était pas arrivé, c'est moi qui aurais tué Laurent. Avec plaisir.

Les yeux pleins de larmes, elle murmura, d'une voix étranglée :

— Tu pouvais l'en empêcher !

— Tu m'aurais vu. Tu m'aurais détesté.

— Lâche-moi, Raphaël. Je t'en supplie, lâche-moi…

Elle luttait à la fois contre lui et contre la panique qui la submergeait. Il libéra ses poignets, mais pour écarter son chemisier qui se déchira. Étouffant un gémissement, il commença à caresser ses seins, tandis qu'elle tâtonnait pour déboucler sa ceinture de sécurité. Elle l'entendait respirer bruyamment, ses mains courant sur elle. Elle réussit à ouvrir la portière. Quand elle bascula à l'extérieur, il voulut la retenir de force, cependant il était encore attaché et elle parvint à lui échapper.

— Sophie !

Elle se mit à courir comme une folle, droit devant elle, en direction de la cabane. Mais elle ne pourrait pas s'y enfermer, il n'y avait pas de porte, et si elle entrait là-dedans elle serait coincée. Elle bifurqua vers le Mourre-Nègre dont la silhouette s'élevait au loin, à plus de mille mètres d'altitude, majestueux et inaccessible. Sous les semelles de ses petites chaussures trop élégantes, les cailloux de la pente roulaient et elle trébucha. Presque aussitôt, Raphaël fut sur elle.

Arnaud, Paul et Antoine s'étaient levés en même temps, mais Arnaud fut le plus rapide. Il était déjà à la porte du jardin quand Paul lui lança, d'un ton sans réplique :

— Attends-nous, on y va ensemble !

Une seconde, sa main effleura la joue de Marine, comme s'il voulait la rassurer, puis il s'élança à la suite d'Arnaud. Emma tenait toujours Nicole dans ses bras, s'efforçant de la calmer, tandis qu'Agathe se pressait contre Marie-Angèle, folle d'inquiétude pour Sophie et pour son père. Pendant ce temps, Vincent, suspendu au téléphone, essayait de joindre Sorgue à la gendarmerie.

Antoine rattrapa les deux autres sur le trottoir et leur fit signe de monter dans son 4×4 dont il venait de déverrouiller les portières. Il devina la présence de Marine, derrière lui, mais lorsqu'il se tourna il constata qu'elle ne cherchait pas à les accompagner : elle se contentait de regarder Paul qui s'installait à l'arrière. Un regard d'une telle intensité qu'Antoine se sentit trahi.

— Ne t'en fais pas, je te le ramènerai entier ! jeta-t-il entre ses dents.

Il démarra dans un hurlement de pneus et traversa Cucuron en trombe, prenant d'emblée la direction de la bastide des Rouvier. À côté de lui, livide, Arnaud se taisait.

— Tu as une arme, chez toi ? lui demanda-t-il.

— Non, aucune.

Le silence retomba jusqu'à ce qu'ils aient atteint la bastide. La voiture de Sophie était là, désespérément vide, et ils n'eurent besoin que de deux minutes pour vérifier que la maison était déserte.

— Que t'a-t-elle dit exactement, avant de partir ?

— Que Raphaël avait un problème, qu'il avait besoin de la voir.

— Où devait-elle le retrouver ?

— Ici.

Ils remontèrent dans le 4 × 4, mais Antoine ne savait pas de quel côté se diriger. Par acquit de conscience, ils se rendirent à la villa des Bresson, sans y trouver personne.

— Il n'a pas une planque, un truc de célibataire quelque part ? suggéra Paul.

— Pas que je sache, répliqua Antoine, mais ça ne prouve rien. Je croyais le connaître, et je me suis fait avoir, comme tout le monde !

Il enrageait d'avoir été si naïf, si confiant dans l'amitié de Raphaël. Un garçon adorable sous ses airs de fils à papa, serviable, fidèle, drôle, un peu frivole... Voilà le portrait qu'il en aurait brossé jusqu'à cet instant !

— Moi, j'aurais dû comprendre, lâcha Arnaud d'un ton amer. Il était toujours là, omniprésent, accroché à Sophie... Elle disait qu'il était son meilleur ami depuis toujours, et je ne voulais pas avoir l'air bêtement jaloux, alors je feignais de trouver ça normal... Mon fils m'a traité d'aveugle, il avait raison...

— Bon, coupa Antoine, inutile d'épiloguer, il faut qu'on les rattrape.

— Mais où ?

D'un geste exaspéré, Arnaud désigna la vallée, les collines, la montagne au loin. Raphaël pouvait avoir emmené Sophie n'importe où. La main sur le levier de vitesses, Antoine hésita puis se tourna brusquement vers Paul.

— Et si on essayait ? Après tout, il est cinglé !

— Vas-y, ça vaut le coup, répondit son frère.

— Essayer quoi ? De quoi parlez-vous ? s'écria Arnaud.

— De cette foutue cabane !

— Celle où...

— Oui, celle où Laurent approvisionnait toute la région en came, celle où il entraînait les filles, celle où il est mort !

Raphaël pouvait très bien avoir eu l'idée tordue de ramener Sophie à cet endroit maudit. Son Audi risquait de casser sur le chemin pierreux, mais ce n'était sûrement pas le genre de choses qui l'arrêterait. Une heure plus tôt, il n'avait pas hésité à frapper sa mère avec une violence inouïe, il n'était plus dans un état normal. L'avait-il jamais été, depuis sept ans ? Et peut-être même avant. Entre le suicide de son frère et le viol de Sophie, il avait perdu tous ses repères. Antoine se rappelait certaines phrases de Raphaël : « Je suis une potiche. Un second choix. Mon père ne s'est jamais donné la peine de beaucoup m'aimer. » Des confidences qui en disaient long sur son malaise, cependant Antoine n'y avait pas pris garde.

Tout en fonçant sur la route de Lourmarin, il maugréa :

— Pourquoi envoyait-il ces lettres anonymes ?

Mais ni Paul ni Arnaud ne connaissaient la réponse à cette question. Raphaël voulait-il que Sophie n'oublie jamais cette nuit de juillet où elle s'était fait violer ? Tant qu'elle allait mal, qu'elle restait fragile, elle avait besoin de lui. Qu'avait-il pu échafauder, dans sa tête de malade ? Pourquoi, dès le retour d'Antoine, avait-il écrit au juge, désignant le puits de Garbaud qui contenait la dépouille de Labaume ?

Parce que Antoine, en tuant Labaume, l'avait privé de sa vengeance et qu'il souhaitait le punir ? Enfin, s'il était fou amoureux de Sophie, comment avait-il pu supporter de voir Labaume sur elle ? Un fantasme qu'il était incapable de concrétiser seul ?

Presque sans ralentir, Antoine engagea le 4×4 sur le chemin de grande randonnée. Tout au bout, ils distinguèrent la tache rouge de l'Audi au milieu des pierres ocre.

Sophie ne pleurait plus, elle était au-delà de la peur. Quand Raphaël l'avait rattrapée, il tenait à la main un revolver, mais il ne s'en était servi que pour lui donner un coup de crosse, sur la tempe, qui l'avait à moitié assommée.

À présent, elle gisait sur le sol de terre battue, dans la cabane où il l'avait portée, et il était assis à côté d'elle. Hagarde, elle ne cherchait même plus à comprendre les mots qu'il répétait comme une litanie. Il était armé, physiquement plus fort qu'elle, plus rapide et, pire que tout, il était en pleine crise de démence. Seule avec lui dans cette borie perdue au pied de la montagne, que pouvait-elle faire pour s'échapper ? Elle se sentait à bout de résistance, épuisée, choquée, et cependant elle n'éprouvait pas de véritable haine pour Raphaël. Il n'avait pas cessé de lui répéter qu'il l'aimait, le visage ravagé, presque plus désespéré qu'elle.

Sans s'interrompre, il posa une main sur sa cuisse et elle se recroquevilla. Jusque-là, il n'avait pas essayé de la forcer, il s'était contenté de la caresser avec maladresse sans cesser de lui parler.

— On va partir tous les deux, ma Sophie… Je peux t'emmener au bout du monde ! Tu voudrais ?

De la main droite, qui tenait toujours le revolver, il effleura ses cheveux, ses épaules nues sur lesquelles pendait le chemisier déchiré.

— Nous n'irons nulle part, Raphaël, articula-t-elle dans un souffle.

Elle ne protestait plus que machinalement, le sachant hors d'atteinte.

— Si on meurt ensemble, ce sera le plus beau des voyages, affirma-t-il d'une voix exaltée.

Il était tout à fait capable de la tuer d'abord et de se mettre une balle dans la tête ensuite. C'était peut-être sa conception de l'amour, et puis il n'avait plus d'autre choix. Les yeux baissés vers elle, il la scrutait comme s'il attendait une réponse. Ses traits, familiers, semblaient déformés, tandis que son regard demeurait étrangement fixe.

— Raphaël…, gémit-elle.

Avait-elle pitié de lui ? Était-ce possible ? Elle ferma les paupières pour ne plus le voir.

— Labaume était un porc, tu ne méritais pas ça, ma Sophie… Mais, moi tout seul, je n'aurais jamais osé. Tu comprends ?

Aurait-elle pu deviner quelque chose ? Pendant sept ans, elle n'avait cherché qu'à oublier, effacer, et Raphaël avait été pour elle comme un frère supplémentaire, un rempart de plus. Pas une seule fois elle n'avait eu conscience du danger qu'il représentait, malgré ses déclarations ambiguës. Avait-elle joué avec le feu sans le savoir ?

— Tu m'aimes aussi, chuchota-t-il en l'embrassant. Maintenant, plus personne ne nous séparera.

Elle n'avait plus la force de le repousser, mais soudain il s'écarta de lui-même et se redressa, aux aguets. Puis il se leva d'un bond, la saisissant par la taille et l'obligeant à se mettre debout aussi. Il la traîna vers une petite ouverture, entre les pierres sèches.

— Les voilà…

Il ne la lâcha qu'une seconde, le temps d'armer le chien du revolver, avant de la plaquer à nouveau contre lui.

— Tu ne sentiras rien, je te le jure, bredouilla-t-il.

Le canon s'enfonça douloureusement entre les côtes de Sophie, sous son sein gauche.

— Non, non ! hurla-t-elle. Ne fais pas ça !

Une vague de terreur la prit à la gorge et elle se suspendit au cou de Raphaël.

— Je ne veux pas mourir ! Je t'en supplie, lâche-moi !

Elle eut à peine conscience d'un bruit de voix, au-dehors. Ni son mari ni ses frères ne pourraient être assez rapides pour la sauver. Alors elle fit la seule chose qui lui parut possible : elle serra le visage de Raphaël dans ses mains, affronta en face le regard halluciné.

— Je ne veux pas, répéta-t-elle tout bas. Tu m'entends, Raphaël ? Tu ne vas pas me tuer, ni me faire mal, j'ai confiance en toi.

C'était à la fois absurde et vrai, mais elle n'avait pas le temps d'y réfléchir.

— Eux vont m'abattre, dit-il tristement.

Il fronça les sourcils, secoua la tête, puis il serra Sophie plus fort, le revolver toujours entre eux. Antoine entra le premier, s'arrêta net.

— Lâche-la, Raphaël !

— Ne bouge pas, reste où tu es ! cria Sophie à son frère.

Antoine comprit tout de suite et, tendant le bras, il empêcha Arnaud et Paul de pénétrer à leur tour dans la cabane.

— Allez, lâche-la, répéta-t-il seulement.

La chaleur était insupportable à l'intérieur, Sophie ruisselait de sueur entre les bras de Raphaël qui la tenait comme dans un étau.

— Viens la chercher, ça fera deux fois que tu la sauves ! cracha Raphaël d'une voix aiguë.

— Tu as fait assez de dégâts comme ça, libère-la.

Un bruit de moteur, nettement perceptible, fit tressaillir Raphaël.

— Tu attends des renforts, Antoine ? Tu as ameuté la cavalerie ? Je n'ai que six balles, mais crois-moi, c'est quatre de trop !

Sophie réalisa qu'il était en train de prendre peur et qu'il allait devenir incontrôlable. Au lieu de résister encore, elle se laissa aller contre lui.

— Arrête tant qu'il en est temps, Raphaël, je t'en prie... Personne ne souhaite t'abattre, on te soignera, je serai là... S'il te plaît...

Elle sentit l'arme bouger et la déflagration fut assourdissante.

— Faites directement le chèque au nom d'Antoine Soubeyrand, indiqua Gloria.

Très satisfaite, elle regarda le client inscrire la somme et signer. Antoine serait surpris du prix qu'elle avait exigé pour cette paire de vases Médicis bleu canard, mais il ne devait pas sous-estimer son talent. D'autant plus que la saison touristique s'achevait.

L'automne était déjà là, même si la canicule persistait. Bientôt, Cucuron serait déserté par les derniers vacanciers. Pourtant, Gloria était certaine que les gens n'hésiteraient pas à venir de loin pour visiter l'atelier d'Antoine. Il suffisait d'avoir quelques bonnes idées pour la promotion, et Gloria ne manquait jamais d'idées.

Richard Bresson avait démissionné de ses fonctions de maire, et il se désintéressait de son affaire de céramiques. Il était allé voir Antoine, faisant amende honorable au sujet de Jean Soubeyrand et prêt à proposer son aide sous n'importe quelle forme – c'était un homme différent, depuis le drame. Raphaël, interné à Marseille dans un hôpital pénitentiaire, refusait obstinément de le voir, n'acceptant aucune visite hormis celles de Sophie.

Emma ne parvenait pas à comprendre comment sa fille supportait de se retrouver en face de l'homme qui avait gâché sa vie – leurs vies à tous – durant plus de sept ans. Sourde à ses questions, Sophie refusait d'abandonner tout à fait Raphaël. Arnaud semblait l'approuver, puisqu'il avait pris la peine de convaincre l'un de ses plus brillants confrères d'être le défenseur de Raphaël. Qu'il soit déclaré irresponsable et remis aux mains des psychiatres ou condamné par la justice, Raphaël allait devoir répondre du meurtre de Régis Cantel, ainsi que de sa complicité lors du viol de Sophie en 1996.

L'affaire Labaume était close, l'existence pouvait reprendre un cours normal chez les Soubeyrand, pourtant, rien ne serait plus jamais pareil, ils le savaient tous.

Sophie, plus que les autres, s'était transformée. Lorsqu'elle avait réalisé, dans la cabane de pierres sèches, que malgré l'arrivée de ses frères et de son mari son sort ne dépendait que d'elle-même, elle s'était libérée de tout ce qui l'entravait jusque-là. Raphaël, en tournant son arme contre lui-même, l'avait délivrée du passé et lui avait permis de pardonner. À la fin du mois d'octobre, elle découvrit qu'elle était enceinte.

Vincent ne parlait à personne de l'espoir insensé qui l'animait chaque jour davantage. Des signes tangibles de sensibilité traversaient régulièrement sa jambe droite, et il avait pris rendez-vous avec un neurologue de grand renom, à Paris. Il s'interdisait de rêver, mais il ne pouvait s'empêcher d'y croire et, d'avance, il était prêt à toutes les batailles pour obtenir une amélioration de son état, si infime soit-elle. Son accident lui avait appris la patience et, depuis, Liliane lui apprenait l'amour.

Paul veillait sur Marine, comblé par son retour inattendu. Sans la moindre rancune, il lui avait ouvert toute grande la porte de leur mas. Qu'elle l'ait délibérément préféré, alors qu'elle avait retrouvé Antoine, n'en finissait pas de le surprendre et de l'émerveiller. Dans la rivalité cruelle qui l'avait opposé à son frère aîné, jamais il n'aurait pu s'imaginer vainqueur. Plus amoureux qu'au premier jour, il savourait un bonheur dont lui seul connaissait le prix.

Antoine, contraint de s'incliner devant la décision de Marine, s'était longuement interrogé. Dix fois, il avait failli partir, quitter la Provence et tenter une autre aventure. Mais, au fond de lui-même, il donnait raison à Marine d'avoir mis un terme à leur liaison – une histoire trop ancienne qu'ils n'avaient pas su faire revivre, qui était morte avec leur jeunesse. Finalement, Antoine accrocha sur la verrière de l'atelier un large panneau : « CÉRAMIQUE D'ART, SOUBEYRAND FILS », et cet hommage à son père l'enracina définitivement. Le Brésil avait été pour lui une terre d'exil, il n'y retournerait jamais. Même pas pour faire plaisir à Gloria, mais elle ne le lui demandait pas, elle n'exigeait rien : elle attendait son heure et la devinait proche.

Emma se donnait cinq ou six ans, pas davantage, avant de vendre le *Café des Tilleuls*. Derrière le comptoir, dans le petit jardin clos à l'arrière, ou encore dans sa chambre, elle avait vécu trop de drames. Elle préférait, en secret, faire des plans d'avenir où elle imaginait comment elle transformerait un jour l'appartement de Simon. À moins qu'ils n'achètent une maison neuve ? Au-delà du village de Bonnieux, en montant vers Lacoste ou Ménerbes, en direction des hautes plaines qui dominent la vallée de la Durance, peut-être arriveraient-ils à dénicher un coin de paradis ?

Pour Emma, comme pour tous les Soubeyrand, les événements du 14 juillet 1996 étaient à ranger au rayon des mauvais souvenirs, ceux qu'on oublie, de gré ou de force. Avait-elle vraiment pris la mauvaise décision, cette nuit-là ? Qui pouvait l'affirmer avec certitude aujourd'hui ? Ses enfants, même grands, resteraient toujours ses petits, sur lesquels elle continuerait de veiller quoi qu'il arrive.

Un jour, Antoine reprendrait la tête du clan, il était en passe de le faire – d'ailleurs, c'était lui qui ressemblait le plus à Jean. Du moins Emma se plaisait-elle à le croire, car elle n'en savait plus rien. Mais un jour, elle en était certaine à présent, elle allait enfin trouver la paix.

Imprimé en France par

à La Flèche (Sarthe)
en juin 2012

POCKET – 12, avenue d'Italie – 75627 Paris Cedex 13

N° d'impression : 69172
Dépôt légal : novembre 1984
Suite du premier tirage : juin 2012
S14181/13